딜레마의 시학

딜레마의 시학

이 재 훈

국학자료원

시란 무엇인가. 이 기초적이고 원론적인 물음에 대한 고민의 흔적으로 이 책을 묶는다. 장르가 운명이듯, 필자가 산문의 언어가 아닌 시의 언어에 매력을 느끼고 쓸 수밖에 없는 이유는 무엇인가. 또한 필자가 생각하는 시란 과연 어떠한 언어인가. 시론서에서 말하는 해설이 아닌 나만의 답을 찾고 싶었다. 그러나 그것은 요원한 일이었다. 시를 읽고 이해하고 가치평가하는 과정 중에서 논리적 전개가 아닌 감상적 직관이 자꾸만 글 속에 개입했다. 그것은 이를테면 시인의 고뇌나 시의 발화지점이나 지향점을 짚어보는 것들이다. 아마도 필자가 연구자이기 이전에 창작자라는 오만에서 비롯된 것일지도 모른다. 비록 오만일지라도 원론적인 정체성에 대한 탐색이 필자가 생각하는 또다른 창작의 길일 수도 있다는 믿음을 가지고 있다.

이 책은 여러 문예지를 통해 산발적으로 써온 평문을 모은 것이다. 대부분 편집자의 청탁에 의해 쓰여진 글들이다. 그럼에도 부끄럽게 책을 묶는 것은 필자의 글 속에는 그 당시 시에 대한 스스로의 질문과 막연한 대답이 서로 혼용하여 어우러졌기 때문이다. 그 시에 대한 추억의 밀담을 간직해놓고 싶었을 뿐이다. 이 책은 일정한 분석방법론이나 해석학적 준거 논리를 가지고 있거나, 전체를 통어하는 주된 관심사가 따로 있는 것도 아니다. 그렇기 때문에 중구난방의 글뭉치라고 볼 수도 있다. 다만 위안을 삼는 것은 텍스트 하나하나에 대해서 나름대로 성실한 읽기를 수행했다는 점이다.

　책의 제목을 '딜레마(dilemma)의 시학'으로 잡았다. 딜레마는 원래 형식적으로 완전하기 때문에 강력한 설득의 수단이 되는 논리학적 방법이다. 형식적으로 딜레마의 한 전제는 두 개의 조건문의 연언(連言)이고, 또다른 전제는 앞의 연언으로 연결된 두 조건문의 두 전건(前件)을 선언적으로 긍정하거나 부정하여 결론에 도출하는 것을 의미한다. 이러한 사전적인 의미 이외에 이 제목을 잡은 이유가 따로 있다.

　창작행위와 비평행위는 분명 다른 범주 속에 놓여 있다. 그럼에도 텍스트에 대한 비평행위를 할 때에는 논리력을 갖춘 산문가의 태도로 글쓰기의 조건이 변해야 한다. 그러나 글을 쓰다보면 논리적인 조건 위에 감성적인 코드가 자꾸 덧입혀지며, 이러한 부분은 논리로써 풀 수 없다는 지점에 가 닿기도 한다. A가 아니라 B이며, B가 아니라 A인 논리학의 용어에서 빌어온 '딜레마'는 내 평문 쓰기의 정체성을 집약해주는 용어이다. 논리가 가진 함정은 작품을 평가하는 시선이나 잣대에도 분명하게 적용된다. 급하고 좁은 눈으로 바라본 작품의 세계는 어느 순간, 멀리서 뒤돌아보았을 때 그동안 보지 못했던 밑그림을 선사해 줄 경우가 많다. 또한 전혀 논리적 맥락이 필요하지 않는 시의 언어도 있으며, 간혹 시의 언어가 논리적 해석을 강력히 거부한다는 느낌을 받을 때도 있다. 그러나 시를 비평하는 행위는 결국 시가 가진 형식이나 내용의 한 지점을 붙잡고 의미를 불어넣

는 일이다. 논리성이 필요없는 시에 대해서도 일정한 논리를 불어넣어야
한다. 그런 의미에서 시를 바라보는 가슴과 머리가 서로 길항하고 공모하
는 가운데 배태된 언어들이 이 책에 가득 고여 있다. 그 속에서 시가 가진
언어의 몸을 이곳저곳 눌러볼 수 있었다. 필자의 글은 어쩌면 가치평가나
의미부여 혹은 비판과 해석의 궁지(窮地)에서 헤어나오려는 몸부림의 과
정을 기록한 것이다.

1부는 탐색(探索)의 장이다. 한국 현대시의 공시적 단면을 조감하거나
주제론을 다룬 글들이다. 먼저 1970년대 시문학을 다룬 글이다. 산업화시
대라고 말하는 70년대 시문학을 극복의 과제와 새로운 활로를 찾는 관점
으로 파악했다. 다음으로 1950~60년대 시 중에서 모더니즘 시를 다룬 글
이다. 모더니즘의 계보 속에서 50~60년대는 어떠한 의미를 가지는지를
구체적인 텍스트 분석을 통해 해명한 글이다. 기독교적 상상력을 다룬 글
은 한국시의 종교적 상상력 중에서 기독교적 상상력의 부분을 다룬 글이
다. 현대시에 기독교적 세계관을 구현한 중요한 시인들을 중심으로 그 형
상화의 양상을 구체적으로 분석했다.

2부는 증언(證言)의 장이다. 증언은 현장에서 발표한 시에 대한 나름의
분석보고서이다. 계간평이나 월평을 통해 2000년대 이후에 잡지의 현장
에서 발표된 시편을 탐색한 글들이다. 젊은 시인들의 개성적인 목소리뿐
아니라 그 계절에 발표한 다양한 시편들을 감상하고 주목했다.

　　3부는 풍경(風景)의 장이다. 시집 해설이나 서평 혹은 한 시인의 시세계를 다룬 글들을 모았다. 각 시인들은 저마다 개성있는 어법과 세계관으로 자신의 집을 짓고 새로운 풍경을 보여주고 있다. 다양한 스펙트럼의 시 풍경을 관찰할 수 있을 것이다.

　　책이 빛을 보게끔 자리를 펴주신 국학자료원 정진이 사장님께 감사를 드린다. 무엇보다 훌륭한 텍스트를 제공해준, 지금도 불면의 밤을 지새울 여러 시인들께 감사를 드린다. 밖은 온통 꽃천지다. 여기저기 벚꽃이 만발한 봄날아침이다. 창을 열고 신선한 공기를 마셔야겠다.

2008년 무자년(戊子年) 봄에.

카프카 독서실에서 이재훈

l 제1부 l **탐색**

l 제2부 l **증언**

제1부

탐색(探索)

근대라는 딜레마, 혼돈의 질서

−1970년대 시문학론

1. 산업화 시대의 문학적 성찰−활로의 시대

1970년대를 한국 문학사의 어떤 축이나 기능으로 규정하는 것은 연구 대상의 측면에서 시기상조로 생각될 수 있다. 아직도 70년대에 활동했던 시인들이 현역시인으로 꾸준히 활동하고 있고 그런 의미에서 70년대는 지금까지 그 영향의 연장선상에 놓여 있다고 볼 수 있기 때문이다. 그러나 우리 현대 문학이 100여년 정도의 짧은 역사라는 점을 감안해본다면 그 의미는 달라진다. 또한 우리의 정치, 사회적 상황 또한 짧은 시간에 비해 급박한 변화와 혼란을 겪어 왔다. 그 변화에 따라 현대문학도 다각도로 부침을 반복해 왔다. 특히 우리의 정치사는 해방과 함께 10년 단위로 큰 사건과 그 사건에 대한 응전의 태도가 있었다. 그 응전의 태도는 문학의 형질변화에도 상당한 영향을 주었다. 그러므로 우리 현대문학은 한국 정치, 사회 상황과 떨어질 수 없는 불가분의 관계에 놓인다.

최근에 들어서 70년대 문학에 대한 연구가 활발히 진행되고 있다.[1] 또한 한국 현대문학사 전체를 조감하고 평가하는 자리에 이미 70년대뿐 아니라 80년대까지 문학사의 자리에 흡수하는 연구들도 진행되어 왔다.[2] 이러한 연구의 활성화는 우리 현대사가 '근대성'에 대한 확립으로 일관해 왔고 또한 최근까지 근대성 담론의 차원에서 끊임없이 제기된 과제의 결과라 볼 수 있다. 이미 '근대성'에 대한 담론은 지나간 자리에 존재하는 듯한 인상을 받게 한다. 우리가 처한 근대라는 보편성, 즉 시민계급의 확립과 자본주의의 완성은 이미 실현된 것으로 체감되기 때문이다. 그러나 아직도 우리 민족이 처한 특수성은 여전히 존재해 있다. 이미 오래 전에 일제에서 해방되었지만 그 영향이나 심리적 연관성은 아직까지 존재해 있고, 좀 지나치게 말하면 지금은 미국의 패권주의의 지배 하에 있다고도 할 수 있기 때문이다.

또한 한국전쟁 이후 우리의 현실은 끊임없이 분단을 의식해야 했고 이것을 극복할 방안에 시달려야 했다. 그러므로 특수성으로서의 근대는 아직도 진행형이다. 그럼에도 불구하고 근대성에 대한 논구(論究)가 이미 구습(舊習)의 연구로 느껴지는 것은 문학뿐만 아니라 예술 전분야에 걸쳐 그러한 특수성에 대한 억압으로부터 자유로워졌기 때문이다. 문학에서도 이미 분단문학이니 하는 용어들은 문학사에서나 접하는 용어로 귀착되었고 젊은 세대들은 새로운 감수성으로 이곳이 아닌 다른 자리를 꿈꾸며 저만큼 비켜서 갔기 때문이다.

70년대의 벽두를 장식한 사건은 청계천 평화시장의 재단사 전태일의 분신자살이다. 이 사건은 70년대를 예감하는 중요한 사건이었다. 또한 새

---

1) 70년대를 조망하고 평가하는 대표적인 저작물들과 논문은 다음과 같다.
　문학사와 비평연구회편, 『1970년대 문학연구』, 예하, 1994.
　민족문화연구소 편, 『1970년대 문학연구』, 소명출판, 2000.
　이승하, 「산업화 시대의 시인들―詩史 1970년대」, 『한국의 현대시와 풍자의 미학』, 문예출판사, 1997.
2) 대표적인 연구서로는 『한국현대문학사』(김윤식외, 현대문학, 1993), 『한국현대문학사』(권영민, 민음사, 2000), 『남북한현대문학사』(최동호, 나남, 1995) 등이 있다.

마을 운동으로 대표되는 개발독재, 박정희의 10월 유신헌법, 민청학련 사건, 박정희 암살 사건 등이 이 시대의 굵직한 사건들이다. 이러한 정치 분야와 더불어 산업사회는 급격하게 비대해지고 발전해 갔다. 71년에 수출 10억 달러가 달성되고 77년에는 수출 100억 달러가 넘어서는 경제성장을 기록한다. 또 하나 기억해야 할 것은 1960년대 후반 미국을 휩쓴 히피문화가 이 시대에 흘러들었다는 것이다. 유신 체제의 억압 속에서도 생맥즈, 통기타, 청바지, 장발로 대두되는 청년문화는 나름대로의 기틀을 다지며 만들어 진다. 권영민의 요약대로 70년대는 "경제의 급성장과 근대적인 산업 체제의 확립, 도시의 확대와 대중문화의 확산, 사회 구조의 변화와 생활패턴의 다양화, 물질주의적인 가치관의 확대 등은 모두 산업화 과정에서 이루어진 새로운 한국 사회의 변모 양상"이라 말할 수 있다.[3]

이러한 역사적 사실들은 국가적으로는 양적 팽창과 함께 자본주의의 안정화에 이바지하게 되었지만 다른 부분들에서 큰 부작용을 낳게 한다. 즉 산업사회로 인한 폐해가 극심해졌고 개발독재를 유지하기 위한 유신 정권의 억압은 국민들의 큰 반발을 사게 되었다. 국민과 정부간 정치적 적대감의 가속화로 사회는 분노와 의협이 충만한 이상한 기운에 휩싸이게 된다. 김우창은 산업화시대를 진단하면서 '도덕적 감성의 예민화'[4]라는 말로 표현했는데 이는 당시의 심리적 상황을 단적으로 보여주는 말이다. 당대의 정치 사회적 문제에 대해 학생들을 비롯한 전국민의 분노와 도덕심은 팽배해 있었고 이러한 심리적 상황은 문학에 그대로 반영되었다.

거칠게 요약해 본다면 70년대의 문학은 근대를 완성하기 위해 활로를 연 시대가 아닌가 생각해 본다. 자본주의가 가속화되면서 이후 자본제생

---

3) 권영민,『한국현대문학사』, 민음사, 2002, 245면.
4) 김우창은 덧붙여서 산업화 시대의 현실참여 문학의 성과에 대해 "현실참여문학의 공적은 우리 시대의 문제의 핵심이 중대한 도덕적 위기에 있음을 쉬지 않고 지적해 준 데에 있다"고 하였다.(김우창,「산업시대의 문학」,『해방 40년의 문학 4』(권영민 엮음), 민음사, 1985, 356면.)

산양식의 안정화에 접어들 수 있도록 토대를 마련하였고, 정치적 억압은 시민의 목소리가 큰 힘을 발휘할 수 있다는 정치적 성숙의 단초가 된 것이다. 이는 근대성의 보편성을 획득하기 위한 결정적인 토대였다. 이러한 토대와 함께 일제 영향의 몸부림과 분단시대의 인식 등의 특수성과 결합되어 여러 가지 활로를 준비한 시대이기도 하다.

이러한 성격 때문에 70년대 시문학 전체를 통어할만한 문학유파나 사조는 뭐라고 말하기 어렵다. 다행히 '산업사회'라는 큰 사회적 키워드가 있어 민중시 혹은 산업화의 폐해에 대한 반작용으로 창작되어진 일련의 시들이 70년대를 대표하고 있다. 이러한 70년대는 이전 4·19 세대와 이데올로기의 대립과 해체적 징후가 뚜렷이 보이는 80년대의 다리 역할을 한다는 점에서, 큰 의미를 둘 수 있다. 그것은 지난 60년대와 80년대가 문학적 공통 신념이 비교적 뚜렷했거나 공유된 거대담론이 공통적으로 존재하였으며 여러 진영에서 이 공통분모로 수렴되고 서로를 용인한다는 점에서 큰 문학사적 키워드가 있었다. 하지만 70년대는 60년대를 계승하고 80년대의 영향을 주는 가교 역할로서의 역할이 강하다는 인상을 지울 수 없다. 이를 논자들은 '변증법적 극복 노력'으로 표현하고 있다.[5] 다시 말해 "70년대 한국문학은 정체성을 잃은 혼돈의 한국문학이 자기 갱신을 이루어 가는 데 있어 가장 좋은 교과서가 되어 준다"[6]는 말에 일리가 있다.

그러나 문학사가 어떠한 관점의 측면에서 보느냐에 따라 그 시대의 문학에 대한 가치판단이 다르게 나타난다. '사실'이 아니라 '관점'이라는 측

---

5) 이승훈, 「70년대의 한국시」, 『한국현대문학사』(김윤식 외), 현대문학, 1994, 434면 참조. (이승훈은 권영민의 글을 예로 들면서 60년대 우리 문학의 특성은 한글세대들의 작가들이 등장해 소시민적인 삶과 그 내면의식에 대한 추구작업을 전개한 점, 개인적인 삶 가운데서 자기존재를 발견한다는 점으로 요약되는데 70년대 문학의 특성은 이 시대의 정치적 상황변화와 산업화경향에 따라 더욱 첨예한 문학정신의 대립을 노정한다고 하였다.)
고형진, 「현대시의 부흥과 심화」, 『현대시』 1995.8, 82면 참조.
6) 민족문학사연구소, 앞의 책, 4면.

면에서 바라본 70년대는 60년대와 80년대에 비해서 소홀하게 취급된 면이 없지 않다. 왜냐하면 70년대 시를 일별하면서 느낀 감회는 70년대야말로 다양한 시적 변화와 모색을 경험한 연대라는 점이다. 이러한 다양한 시도와는 달리 그간에 70년대의 문학적 성취를 작은 틀 안에서만 논하고 있다. 몇몇 일급의 시인들이 문학사를 점하고 있다. 이런 점은 다양한 시도와 경향으로 모색되어온 70년대의 시사를 협의의 틀 안으로 가두어놓는 일이라 생각된다.[7]

2. 70년대 문학의 이해 지표(指標)

이 당시에도 시의 조건을 최악의 상황으로 몰아 '죽음'으로 이르게 하는 위기의식은 그대로 있었다. 이 시기부터 자본주의 시대에서 시의 상황과 조건에 대한 자의식이 뿌리 깊게 생성되지 않았을까 생각된다. 김현은 이러한 시의 상황을 '시인의 궁핍화, 시의 뿌리 뽑힘, 혹은 변두리화'라고 진단했다.[8] 이 말은 시를 사랑하는 사람으로서 가지는 우려와 안타까움이 담긴 말이긴 하지만 현재의 시각에서 조망해 본다면 70년대의 시의 상황은 훨씬 그 스펙트럼이 넓다고 말할 수 있겠다. 70년대를 개관하고 논하는 자리에서 김현은 몇 가지 징후로 진단하고 있다. 이는 당시에 가장 첨예하게 대두된 문학적 사실이 무엇인가를 확연하게 알아볼 수 있는 징표로 생각할 수 있다.

---

7) 이승하는 이를 주류와 비주류로 나누어 설명하면서 계간지가 아닌 문예지나 시전문지로 활동하는 시인들이 있음을 상기하였다. 이를 시집출간별로 나누어 보았는데 문학예술사에서 출간된 시집으로 박희진, 박용래, 김종해, 이탄, 정진규, 강우식. 김광림, 전봉건, 문덕수. 심상사에서는 조창환, 권달웅, 윤강로, 조우성, 김성춘, 마광수, 이명수, 한광구 등의 시집이 나왔다. 이들의 면면을 살펴보면 대개 시단의 전통성을 이어받은 한국시인협회 계열의 시인이라고 말할 수 있다.
8) 김현, 「산업화 시대의 시」, 『문학과 유토피아』, 문학과지성사, 1980, 109면.

1) 몇몇 대가의 죽음
2) 김수영의 시적 영향력 증대
3) 한두 시인의 시의 정치 문제화
4) 황동규, 정현종, 오규원, 박제천 시의 심화
5) 고은, 신경림의 시적 방향 전환
6) 김춘수의 지속적인 활동

몇몇 대가의 죽음은 김광섭, 김현승, 박목월을 말하고 있다. 이들이 지금까지 한국시사에 끼친 영향에 대해서는 두말할 필요가 없다. 이 시대에 작고한 시인들로 덧붙여서 기억해야 할 시인으로는 구자운을 들 수 있다. 구자운은 불구의 몸과 가난으로 평생을 고통 속에서 살다 1972년 작고했다. 그가 남긴 시집은 첫 시집이자 마지막이 된 『청자수병』이다. 그의 시는 이후 1976년 전집 『벌거숭이 바다』가 창작과비평사에서 발간된다. 또한 당시에 죽지는 않았지만 행방불명이 되어 간행되었던 천상병의 유고 시집 『새』(조광출판사)도 1971년에 발간된다. 또한 새의 시인이라 불리던 박남수 시인이 돌연 미국으로 이민을 간 것도 이 즈음이다. 작고한 시인들 말고도 이 시대를 풍미한 60년대 이전 시인들로는 전봉건, 김종삼, 서정주, 김춘수, 김광림, 김남조, 박용래, 박남수, 천상병, 이형기, 구상 등이 있다. 이 시인들은 해방 이전 혹은 이후부터 60년대를 거쳐 70년대까지 활발히 창작활동을 해 온 시인들이다.

김수영의 시적 영향력은 70년대에 이르러 후배들에게 계승되어 온다. 고은, 신경림, 조태일, 이성부, 정희성, 이시영 등에 영향을 끼치게 된다. 특히 고은과 신경림은 이전의 문학세계와는 달리 새로운 문학세계를 보이고 있다. 황동규, 정현종, 오규원, 박제천 시인의 심화도 눈여겨보아야 한다. 이들은 자신의 문학적 색채를 더욱 심화시켜 70년대에 자기만의 새로운 감수성으로 문학세계를 펼친 시인들이다. 김춘수의 지속적인 활동은 다른 측면에서 한 줄기를 형성하고 있다. 60년대의 <후반기> 동인들이나 70년대의 <자유시> 동인들에게 결정적인 영향을 끼친 시인이 바로 김춘수 시인이다.

한 시대의 문학을 어떤 유파나 사조로 묶는 작업은 여러 가지 어려움을 안고 있다. 그러나 다양하고 폭넓은 문학성과를 당대의 대표할만한 구분법으로 나눈다는 것은 나름의 의미가 있을 것이다. 그 시대에만 국한하는 단선적인 평가보다는 이전 시대를 어떻게 수용하고 그것을 심화 혹은 발전시켜 다음 세대로 넘어갔는지를 살펴보는 게 타당할 것이다.

3. 현실지향의 시와 민중지향의 시

현실지향과 민중지향의 시는 60년대 참여시의 정신을 계승하고 있다. 비슷한 정신을 가지고 있음에도 굳이 구분하여 살펴보는 것은 70년대 흔히 얘기하는 '민중시'의 중요성과 산업사회와의 길항으로 생산된 다수의 시편들과의 변별성 때문이다. 예컨대 '민중시'라고 지칭되는 70년대의 시는 농촌을 배경으로 소외된 민중을 시적 자아로 내세우거나 시적 소재로 지향한 시다. 이 민중시는 80년대 김남주와 박노해의 현장 민중 기수들에 의해 계승된다. 이승하의 지적대로 "민중시는 정치적인 사건과 관련해서 파악되는 70년대사적의 한계에서 벗어날 수 없게 되"9)는 한계를 가지고도 있지만 당대의 현실을 인지하고 이를 민중의 삶 속에서 체화해낸 부분과 함께 80년대 민중시에 큰 영향을 준 것은 큰 의미가 있다고 하겠다.

---

9) 이들의 시는 정신의 건강성에도 불구하고 창조적인 감수성이 부족하고 현실에 대한 상상적 비전이 빈약하다는 비판도 들어야 했다. 또한 이들 시의 약점으로 지적되어야 할 것은 고통받는 민중이 피상적인 관찰의 대상이어서 구체적 실상으로부터는 거리를 두는 경우가 많았기에 민중으로부터도 절대적인 사랑을 받지는 못했다는 점이다. (이승하, 앞의 책, 239면.)

신경림의 『농무』(73)는 70년대에 가장 중요한 시집으로 꼽힌다. 특히 "아편을 사러 밤길을 걷는다/진눈깨비 치는 백리 산길/낮이면 주막 뒷방에 숨어 잠을 자다/지치면 아낙을 불러 육백을 친다/억울하고 어리석게 죽은/빛바랜 주인의 사진아래서/음탕한 농짓거리로 아낙을 웃기면/바람은 뒷산 나뭇가지에 와 엉겨/굶어 죽은 소년들의 원귀처럼 우는데/이제 남은 것은 힘없는 두 주먹뿐/수제비국 한 사발로 배를 채울 때/아낙은 신세타령을 늘어놓고/우리는 미친놈처럼 자꾸 웃음이 나온다(「눈길」)"처럼 당대 민중들의 현실을 실감있게 고백하면서 그러한 고통을 '웃음'으로 극복하는 민중의 심성을 잘 표현하고 있다. 이 극복의 자세는 짐짓 아련한 슬픔을 함께 동반한다. 그러므로 '웃음'은 현실을 극복하려는 의지이면서도 시대의 슬픔으로부터 벗어날 수 없는 공동의 정서를 환기하고 있다. 이러한 광경은 "못난 놈들은 서로 얼굴만 봐도 흥겹다"(「농무」)처럼 민중의 심성을 대변하는 절창을 낳았다.

고은은 이전의 『彼岸感性』, 『海邊의 韻文集』 등을 통해 감성과 초월적 관념의 세계에서 『入山』(77), 『새벽길』(79)을 통해 현실인식의 바탕 하에 새로운 세계를 보여준다.

고은, 신경림과 함께 이성부와 조태일은 70년대 민중시를 대표하는 가장 뛰어난 시인이다. 이성부의 『우리들의 양식』(74)은 현실세계를 예민한 관찰을 통해 드러내면서 현실의 모순을 비판적으로 제시했다. 이후 『百濟行』(77)을 통해 고통스러운 현실과 역사에 대한 자의식이 어우러져 시적 세계를 심화시키고 있다. 조태일은 『식칼론』(70), 『國土』(75) 등을 통해 직정적이고 강인한 언어로 조국에 대한 강한 애정을 얘기하고 있다. 그는 『시인』誌의 주간을 맡으면서 김지하, 김준태, 양성우 등을 발굴하면서 70년대 이후 가장 대표적인 저항시인이 되었다.

정희성은 『답청』(74)과 『저문강에 삽을 씻고』(78)의 시집을 펴내며 또 다른 차원으로 민중 지향의 시를 보여주었다. "흐르는 것이 물뿐이랴/우리가 저와 같아서/강변에 나가 삽을 씻으며/거기 슬픔도 퍼다 버린다/일이 끝나 저물어/스스로 깊어가는 강을 보며/쭈그려 앉아 담배나 피우고/나는 돌아갈 뿐이다”(「저문 강에 삽을 씻고」부분)처럼 그의 시는 절제된 어조와 통찰로 노동자와 농민의 삶을 객관적으로 묘사해내고 있다. 정희성의 시는 감정적 과잉이 없고 절제된 시의 미학적 특성을 드러내면서도 당대의 계급적 모순과 슬픔을 잘 구현해 낸 시인으로 평가받는다.

이시영은 농경사회를 배경으로 한 이야기에 관심을 두었다.『滿月』(76)은 그의 첫 시집으로 유년시절의 이야기를 바탕으로 자신뿐만 아니라 주변 인물들과 삶의 애환을 현실감있게 그려내고 있다. “용산 역전 늦은 밤 거리/내 팔을 끌다 화들짝 손을 놓고 사라진 여인/운동회 때마다 동네 대항 릴레이에서 늘 일등을 하여 밥솥을 타던 정님이 누나가 아닐는지 몰라”(「정님이」)처럼 도시 하층민의 삶을 보며 자신의 유년을 생각하는 기억술로 감동을 주고 있다.

이 외에도 문병란, 김준태, 양성우, 김광협 등의 시인들이 70년대에 민중시인으로 활발히 활동을 하였다.

현실지향성의 시는 급격한 도시화와 산업사회의 양적 팽창에 맞물려 주로 도시를 배경으로 느끼는 서민 혹은 지식인의 비애와 애환을 말한다. 이러한 맥락의 시는 80년대 이후 도시시로 일컬어지는 시에 영향을 미친다. 이러한 비판의식은 굳이 적대적이고 격정적인 감정을 수반하여 직접적인 효과를 의식하는 시에서만 국한하는 것은 아니다. 이러한 세계를 그린 시집들로는 감태준의『몸 바뀐 사람들』(78), 김종철의『서울의 遺書』(75), 김광규의『우리를 적시는 마지막 꿈』(79), 이수익의『야간열차』(78), 김종해의『신의 열쇠』(71),『천노, 일어서다』(79), 정진규의『有限의 빗장』(71),『들판의 비인 집이로다』(77), 이유경의『下南詩篇』(74), 윤후명의『名弓』(77), 김창완의『忍冬日記』, 정호승의『슬픔이 기쁨에게』(79), 신대철의『무인도를 위하여』(77), 이형기의『돌베개의 시』(71),『꿈꾸는 한발』(75),

김명인의 『동두천』(79), 이태수의 『그림자의 그늘』(79), 장영수의 『메이비』(77) 등이 있다.

이 시인들의 양상은 소시민이 가지는 감성의 황폐화, 혹은 '난장이'(조세희에 의하면)로 대변되는 자아의 왜소화 등의 광의의 의미로서 가지는 비판이다. 가령 감태준이 「몸 바뀐 사람들」에서 "산자락에 매달린 바라크 몇 채는 트럭에 실려 가고, 어디서 불볕에 닿은 매미들 울음소리가 간간이 흘러왔다./다시 몸 한 채로 집이 된 사람들은 거기, 꿈을 이어 담을 치던 집 폐허에서 못을 줍고 있었다.//그들은, 꾸부러진 못 하나에서도 집이 보인다./헐린 마음에 무수히 못을 박으며, 또 거기, 발통이 나간 세발자전거를 모는 아이들 옆에서, 아이들을 쳐다보며 한 번 더 마음에 못을 질렀다."처럼 산업화로 인해 집이 헐리고 갈 곳을 잃어 몸만 남은 도시 계층들의 삶을 표현하고 있다.

또한 산업사회로 인한 농촌사회의 붕괴로 인한 상처와 괴로움을 "栢山에 가서 서울 꿈을 꾸고 떠나면/몸조심하거라 늙은 어머니의 기나긴 배웅/비명보다도 아프게 사방에서/내 이름 부르는 옛 소리//기다려라 기다려라 바람의 울부짖음/사방에서 지나가고 있데"(이유경, 「栢山 소식」) 처럼 보여주고 있다.

한편 장영수는 「메이비」에서 "흑판에 밀감을 냅다 던지는/메이비. 으깨진 조각을 주으려고/아이들은 밀려 닥치고./그 뒤에, 허리에 손을 얹고 섰는/미군 같은 메이비."라는 가난의 상징을 제시한다. 도시 사회는 급격한 산업화로 차가운 기계만이 난무하게 변하는데 그것은 "뼈대만 남은 고층 건물/앙상한 늑골 새로/죽어서 납덩이가 된 도시를 보여"(이형기, 「엑스레이 사진」)주고 있다.

이 시대의 많은 시인들이 이러한 도시 속에서 느끼는 산업사회의 폐해에 깊은 관심을 가지고 시로 형상화하였다. 특히 이형기 시인은 이전의 전통 서정의 세계에서 변화하여 직정적이고 강한 소재들을 동원하여 산업사회에서 황폐해져 가는 도시인들의 내면을 강렬한 이미지로 표현해 냈다. 이러한 시들은 80년대 도시를 배경으로 한 모더니즘 시에 큰 영향을 주게 된다.

또한 김명인은 '동두천'을 개인의 사적 체험의 장소로만 두지 않고 공동체적 체험을 대표하는 공간으로까지 확대하는 시를 썼다. "내가 국어를 가르쳤던 그 아이 혼혈아인/엄마를 닮아 얼굴만 희었던/그 아이는 지금 대전 어디서/다방 레지를 하고 있는지 몰라 연애를 하고/퇴학을 맞아 고아원을 뛰쳐나가더니"(「동두천 4」 부분)와 같이 구체적인 체험 자체가 고통인 삶을 표현하게 되어 감동을 주고 있다.

4. 순수 지향과 전통서정 지향의 시

순수지향의 시는 60년대 순수시와 50년대의 <후반기>, 60년대의 <현대시> 동인과 그 궤를 같이 하는 시인들이다. 이들의 시는 이후 80년대 허체시와 그 이후의 모더니즘, 포스트모더니즘 시에 큰 영향을 준다. 순수 지향은 당대의 현실에 천착하거나 현실의 변혁을 위해 문학이 존재하는 것이 아니라 현실과는 일종의 거리를 두고 있다. 즉 시인의 문학에 대한 자의식과 문학 그 자체에 대해 고민하고 갈등하고 있다. 언어적 유희 혹은 내면과 정신세계에 깊이 천착한 시가 이들의 시이다. 황동규의『삼남에 내리는 눈』(75),『나는 바퀴를 보면 굴리고 싶어진다』(78), 정현종의『사물의 꿈』(72),『나는 별아저씨』(78), 이승훈의『환상의 다리』(76), 오규원의『순례』(73),『사랑의 기교』(75), 박제천의『장자시』(75),『心法』(79), 김춘수의『처용』(74), 김용범의『겨울의 꿈』, 성찬경의『벌레소리』(70),『추사 김정희 선생』(79), 강우식의『사행시초』(74),『고려의 눈보라』(77), 문덕수의『새벽바다』(75),『영원한 꽃밭』(76), 김형영의『모기들은 혼자서도 소리를 친다』

(79), 김승희의 『태양미사』(79), 정대구의 『나의 친구 우철동씨』(76), 노향림의 『K읍 기행』(77), 강은교의 『허무집』(71), 『빈자일기』(77) 등의 시집들이 주목할 만하다.

이들의 시는 현실 속에서도 문학적 열정과 탐색을 놓치지 않고 진지하게 자신의 세계를 탐구해 왔다. 김춘수는 이전부터 이어온 시적 세계를 바탕으로 「의미와 무의미」, 「대상·무의미·자유」, 「대상의 붕괴」 등의 시론을 발표한다. 해방 이전부터 끊임없이 자신의 독창적인 시적세계를 변함없이 심화시켜온 시인은 스스로 하나의 시학을 체계화함으로써 한국 시단에 한 일가를 이루고 있다.

김춘수에 뒤이어 이승훈은 김춘수의 시적 세계를 수용, 심화 발전하면서 자기만의 새로운 세계를 연 시인으로 평가된다. 그는 70년대의 불안한 사회 상황 속에서도 불안한 자아의 심리를 "환상이라는 이름의 驛은 동해안에 있습니다. 눈 내리는 겨울 바다—거기 하나의 암호처럼 서 있습니다. 아무도 가본 사람은 없습니다. 당신이 거기 닿을 때, 그 驛은총에 맞아 경련합니다. 경련 오오 존재. 커다란 하나의 돌이 파묻힐 때, 물들은 몸부림칩니다. 존재는 끝끝내 몸부림 속에 있습니다. 아무도 가본 사람은 없습니다."(「암호」 부분)처럼 표현한다. 아무도 가본 사람이 없는 곳에서 홀로 고통스럽고 병적인 자아와 경련하고 몸부림치는 모습과 시적 대상을 다루는 새로운 방식으로 자신의 세계를 심화시킨다.

또한 이 시기에는 황동규, 정현종처럼 새로운 감수성을 바탕으로 지성적인 시를 쓰는 시인들이 활발한 활동을 한다. 70년대에 발표된 황동규의 시편들과 정현종의 시편들은 이미 한국 시의 큰 물줄기를 형성한 시인들이다. 특히 정현종의 초기 시편들은 난해하면서도 계속 읽게 만드는 언어의 매력을 가지고 있다. 그는 언어 자체에 대한 탐색뿐만 아니라 사물을 통해 관념의 세계에까지 다다르는 색다른 감성의 시편들을 보여주고 있다. "의식의 맨 끝은 항상/죽음이었네./구름나라와 은하수 사이의/우리의 어린이들을/꿈의 병신들을 잃어버리며"(「사물의 정다움」)처럼 자칫 감정 과잉으로 시의 질이 떨어질 수도 있다는 위험을 불식시키고 젊고 유연한 감수성으로 우리시의 새로운 영역을 보여주었다.

김용범 또한 70년대에 세련된 언어 의식과 감수성을 가진 시인으로 손 꼽을 수 있다. 그는 『겨울의 꿈』을 통해 도시적이고 서구적인 미의식과 감수성을 일찌감치 깨우치고 모던한 색채와 언어로 새로운 감성의 시를 개척했던 시인이다. 가령 "새장에 물을 갈아줬어. 비가 오고 있었으므로 새는 울지 않았어. 비가 그치자 사람들은 한 마디의 새소리와 물방울 하나를 보았다고 했어. 우리가 관심을 기울여 갈아주는 물과 한 종지의 좁쌀을 그 새는 끝내 거부했어. 그러나 사람들은 그 단식의 울음소리를 오히려 아름답다고 했어."(「평일날의 관심」)처럼 절제와 관조의 입장과 달리 감성과 직관의 자리에서 자신의 지적 재능을 보여주고 있다.

강은교 또한 새로운 시적 세계를 보여준 시인이다. 그는 '허무의 시인'으로 일컬어질 만큼 젊은 날 가질 수 있는 허무한 세계를 강렬한 언어로 보여주었다. 이 시기에 독특한 시세계로 많은 관심을 받았던 시인은 단연 박제천이다. 그의 「장자시」와 「心法」의 시편들은 동양정신의 토대 위에서 형이상학적 세계의 탐색과 거침없는 언어로 많은 이들에게 충격을 안겨 주었다. 그는 무한의 경지에서 끊임없이 배회하며 광활한 상상력의 세계를 보여주면서 70년대 시단을 풍요롭게 하였다. 이러한 거침없는 세계는 섹슈얼리즘의 독특한 세계를 보여준 강우식의 「사행시초」에서도 드러나게 된다.

전통서정 지향의 시는 김소월부터 내려오는 한국적 전통 서정시를 계승하고 있는 시이다. 서정주[10]의 『질마재신화』(75), 『떠돌이의 시』(76), 허

---

10) 서정주의 시집은 일반적으로 서정 지향이라고 하기에는 무리가 있으나 편의상 분류에 포함시켰다. 서정주의 시에 대한 탐색은 70년대와 관련시키는 것보다는 서정주 시의 전체적 조감도 속에서 이해하는 것이 의미가 있다고 판단된다.

영자의 『親展』(71), 이성선의 『하늘문을 두드리며』(77), 『몸은 지상에 묶여도』(79), 나태주의 『대숲 아래서』(73), 『누님의 가을』(77), 권달웅의 『해바라기 환상』(79), 송수권의 『산문에 기대어』(80), 김석규의 『풀잎』(74), 오세영의 『반란하는 빛』(70), 박희진의 『빛과 어둠의 사이』(76), 홍신선의 『서벽당집』(74), 『겨울섬』(79), 이탄의 『줄풀기』(73), 이명수의 『공한지(空閑地)』(79), 한광구의 『이 땅에 비오는 날은』(79), 이기철의 『낱말 추적』(74), 허형만의 『청명』, 강인한의 『불꽃』(74), 최하림의 『우리들을 위하여』(76), 조정권의 『비를 바라보는 일곱 가지 마음의 형태』(77) 등등 이 시대에도 여전히 아름다운 서정의 세계는 지속되었다.

이성선은 불교적 세계관으로 우주의 진리와 마음의 맑음을 생각하는 서정적 세계를 보여주었다. 그는 이후로 서정의 세계를 끊임없이 변화 발전시켜 한국에서 대표할만한 서정 시인으로 거듭나게 된다. 나태주는 「대숲 아래서」에서 "어제는 보고 싶다 편지 쓰고/어젯밤 꿈엔 너를 만나 쓰러져 울었다./자고 나니 눈두덩엔 메마른 눈물자죽./문을 여니 산골엔 실비단 안개.//모두가 내 것만은 아닌 가을,/해 지는 서녘구름만이 내 차지다."처럼 여린 감수성을 바탕으로 자연과 교통하는 아름다운 서정시를 보여준다. 그 또한 70년대부터 자연을 바탕으로 한 여린 감수성의 세계를 낭만적이고 진솔하게 표현하면서 한국의 대표적인 서정시인이 된다.

송수권도 「산문에 기대어」라는 뛰어난 시를 발표하며 시단에 등장해 뛰어난 서정 시인으로서의 자질을 보여주었다. 홍신선은 "쑥대밭머리에/앉아서/논바닥 검불데미에 쓰러진 가난을 퍼 던지겠다."(「논 1」)에서 보듯 가난한 현실을 서정적인 감성으로 표현하면서도 현실에 대한 인식을 잊지 않는 서정을 보여주었다. 이 밖에 최하림, 조정권, 이기철 등은 새로운 서정시의 한 부분을 차지한 70년대의 중요한 시인들이다.

5. 맺으며

70년대 문학은 전체적으로 현실을 전면으로 내세운 분위기가 우세했다. 그러므로 다양한 세계에서 여러 시도는 이루어졌지만 현실의 무게감에 눌려 깊은 천착은 이루어지지 않았다. 이승하의 70년대 시문학에 대한 따가운 비판은 큰 설득을 주고 있다.[11] 즉 현실의 깊이 없는 비판 의식, 현실에 대한 깊은 관심으로 형이상학 탐구에 대한 매도로 이어짐, 창작과비평과 문학과지성의 편파적 문단 상황, 난해시의 문제점 등을 거론했는데 이는 70년대 시문학이 가지는 아쉬운 점으로 재론의 여지가 없을 것이다. 그러나 70년대 문학이 이후 70년대 말부터 등장한 김명수, 김정환, 하종오, 곽재구, 김용택, 박노해, 손종호, 원구식, 고형렬, 김혜순, 박남철, 이윤택, 최승자 등의 새롭게 등장한 시인들에게 직간접적으로 영향을 끼치며 80년대로 넘어가게 된다.

본 글에서는 창작과비평, 문학과지성의 활동에 대해서는 다루지 않았지만 이 두 잡지가 한국 문학에 끼친 영향은 실로 엄청난 것이었다. 이들은 한국문학의 대표할만한 문학인을 배출해 내었고 그 영향은 지금까지 내려오고 있다. 하지만 기존의 문학사나 문학인에 대한 여러 평가가 폭넓지 못하고 두 계열의 시인들에게만 조명이 집중되는 점은 한국 문학의 큰 손실이라고 생각된다. 다양한 목소리와 개성을 감식하는 눈 밝은 연구자들에 의해 좀 더 깊은 탐색이 필요할 때이다. 덧붙여서 70년대 대표적인 동인들인 <70년대>, <反詩>, <자유시> 등의 활동도 중요한 문학적 성과를 낳았음을 부기하고 싶다. 이들의 활동은 이후 '동인지의 시대'라 불릴 수 있는 80년대에 지대한 영향을 미치고 있다.

애초의 계획은 각 시인별로 당대의 시세계를 일목요연하게 정리하는 것이었는데 필자의 게으름과 무능력으로 포기할 수밖에 없었다. 다음 기회

---

11) 이승하, 앞의 책, 336~337면 참조.

에 더 깊고 상세한 탐색이 이루어졌으면 하는 희망을 가지며 글을 맺는다.

부정과 극복의 시학

-50, 60년대 모더니즘시

1. 전후 모더니즘-극복의 지형도

우리 문학사에서 50년대는 특수한 국면의 연대로 이해된다. 이 역사적 특수성은 50년대의 문학을 자칫 선입관으로 이해할 소지가 충분하다. 전쟁이라는 역사적, 실존적 체험들이 '극복'의 형태로 알레고리화 될 수도 있기 때문이다. '극복'이 '위안' 혹은 '도피'와 동의로 생각될 때 큰 위험성을 내포하고 있는 것은 사실이다. 그럼에도 불구하고 문학의 자장 안으로 들어오면 이 '극복'의 태도는 새로운 문학적 태도를 은유하게 된다. '전후 극복'이라는 과제와 함께 '분단 극복'의 시작이라는 점은 우리 문학사에서 가장 중요한 과제의 하나로 남겨지게 된 것이다.

이 극복의 출발점으로 50년대의 시문학을 들 수 있다. 특히 모더니즘을 모태로 한 문학적 성과 또한 이런 극복의 태도와 무관하지 않다. 어떠한 방식으로든 50~60년대의 모더니즘은 30년대 모더니즘과 동궤에 놓고 그 연관관계를 탐색하면서 새로운 미학적 성취를 의미화할 수밖에 없다. 우리 모더니즘시에서 30년대는 50년대 이후 문학의 전사로서 부과된 역할 또한 간과할 수 없을 것이다. 그러므로 50~60년대의 모더니즘시는 이전 30년대의 모더니즘 극복과 전후시대의 극복이라는 두 가지 큰 명제 속에서 이해할 수 있는 것이다.

전후시대의 문학이 자생적인 문학적 열망에 의해 그 성격이 규정되는 것이 아니라 다분히 역사적인 견지에서 평가되는 것이 크다. 전후라는 시대적, 실존적인 억압은 충분히 문학에 가장 큰 영향에 대한 증거물로서의 역할이 되는 것이다. 중요한 점은 전후라는 상황을 어떠한 방식으로 극복했는가 일 것이다.

이 극복의 방식을 커다랗게 두 가지로 요약할 수 있다. 하나는 기존 전통에 대한 더 깊은 침잠이고 다른 하나는 내면의 자의식으로의 탐닉이다. 이 둘 모두가 어떤 측면에서는 도피적이고 안위적인 성격을 띠고는 있지만 역으로 생각하면 오히려 당대의 현실을 잘 드러내주고 있는 극복의 태도일 것이다. 특히 모더니티의 기본 명제인 기존 문학에 대한 저항의 근원이 실존적인 역사적 정황 때문이라는 점은 특기할 만한 점이다. 50~60년대 모더니즘시는 전후의 역사적 상황으로부터 내면적인 극복의 태도로부터 시작된다. 특히 50~60년대의 극복 방식은 단순한 '넘어섬'의 의미가 아니라 새로운 문학적 경향의 배태를 통해 '발전적 극복'을 하고 있다는 점은 이 연대의 문학이 이루어낸 성취일 것이다.

모더니즘의 개념 규정이나 범위에 대한 논의에 대해서는 이미 많은 연구 성과들이 있었으며 이제는 '모더니즘' 혹은 '모더니티'의 개념이나 한국적 수용과 전개 과정에 대해서는 일반적인 견해가 도출된 상황에 있다. 우리 근대 시문학사에서는 '모더니즘'이 다양한 의미로 쓰이고 해석되고 있는 경우가 있는데[1] 특정한 시기의 예술운동으로 이해되는 경우가 많았

---

1) 김준오, 「한국 모더니즘의 현단계」, 『현대시사상』, 1989년 겨울호, 51면 참조. "우리
의 모더니즘은 30년대 이미지즘 경향의 시운동만을 가리키는 용어로 한정되기도

다. 이러한 다양성에도 불구하고 우리 시문학에서의 모더니즘은 큰 맥락을 가지고 변화 발전되어 왔다. 그 큰 맥락의 하나가 바로 한국 전쟁 이후부터 등장하게 된 전후모더니즘일 것이다. 본 글에서는 50년에서 60년대로 이어지는 몇몇 시인들의 시를 탐색하면서 당시 모더니즘의 특징 및 그 성격을 일별하고자 한다.

2. 정신적 공황과 전위의 열망

한국전쟁 이후 우리의 문학은 전통에 대한 단절의식과 정신적 공황기의 위기를 안고 있었다. 또한 이러한 의식은 새로운 문학에 대한 열망을 함께 끌어안게 되었다. 한국전쟁이 문학에 끼친 영향과 상황에 대해서 권영민은 "한국전쟁은 잃어버린 문학의 시대를 낳았다. 전쟁이 휩쓸고 지나간 폐허에는 해방 직후에 만끽했던 민족적 감격도, 정치적인 이념과 열정도, 새로운 삶의 의욕도 사라져버린 것이다. 전쟁과 피난과 수복으로 이어지는 참극 속에서 새로운 민족문학을 꿈꿨던 희망도 사라졌고, 문학 자체에 대한 열정마저도 상실된다."라고 요약하고 있다.[2] 김광림은 "요행히도 /전쟁에서 살아남았을 땐/우리는 어쩌다 애꾸눈이 아니면 절름발이였고// 다음엔/찢기운 가슴의/어느 모퉁이가 허물어졌을 것이다"(김광림, 「상심하는 접목」)라고 노래했다. 전후의 상황에서는 모두 부러진 가지에 지나지 않는 것이다. 그 부러진 영혼들의 접목 자체도 세월과 순치되어 역사적 상황의 무심함으로 보여주고 있다. 이렇듯 전후시대의 시적 작업들은 영탄조의 직정적 어조보다는 김광림처럼 나지막한 어조가 더 뛰어난 미학

하고, 이상시와 『삼사문학』까지도 포함시키는 넓은 의미로 사용되기도 한다." 김준오는 넓은 의미로 봄이 타당하다고 설명하고 있다.

2) 권영민, 『한국현대문학사』, 민음사, 1993, 100면.

적 성취를 얻고 있다. 김광림은 개인의 실존적 상태를 선명한 이미지를 통해 비극적인 상황을 보여주고 있다.

이렇게 상처받은 자아는 무기력하고 허무한 심리상태를 극단적으로 만들어 놓고 만다. "一九五五年. 그리고/나는 믿었다./지금 전쟁의 베트남의 불붙는/다릿목에서 뿌려진 인간의 핏방울을/떨치며 일어서는 한 잎/반짝인 풀잎사귀의/녹색을.(전봉건, 「장미의 의미」)"라고 하면서 한국전쟁을 매개로 하지만 인간의 보편적인 정서를 보여준다. 하지만 이러한 정서 이면에는 끊임없이 자의식에 시달리는 자아가 표상되어 있다.

이러한 심리상태에서 고통을 감내화하는 방편으로 개인 의식의 내면세계로 들어가게 된다. 일반적으로 한국의 모더니즘을 크게 30년대를 중심으로 한 식민지 모더니즘과 50년대의 전후 모더니즘으로 나눈다. 특히 50년대 모더니즘을 이해할 때 <후반기> 동인을 빼놓고는 얘기할 수 없다. 후반기 동인을 중심으로 모더니즘은 30년대를 수용하면서 또다른 차원으로 발전해갔기 때문이다. <후반기> 동인은 전쟁 중에 부산에서 결성하였는데 박인환, 김경린, 김규동, 김차영, 이봉래, 조향 등이 참가한다. 이후 양병식, 김수영, 김종문, 박태진, 전봉건, 이활 등이 추가로 참가하게 된다. <후반기> 동인의 태동은 1948년에 발간된 동인지 『신시론』에서부터일 것이다. 박인환과 김경린에 의해 주도되었던 『신시론』은 1949년 『새로운 도시와 시민들의 합창』을 발간하면서 본격적으로 자신들의 새로운 색깔을 비추기 시작한다.

> 꽃이 열매의 上部에 피었을 때
> 너는 줄넘기 作亂을 한다
>
> 나는 發散한 形象을 求하였으나
> 그것은 作戰같은 것이기에 어려웁다

국수－伊太利語로는 마카로니라고
먹기 쉬운 것은 나의 叛亂性일까

동무여 이제 나는 바로 보마
事物과 事物의 生理와
事物의 數量과 限度와
事物의 愚昧와 事物의 明徵性을

그리고 나는 죽을 것이다
－ 김수영, 「공자의 생활란」 전문

김수영의 위 시는 『새로운 도시와 시민들의 합창』에 발표한 시로서 김수영 초기의 실험정신을 엿볼 수 있다. 김수영은 이후에도 문학에 대한 부정정신과 끊임없이 변화하는 과정을 통해 현대시의 한 문제로 남게 된다. 위 시에서 '줄넘기 작난'은 언어에 대한 '시도' 혹은 '놀이'이다. 이러한 문면은 "나의 반란성일까"라는 자문을 낳게 된다. 이어 "그리고 나는 죽을 것이다"라는 책임 없는 극단에까지 다다르는 면을 볼 수 있다. 이 시는 전체적인 김수영 시를 대표할만한 작품은 아니지만 당시 새로움에 대한 추구와 그 대응방법론을 제시한 시의식을 엿볼 수 있다.

이 동인에 대해 김규동은 다음과 같이 새로운 그룹이라는 점을 강조하고 있다.

이해 가을 시단에는 전연 이채로운 시형(詩型)의 출현이 집단적인 시인들의 손에 의하여 이루어지게 되었던 것인데, 이는 곧 <후반기> 동인들의 희망에 찬 특이한 출발이었다. 시인 조향, 김경린, 박인환, 그리고 일본 동경에서 『신영토』등의 시지에 관계를 맺으면서 꾸준한 시작을 해온 바 있는 이봉래와 김차영 등 제 시인 이외에 필자가 가담하게 되어 여섯 명으로 이루어진 현대시 연구회 <후반기>는 어디까지나 새로운 시의 '이념'의 합치와 시작상의 '방법'에 있어서의 피차간의 공감으로서 이루어진 시인 그룹이었다.[3]

후반기 동인들은 시사적으로는 30년대 모더니스트들과의 변별성을 가지려 했으며 공시적으로는 당대 청록파를 위시한 순수시 운동에 대한 발발과 비판으로서 자신들의 시적 정체성을 확립했다. 이들이 동인지도 한 권 내지 않았으면서 50년대의 모더니즘을 대표할 만한 문학그룹으로 가치 평가가 되는 것에는 몇 가지 이유가 있다. 우선 통시적인 관점에서 보면, 모더니즘이라는 큰 틀에서 한국 현대문학사를 조감할 때 50년대는 30년대와 60년대의 가교 역할을 하는 중요한 지점에 속한다. 30년대의 모더니스트들은 모더니즘을 소개하는 차원을 넘어 그것을 미학적 차원으로까지 끌어올리는 시적 수련과정과 확립을 보여주었다. 그리고 60년대는 4·19 세대라 지칭하는 것처럼 일본어의 영향을 받지 않고 한글로 읽고 생각하는 최초의 한글세대로서 새로운 문학 감수성을 시작할 시기이다. 이 둘 사이의 큰 간격을 50년대는 채워주고 있다. 특히 후반기 동인들이 가지고 있었던 문학에 대한 태도와 그 가능성들은 모더니즘을 구체적으로 시화하고 그것이 한 시대를 책임질만한 문학사의 큰 지점으로서 의미를 갖는다. 공시적인 관점에서 그들의 문학 그룹이 의미화 되는 것은 다른 문학 유파와 철저하게 다른 방법론적 성격 때문이다. 전후 시대의 문학 정신은 정신적 위축과 함께 거대한 실존의 무게 때문에 예술가적 사유들이 공황기에 있었을 때이다. 이러한 때에 당대를 벗어나는 새로운 문학에 대한 태도가 절실해졌다. 박인환이나 이봉래가 가진 문학적 성격은 그 작품 자체의 의미뿐만 아니라 그들이 세상에 내보인 댄디풍의 행위와 취향에서도

---

3) 김규동, 「현대시와 사상」, 『사상계』 1955.3.

극렬하게 드러난다. 그것은 새로운 유토피아의 갈망에 대한 표현이며 그 표현은 그대로 문학에 수용되고 있다. 물론 후반기 동인들의 시를 놓고 볼 김경린이나 조향이 극렬한 전위파였다면 박인환이나 김규동은 다소 온건한 시풍을 보여주고 있다.

낡은 아코오뎡은 대화를 관 뒀습니다.

-여보세요?

폰폰따리아
마주르카
디이젤-엔진에 피는 들국화,

-왜 그러십니까?

모래밭에서
수화기(受話器)
여인의 허벅지
낙지 까아만 그림자

비둘기와 소녀들의 랑데-부우
그 위에
손을 흔드는 파아란 깃폭들

-조향, 「바다의 층계」 부분

현기증 나는 활주로의
최후의 절정에서 흰나비는

돌진의 방향을 잊어버리고

피 묻은 육체의 파편들을 굽어본다.

…(중략)…

진공의 해안에서처럼 과묵(寡默)한 묘지 사이사이

숨가쁜 Z기의 백선과 이동하는 계절 속

불길처럼 일어나는 인광(燐光)의 조수에 밀려

이제 흰나비는 말없이 이즈러진 날개를 파닥거린다.

- 김규동,「나비와 광장」부분

조향은 초현실주의 기법을 시에 직접적으로 수용하고 구현한 시인이다. 그는 지속적이고 분명하게 전위적인 초현실주의의 기법을 많이 사용하였다. 그는「데페이즈망의 미학」이라는 논문을 통해 초현실주의의 창작 기법인 데페이즈망, 자유연상, 편집병적 방법, 무의식의 세계 등을 소개했다. 위의 시는 그의 대표적인 작품으로 데페이즈망 기법에 의해 쓴 시이다. 이질적인 소재들을 끌어 들여 서로 병치시키고 이전의 시적 전통이 가진 질서를 박탈해 버린다. 일상적인 의미와 연관성이 없는 단어들의 결합을 통해 새로운 언어질서를 확립하려고 노력한 흔적으로 보인다.

이에 비해 김규동은 다른 시적 성향을 보여주고 있다. 그는 30년대 김기림의 의식에서 영향받은 듯한 '나비'의 이미지를 시화하고 있다. 여기서의 나비는 자아를 표상하는데 현기증나는 내면의식을 보여주고 있다. 즉 나비는 관조하는 시적 대상으로서의 나비가 아니라 병든 자아의 가면을 쓰고 있는 시적 주체이다. 눈여겨 볼 것은 김기림의 '나비'가 '바다'라면 김규동의 '나비'는 '활주로'인 점이다. 이것으로 당시 모더니스트들이 추구하던 반자연, 도시성을 유추해볼 수 있다.

<후반기> 동인은 미학적인 완결성의 부족이라는 여러 비판과 한계에도 불구하고 50년대 모더니즘시에서 빼놓을 수 없는 문학 그룹이다. <후

반기>가 시사에서 중요한 것은 30년대의 모더니즘과 전후시대의 공황상태를 극복하려고 하는 문학적 태도에 있을 것이다. 이러한 극복의 태도가 새로운 미학의 시도를 가져왔고 이 시도를 통해 모더니즘시가 한층 더 본격화될 수 있었던 발판이 되었던 것이다. 물론 후반기 동인은 개개인의 시적 개성을 면밀히 검토하는 작업이 선행되어야 50년대 모더니즘의 다양성을 이해할 수 있을 것이다.

3. 극복의 방향과 미학적 과제

우리 시사에서 60년대를 조감할 때 약간의 상반된 의견들이 있다. 큰 갈래로 따지면 김준오는 참여시(혹은 민중시)와 순수시로 구분하고 제3의 흐름으로 전통시를 놓는다. 즉 참여시는 김수영, 신동엽을 계승하여 이성부, 조태일, 김준태 등이 전개하고 순수시는 김춘수, 전봉건, 김구용 등을 계승하여 <현대시> 동인들이 맡는다고 상술하고 있다.[4] 그러나 이승훈은 좀 다른 갈래로 60년대의 시문학을 조감하고 있다. 그에 의하면 60년대 우리 시의 흐름을 전통시는 순수시의 연장에 있고 참여시는 카프시의 연장에 있으며 김춘수를 중심으로 하는 언어 실험파는 모더니즘 시로 묶어 제3의 흐름으로 보았다.[5]

---

4) 김준오, 「순수, 참여와 다극화 시대」, 『한국현대문학사』, 현대문학사, 1989, 312~314면.
5) 이러한 논리의 설득력으로 다음과 같이 충분한 논의를 개진하고 있다. ; 1930년대를 계기로 우리 시가 현대성을 획득하면서 보여주는 커다란 흐름은 순수시, 카프시, 모더니즘 시의 세 경향이다. 순수시는 박용철, 김영랑 등에 의해, 카프시는 임화, 권환, 이용악 등에 의해, 모더니즘 시는 이상, 김기림, 정지용, 김광균 등에 의해 전개된다. 그러나 해방 공간에 오면 우리 시는 우파/좌파로 양분되고, 우파가 순수를 주장하고 좌파는 이데올로기를 주장한다. 그런 점에서 순수/참여의 도식을 소급해 적용한다면 모더니즘 시는 제3의 흐름이 된다. 이런 현상을 전제로 하면 60년대 우리 시의 흐름 역시 비슷한 양상을 띤다고 보아야 한다. 김준오 교수가 지적하는 전통시야말로 순수시의 연장선에 있고, 참여시 혹은 민중시는 카프시의 연장선에 있다고 이해된

모더니즘 시를 김준오는 순수시로 보았고 이승훈은 독자적인 제3의 흐름으로 보았는데 둘 다 나름대로의 설득력을 가지고 있다. 중요한 점은 김준오의 순수시나 이승훈이 말하는 모더니즘 시는 <현대시> 동인을 중심으로 하는 언어실험파라는 점이다. <현대시> 동인은 김규태, 김영태, 김종해, 마종하, 박의상, 오세영, 오탁번, 이건청, 이수익, 이승훈, 이유경, 이해녕, 정진규, 주문돈, 허만하, 황운헌 등이 1962년부터 1972년까지 26권의 동인지를 내면서 활동한 60년대 대표적인 동인이다.

<현대시> 동인을 중심으로 한 모더니스트들은 당대 첨예하게 대립되었던 문학 논쟁과는 다른 자리에서 예술지상주의적인 자의식을 가지고 창작 행위를 한 것으로 보인다. 오히려 당시 순수/참여 논쟁의 논자들은 이들의 문학 그룹을 예증의 텍스트로서 이용하기에 가장 적절했을 것이다. 그러나 순수파라는 시대적 갈래 속에 이들을 묶어 놓고 이해하기에는 다소 무리가 있다. 그것은 <현대시> 동인들이 서로 조금씩 다른 문학적 성격을 띄고 있었으며 그러한 성격은 그 이후의 문학에 큰 영향을 미치게 된다. 현재까지 활동하고 있는 <현대시> 동인들의 면면을 살펴보면 전혀 다른 문학적 색깔을 가진 것을 확인할 수 있다. 이들이 가진 집단적인 경향의 문제나 이념의 문제보다는 개개인이 가진 문학적 특수성에 의해 이들 그룹의 전체적인 성격과 이상을 도출해 내는 것이 온당한 이해인 듯싶다. 이것으로 이들의 문학 그룹이 상보적인 관계를 통해 통합된 시대의식을 꿈꾸지 않았을까 생각해 본다.[6]

다. 그렇다면 모더니즘 시는 어디에 있는가? 김춘수를 중심으로 하는 언어 실험파는 순수시보다는 모더니즘 시로 묶어야 하고, 그런 점에서 이들은 우파도 좌파도 아닌, 그러니까 순수도 참여도 아닌 제3의 길을 간다. 그러므로 이들은 순수, 참여 양쪽에서 똑같이 비난의 대상이 된다. (이승훈, 『한국모더니즘시사』, 219~220면 참조)

6) 그러나 이들이 '세대 의식'같은 것을 보여주지는 않는다. 예컨대 비슷한 연배의 다른 진영 쪽에서는 4·19세대로서의 자의식이 뚜렷했던 점을 감안한다면 더 확연하다. 이들은 기존의 앞 세대 문인들에게 긍정적으로 영향 받으며 문학 활동을 해왔다. 또한 시대적인 고민과 그에 따르는 활로를 문학의 장 안으로 끌어들이지 않고

<현대시> 동인뿐만 아니라 <평균율> 동인이었던 김영태, 마종기, 황동규 등도 새로운 감수성으로 언어미학을 개척한 또 다른 모더니스트들이다. 그리고 김수영과 김춘수의 시 또한 60년대 가장 큰 수확이 아닐 수 없다.

김수영은 50년대의 시적 모험을 통해 모더니스트로서의 자의식을 확립했는데 60년대에는 참여시로 자신의 문학 행보를 선회하고 있다. 순수참여 논쟁에도 적극적으로 개입한 그는 현실을 문학적으로 어떻게 수용해낼 것인가에 대한 자성의 결과로 참여시를 주장한 것 같다. 그는 뒤이어 「시여 침을 뱉어라」, 「반시론」 등의 문제적 시론을 쓰며 참여시인을 뛰어넘는 새로운 미적 성과를 보여주고 있다. 김수영의 모더니즘은 역사로부터, 전통으로부터, 자아로부터 모두 결별된 극복의 모더니즘인 것이다.

김춘수 또한 「꽃」으로 대표되는 존재에 대한 관념적인 탐구에서 더 깊은 시적 세계를 보여주고 있다. 「처용단장」의 시편들을 통해 '무의미시'의 독자적인 경지를 선보인다. 이는 그가 끊임없이 자신의 시론 등을 통해 스스로 자각하고 극복한 인식의 산물이며 또한 당대의 첨예한 문학적 관심들과 동떨어져 자신의 세계를 개척해 나간 결과이다.

김수영과 김춘수의 시적 모험은 당대의 모더니스트들과 같은 자리에 놓고 평가하기에는 다소 무리가 있다. 그들의 시적 작업은 큰 틀에서 놓고 보았을 때 모더니즘과 전통, 모더니즘과 참여 사이의 긴장에서 파생된 독특한 자리에 있기 때문이다. 김수영이 참여시인으로서 큰 방점이 찍히는 경우나 김춘수의 시가 모더니즘이 아닌 서정계열의 시에서도 언급이 되기 때문이다. 그러나 당시의 김수영은 참여시쪽에 무게 중심이 있었고 김춘수는 <현대시> 동인을 위시한 신진 시인들의 대표격으로 큰 영향을 주고 있다.

이러한 60년대 모더니스트들이 가진 극복의 형태는 50년대 모더니스트

오로지 문학 자체의 활동에만 열중해 왔다.

들에게서 과제로 남은 새로운 시적 질서에 미학적 완결성을 부여하는 일이다. 이러한 작업들은 이전의 모더니스트들이 가지고 있었던 역사적인 현실과 연관된 극복의 의미로부터 자유로울 수 있었다. 개개인이 이전의 전통적인 문법을 넘어선 새로운 미학적 성취에 대한 욕구가 가장 큰 요인으로 볼 수 있다. 그러기 위해서는 50년대 모더니스트들을 극복하고 순수/참여의 이데올로기로부터도 극복을 해야 했을 것이다. 이러한 시적 성과를 확인하는 것으로 60년대 모더니즘을 살펴볼 수 있을 것이다.

> 사나이의 팔이 달아나고 한 마리 흰 닭이 구 구 구 잃어버린 목을 좇아 달린다. 오 나를 부르는 깊은 명령의 겨울 지하실에선 더욱 진지하기 위하여 등불을 켜놓고 우린 생각의 따스한 닭들을 키운다. 닭들을 키운다. 새벽마다 쓰라리게 정신의 땅을 판다. 완강한 시간의 사슬이 끊어진 새벽 문지방에서 소리들은 피를 흘린다. 그리고 그것은 하아얀 액체로 변하더니 이윽고 목이 없는 한 마리 흰 닭이 되어 저렇게 많은 아침 햇빛 속을 뒤우뚱거리며 뛰기 시작한다.
>
> —이승훈, 「사물 A」 전문

위의 시는 이승훈 자신이 스스로 말한 대로 '어두운 환상'을 보여주고 있다. '어두운 환상'이란 내면세계의 이미지화이고, 내면세계이기 때문에 그 이미지는 파편적일 수밖에 없다. 왜냐하면 시적 자아의 내면은 병적인 불안에 시달리고 있기 때문이다. 시에서 드러나는 대상은 지시적인 의미를 넘어 스스로의 감성과 직관에 의해 움직이고 있다. 이러한 점은 '닭'의 행보를 통해 이해할 수 있는데 '닭'이라는 대상을 자아의 인식으로 투사하지 않고 자아의 감성으로 방목하고 있다. 그러므로 언어 자체에 대한 미학적인 탐색과 직관에 의한 기호화를 통해 내면세계를 보여주고 있다. 이러한 방법론은 김춘수의 '무의미시'와 함께 이승훈의 '비대상시'로 이어지며 가장 문제적인 시론이 된다.

이러한 내면적인 자아와의 깊은 탐색은 김영태에게서도 볼 수 있다. 김영태는 "대낮에 나는/그 女子를 연다"(김영태, 「방」)로 시작한다. 이 시에서의 '방'은 자아가 관찰하는 구체적 공간으로서의 방이 아니라 "여자를 여는" 내면의 어느 한 지점으로서의 방이다. 그 방은 "흰 壁의 엘레간스/一世紀前에 켜져 있었던/람프와 안개/안개 속을/이쁜 구두와 구두들이/지나"가는 "박하냄새가 풍기는/방"인 것이다. 이러한 내면의 탐색은 김종삼처럼 형태주의적인 요소로 보여지기도 한다.

> 광막한지대이다기울기
> 시작했다잠시꺼밋했다
> 십자가의칼이바로꼽혔
> 다견고하고자그마했다
> 흰옷포기가포겨놓였다
> 돌담이무너졌다다시쌓
> 았다쌓았다쌓았다돌각
> 담이쌓이고바람이자고
> 틈을타동혼이잦아들었
> 다포겨놓이던세번째가
> 비었다.

－김종삼, 「돌각담」 전문

위의 시는 형태주의적 요소가 돋보인다. 띄어쓰기가 무시되어 있고 불규칙한 행갈이를 하고 있다. 사각의 형태로 행갈이를 함으로써 돌각담을 시각화하고 돌각담의 완강한 모습을 보여준다. 또한 형태적인 것 뿐만 아니라 '무너짐→쌓임→빔'의 의미적 관계를 통해 돌각담의 비애를 은유하고 있다. 이러한 방법론은 전통적인 문법과 이탈된 통사구조인 것이다. 중요한 것은 김종삼의 시가 통사구조를 깨는 형태적인 실험에 그친 것이 아니라 의미구조까지 완미한 미적 균형을 갖춘 점이다. 김종삼은 이밖에 여러 시를 통해 행간에 숨어 있는 의미를 읽는 즐거움과 기존에 보지 못했던 낯선 시어들, 그리고 짧고 평이한 어구를 통해 독창적인 시를 발표한다.

정현종 또한 독특한 감수성으로 이전 세대와는 다른 시를 선보이고 있다. 가령, "젖은 안개의 혀와/가등의 하염없는 혀가/서로의 가장 작은 소리까지도/빨아들이고 있는/눈물겨운 욕정의 친화"(정현종, 「교감」) 같은 시행은 사물을 새로운 각도에서 바라보게 한다. 이전의 사물과 소통방식이 관조를 통한 인식의 변화에 있다면 정현종의 소통방식은 감각에 집중되어 있다. 그는 사물을 객관화시키면서 그 사물의 감각적인 몸을 향하고 있다. 이러한 에로스적 충동은 새로운 감수성으로 시적 대상과 관계맺는 형식이다.

4. 맺으며

지금까지 50, 60년대의 모더니즘시에 대해서 몇몇 시편들을 통해 일별해 보았다. 당대 모더니스트들이 가진 극복의 태도와 새로운 시학에 대한 추구는 이후 모더니즘시학에 대한 전거로서, 새로운 경향의 시에 대한 전범으로서 자리매김을 해왔다. 우리 시사에서의 극복의 태도가 내면으로 향하고 이러한 새로운 경향이 전통적인 문학 관습에 대한 성찰을 가능하게 한 점은 높이 살만하다.[7] 또한 식민지모더니즘이 전후모더니즘을 거

---

7) 내면 탐구의 시가 가지는 시사적 의의에 대해서 이승훈은 다음과 같이 의미있는 평가를 하고 있다. "현대시 동인은 이른바 내면 탐구를 지향함으로써 그동안 우리 모더니즘 시가 보여주던 한계를 극복한다. 우리 모더니즘 시의 1세대인 식민지 모더니즘도, 이상을 제외하면, 이런 내면이 결핍되고, 2세대인 전후 모더니즘도, 김춘수

쳐 <현대시> 동인을 비롯한 이후의 모더니스트들이 서로 단절되지 않고
수용과 반발을 거듭함으로써 큰 문학적 흐름으로 이어져 내려오는 것은
중요한 점이다.

그러나 당대의 문학을 살펴볼 때 새로운 방향성에 대한 의욕에 비해 미
학적인 완결성에 대한 결과물은 부족한 것이 사실이다. 그러한 점에서 당
시 모더니즘의 한계를 많은 논자들은 지적하고 있다. <후반기> 동인들
은 형태적인 단조로움과 반복된 시편들을 통해 실험적인 단계로 비판되
며 <현대시> 동인들은 그들이 가지고 있는 난해성과 추상성이 문제되고
있다. 그러나 이러한 한계점에도 불구하고 50년대의 모더니즘은 현대시
를 내면세계를 추구하는 모더니즘 문학의 디딤돌 역할을 했다는 점에서
큰 의의가 있을 것이다.

를 제외하면, 이런 내면이 결핍된다. 그런 점에서 근대화 초기 모더니즘인 3세대 모
더니즘이 추구한 내면 탐구는 시사적 의의가 있다.”(이승훈, 위의 책, 266면.)

한국 현대시에 나타난 기독교적 상상력

1. 성(聖)과 속(俗)의 피안(彼岸)

문학과 종교의 관계는 상보적이면서도 대립된 관계에 놓여 있다. 그 성격은 다르지만 '구원(救援)'을 열망의 마지막 목표로 삼는다는 점에서는 일종의 동지적(同志的) 입장에 서 있다. 하지만 반대편에서 보면 '구원'이라는 동질의 지향점이 서로의 세계를 용인하지 못하는 가장 큰 이유가 되기도 한다. 예컨대 문학은 인간으로부터 출발하여 신에게 이르고, 종교는 신에게부터 출발하여 인간으로 내려온다. 그 차이점이 경미한 상황으로 인식할 수도 있지만 실상 시인의 의식 내부를 들여다보면 그렇지가 못하다.

문학은 목표가 분명치 않은 세계를 지향한다. 그런 점에서 문학은 종교에 비해 좀 더 자유롭다. 목표가 분명치 않은 문학은, 작품을 창작하는 개별적 존재자가 스스로 구원에 이르는 대리자(代理者) 역할을 한다. 그러므로 작품의 창작자에 따라 구원에 이르는 길이 제각기 다르다. 또한 구원의 방법과 도달점도 다르다. 이렇게 각기 다를 수 있는 이유는 문학은 인간의 경험으로부터 출발하여 그것이 관념화되어 보편적 진리에 이르는 수순을 밟기 때문이다.

이에 반해 종교는 특수한 목표가 있다. 종교는 경전을 통해 과학적인 분명함이 지배하지 않는 이상적 세계를 보여준다. 그 세계는 현실의 세계와 다른 초월의 세계이지만, 오히려 그 초월의 세계가 현실을 더욱 단단히 지탱할 수 있는 힘이 된다. 종교는 보편적 세계를 특수한 선민(選民)의 세계로 인도하려는 의지가 강하다.

이러한 이유로 문학과 종교가 본질적으로는 상통하는 내력을 가질 수 있으나 그 도달점과 방법은 상이점을 가지고 있다. 이러한 점은 문학 일반에서 詩로 방향을 바꾸어 보면 더욱 확연히 드러난다. 시는 보편적 언어를 객관화하고 대리하는 다른 장르와 달리 노래성이 강하다. 그 노래성은 달리 말하면 부족의 언어, 방언을 육성할 때 힘을 발휘한다. 그렇기에 시의 언어는 여러 비유를 차치하고서라도 언어의 개별성에 많이 기댄다. 이는 종교가 가지는 특수한 세계와 상충되기도 한다. 종교의 모든 목표는 문학을 통해 종교적 진리를 전파하는 데 있다. 물론 각 종교마다 그 성질은 각기 다르지만 본질적인 인식은 그와 같다. 그렇기에 분명한 목적을 가진 종교적 세계를 시로 노래하기란 쉽지 않다. 시는 이미 확정적인 세계에 대해서는 그 미적 자질을 잃게 되기 때문이다. 더욱이 그 확정적인 세계로 인도하도록 강제받을 경우에 있어서는 그 반발이 더욱 심해지게 된다.

어떻든 속(俗)의 세계에서 성(聖)의 세계를 그리고 있는 게 문학이라면 종교는 이미 성(聖)의 세계에서 인간의 세계를 관리하고 설교한다. 이런 경우, 성과 속이 서로 위무하고 용인하는 지점이 있을 수 있다. 그러한 지점이 바로 종교적 상상력이 서야 할 지점이다. 인간은 원시시대부터 종교생활을 했으며 그것은 사유의식을 가진 인간의 본성적인 것이다. 폴 틸리히(P. Tillich)는 "종교는 인간 정신생활의 모든 기능의 심층에서라면 어디나 있을 집이 있다"고 했다. 이는 종교가 우리의 삶에 어떤 부분인지를 말해 준다. 우리는 성과 속이 서로 습합되고 위치를 바꾸는 현실의 상황들을 목격하기도 한다. 그것은 문학과 종교가 서로 상충되면서도 결코 떨어질 수 없는 불가분의 관계에 있음을 의미한다.[1]

2. 영(靈)에 속한 시의 내력과 층위(層位)

기독교는 일반적으로 나사렛 예수를 구주로 믿는 그리스도교를 말한다. 한국에서는 동방정교회의 전통이 거의 없기에 개신교(프로테스탄트)와 가톨릭이 주류로 크게 뿌리내리고 있다. 이십세기 초에 유입된 기독교가 짧은 역사에도 불구하고 개신교와 가톨릭을 합쳐 약 천 사백만의 신도수를 가진 것은 여러 가지 의미를 담고 있다. 그 중에서도 가장 큰 의미는 이미 기독교가 우리의 정신세계를 많은 부분 책임지는 사상으로 거듭났다는 데 있다. 그 동안 기독교는 우리가 인식하지 못하는 사이에 사회 전부면에 걸쳐 그 정신이 침윤되었다. 문학 또한 예외는 아니어서 많은 문학 작품들이

---

1) 엘리아데는 다음의 글을 통해 성과 속의 관계를 보편적 관계라고 말하면서 이러한 정황들은 민속종교에서부터 그 기원이 있다고 보고 있다. "성속과 구원이라는 말은 아무리 원시인이라 할지라도 만물의 영장인 인간인 한 종교적 인간일 수밖에 없다는 명제와 관련된 것이고, 인류의 여명 추기부터 일정한 종교 체험을 해왔음을 반증하는 것이다. 그러나 성을 경험하는 것은 매우 다양한 양상에서 비롯되므로 한두 가지 카테고리로 설명하기란 쉽지 않다. 다만 한 가지 공통점을 든다면 성과 속을 구분하고 가능한 한 성에 가까이 있고자 한다는 것, 인간 조건의 한계를 느끼고 막연하지만 구원을 갈망한다는 점이다. (중략) 성은 영속적 혹은 일시적 특성으로서 어떤 사물, 인간, 공간, 시간 등에 두루 퍼져 있다. 어떤 신비적인 사건이 계기가 되어 성이 되면, 그 순간부터 하나의 변질을 겪고 사람들한테 두려움과 숭배의 감정을 불러일으킨다. 그 성을 접촉하는 것은 위험시되기도 한다. 또한 그 성은 외부로 퍼져나가 마치 물과 같이 번지고 전기와 같이 방출되는 성격을 지닌다. 그에 비해 속은 부정적 성격으로 확인되는데, 빈약한 생명력이나 허무로 여겨지기도 한다. 이처럼 민속 종교에서도 성과 속을 구분하고 속의 허무를 극복하고 성으로 되돌아가고자 하였다.(엘리아데, 이은봉역, 『성과 속』, 한길사, 1998, 22~23면)

기독교 정신을 바탕으로 쓰여졌고 현재에도 쓰여지고 있다.

한국의 정서에 유, 불, 선의 종교는 샤머니즘적 전통과 함께 맞물려 일종의 동질적인 모습을 띠고 있다. 하지만 근대가 시작되면서 유입된 기독교는 그 성격이 많이 다르다. 기독교의 발전은 한국의 성장 자본주의와 많은 부분이 닮아 있다. 물론 한국적인 기독교가 기복신앙(祈福信仰)의 성격을 가진 연유는 종교의 토착화를 위해 어쩔 수 없었던 일이기도 하다. 한국교회에만 보편적으로 행하고 있는 새벽기도회는 정화수를 떠놓고 간원을 비는 한국적 기복신앙의 모습이다. 또한 본질적인 기독교와 다르게 현세의 축복과 상급을 강조하는 측면도 이에 해당된다고 할 수 있다.

그러면 기독교 의식, 혹은 기독교적 상상력이란 무엇인가. 여러 가지 개념과 범주를 들 수 있지만 일반적으로 박이도의 다음과 같은 개념으로 정리할 수 있겠다.

> 기독교 의식이란 기독교의 목표가 되는 속죄, 구원, 부활, 재림
> 등의 실현을 위해 일상생활에서 기도하고 간증하며 신과 교감하는
> 것을 말한다. 이 같은 의식이 시인의 내부에 심화됨으로써 작품 속
> 에 기독교 의식의 시정신이 드러나게 된다.[2]

결국 기독교적 상상력이란 기독교 정신[3]을 시적으로 잘 구현한 작품들을 의미한다. 문제는 기독교 정신, 혹은 기독교 의식을 어떤 방식으로 표현해냈느냐의 문제이다. 기독교가 가진 내세에 대한 단호한 믿음은 많은 부분 상상력을 제한한다. 즉 기독교가 시세계의 사상적 측면에서는 다양성을 준 게 사실이나 그 미적 형상화는 한계점을 드러낸 경우가 많았다.

---

2) 박이도, 『한국 현대시와 기독교』, 종로서적, 1987, 10~11면.
3) 신에 의한 창조, 사랑, 섭리, 구원의 역사를 자신의 사유의 근본 구조로 받아들이고, 그 질서에 따라 삶을 영위하는 신학적·이념적 원리를 이름하는 것일 터이다.(유성호, 『한국학연구』21집, 고려대한국학연구소, 7면)

외형적 측면에서는 성서에 등장하는 다양한 인물들과 소재들, 신약성서에 나타나는 비유들과 예수의 행적, 제자들의 행적에 관한 소재주의로 빠진 경우가 많았다. 기독교 정신을 깊게 고민하고 갈등하는 시적 자아의 모습을 포기한 채 이미 선취된 인간형이나 사상을 그대로 옮겨놓는 경우들도 허다하다.

또한 그 사상적 측면에서도 문제점을 안고 있다. 왜냐하면 기독교적 상상력이 시의 근간을 이루는 많은 시들이 가지고 있는 사상의 획일성과 교조주의(敎條主義)적 성격 때문이다. 시의 목적이 종교의 정신을 전파하려는 데 있을 때 시는 종교의 목적을 달성하는 시녀가 될 수밖에 없다.

그런 이유로 종교적인 목표에 부합되는 시편들은 일반의 시와 다른 범주에서 평가되고 인식되고 있다. 이른바 신앙시, 종교시 등의 개념을 들어 종교적 목표가 시의 분명한 목적일 때 일반 문학과의 차이를 인식하게 하는 것이다. 그러므로 기독교적 상상력을 가진 시가 가야 될 방향에 대해 다음과 같은 두 말은 큰 의미가 있다.

> "교의는 진정한 시에서는 그 모습을 나타내지 말아야 하는 것이다. 혹 나타난다 하더라도 교의로서가 아니라 순수한 환상으로 나타나야 하는 것이다."라고 지적한 것은 기독교 문학이 어떤 위치에서 이룩되어야 하는가라는 문제를 적절히 표현한 대목이다. 문학이란 장르에서 기독교적인 것만을 뽑아 그 의의를 상고한다는 것은 무의미할지 모른다. 그러므로 한국의 현대 문학 속에 기독교적인 특징이나 정신만으로 된 작품을 고르고 분석하기 보다는 작가의 기독교적인 인스피레이션이 얼마만큼 뿌리박고 있는지를 작품 전체에서 얻어낼 수 있는가에 초점을 맞춰야 할 것이다.[4]

우리가 문제삼으려고 하는 '기독교 시'는 신에 대한 절대 긍정과

---

4) 박이도, 위의 책, 57면

함께 인간 역사에 반영된 신의 섭리를 해석하고 그것을 실천의 지평에 놓는 태도를 포괄하는 시편들을 말하는 것이다. 이때 '기독교시'가 지향하는, 일종의 대안적 유토피아주의야말로 기독교 정신 혹은 이념을 가장 충실하게 지칭하는 것이 된다.[5]

가장 중요한 점은 종교적 경험에 대한 자아의 정신적 현존을 드러내는 것이다. 경험에 대한 관념화와 실천적 의지, 본질에 대한 방황 등이 확실한 세계에 대한 궁극적인 뒷모습을 더욱 공고히 해주는 길이다. 완료된 해석의 틀을 거부하고 그 해석에 의해서 반죽되어진 자아의 본질적 모습을 통해 성자의 진정한 모습을 발견할 수 있을지 모른다.

우리 시사에서 이런 기독교적 상상력을 미적으로 승화시킨 시인들은 적지 않다. 또한 많은 시인들이 남긴 다양한 사상적 층위와 여정은 다양한 모습으로 나타났다. 기독교의 신앙적 정신을 시적으로 잘 형상화한 시, 속된 자아와 신앙인으로서의 자아 사이의 갈등과 죄의식을 고백한 시, 기독교 사상이 대상 속에 스며들어 보편적인 정서의 형태로 내재화된 시, 기독교 정신의 올바른 방향을 변론하기 위해 비유나 풍자의 방법론을 택한 시 등 다양한 표출방식으로 나타났다. 그 중에서도 윤동주, 정지용, 김현승, 박두진, 박목월 등이 보여준 세계는 한국 시문학의 큰 수확이 아닐 수 없다. 본 글에서는 이미 다량의 평가를 받아온 위의 시인들에 비해 상대적으로 평가가 미흡되었다고 생각되는 몇 시인들의 시를 살펴봄으로써 기독교적 상상력을 실천한 다양한 시적 모습을 살펴보겠다.

---

5) 유성호, 위의 책, 7면

3. 기독교적 상상력의 양상

이용도 시인(1901~1933)은 우리 문학사에서 여전히 낯선 이름이다. 그가 뛰어난 시편들을 남기고 33세의 이른 나이에 요절했다는 사실 또한 잘 알려져 있지 않다. 그는 당시 감리교파의 개신교 부흥목사였으며 정열적인 독립운동가였다. 그는 중학재학 중 1919년 독립 만세를 부른 혐의로 투옥된 이후, 1922년 태평양 회의 사건으로 서대문형무소에 투옥되는 등 열성적인 독립운동가였다. 1924년에는 협성신학교(감리교신학대학 전신) 영문과에 입학하고 이후 부흥목사로서의 활동을 하다 폐결핵으로 이른 나이에 작고한다. 그의 작품은 대부분 생전에 일기나 서간문 등을 통해 발견된 시편들이다. 그의 시는 기교위주의 형식주의 시보다도 생명력 있는 내용을 중시하였다.[6]

이름없이 지구의 일각을 밟고가! 샤론의 들꽃같이! 피는 줄, 지는 줄 세상이 다 모르되, 다만 하늘만이 빈 들에 속삭이는 저의 소리에 귀를 기울이시고, 소문 없이 퍼지는 그 향기에 하늘이 웃음 웃고, 자취없이 눈 감을 때 적막한 밤 작은 별의 무리들이 조상을 해— 이것이 값없는 야화의 무상의 영광, 평생 발원이었던 것이로다. 아, 그러나 저를 낸 조물주는 여기에 가공을 하여 옮겨 놓으니, 요란한 대로변 가시밭에 한 송이 백합화가 되었구러! 고요히 이름없이 지나갈 고독한 야화! 이제는 소문 놓고 노방(路傍)에 찟길 이름 좋은, 그러나 역시 고독한 백합화로구나!

— 이용도, 「샤론의 들꽃」 전문

---

6) 이용도의 생애나 사상에 대한 자세한 내용은 변종호 편저, 『이용도 목사 전집』(장안문화사, 1993)과 신규호, 『한국 현대시와 종교』(국학자료원, 2003)를 참고.

샤론은 성서에 나오는 지명이다. 구약성경 아가서 2장 1~2절에는 "나는 샤론의 수선화요 골짜기의 백합화로구나 여자들 중에 내 사랑은 가시나무 가운데 백합화 같구나"라는 부분이 나온다. 아가서는 솔로몬이 기술한 책으로 '아름다운 노래의 책'이란 뜻이다. 아가에는 그리스도와 인간에 대한 거룩한 사랑을 비유하는 표현이 많이 등장한다. 이로 인간의 엄숙하고 순결한 사랑을 노래한 깊고 고상한 윤리적 도덕성을 엿볼 수 있다.

샤론은 욥바에서 갈멜산에 이르는 지중해변의 평원이다. 이곳은 봄이 되면 갖가지 들꽃이 만발하여 아름다운 경관을 자랑하는 곳이다. 그러므로 "샤론의 들꽃"은 비옥하고 아름다운 땅에서 비범하게 핀 영광된 꽃이 아니라 들꽃처럼 평범한 꽃 한 송이를 의미한다. "이름 없이 지구의 일각을 밟고 가!"라는 단호한 어조는 스스로를 다짐하는 어조이기도 하다. 이 시는 이용도의 삶의 지표와도 맥락을 같이 하는 시이다. 평범한 들꽃처럼 온 가운데 "소문 없이 퍼지는 그 향기에 하늘이 웃음 웃"는 야화의 삶을 닮고 싶은 의지가 담겨 있다. "고요히 이름 없이 지나갈 고독한 야화!"의 삶은 당시의 상황을 또한 생각하게 한다. 신비주의적인 부흥목회자였던 시인은 마지막에 이단으로 낙인되어 교단에서도 지위를 박탈당한다. 또한 20년대 후반부터 30년대 초반까지의 7~8년 동안 시작활동을 벌여왔다는 점을 생각하면 당시의 불우한 상황을 짐작할 수 있다. 이러한 상황에서 들에 핀 꽃에 대한 열망으로 시적 자아의 근원적 갈급함을 표현하고 있다. 신성한 자연의 근원적 원리를 통해 자신의 삶의 지표를 비유적으로 말하고 있는 시이다.

이러한 시는 예수의 생애나 사상을 닮아 있다. 위의 시는 당시 우리 문학사를 생각해 볼 때 문학적으로 상당히 뛰어난 가편이다. 산문시가 비유와 어울려 이루어내는 세계가 기독교적 상상력을 스스로 체득하여 이루어낸 것임을 알 수 있다.

산아, 나무야, 바위야. 나를 가리워 주의 진노의 눈에서 피하게
하여 주고, 모든 인간들에게서 숨기어 수치를 면하게 하여 다오. 그
러나 내가 일찍이 산에서 범죄하여 산을 더럽혔사오매, 나는 산의
원수가 되었고, 나무와 바위 아래서 내가 부정하였으매 저가 나를
멸시한지라, 어찌 나를 덮어 주며 가리워 주랴. 산과 나무가 나를
덮어주지 아니하고, 바다가 나를 숨겨 주지 아니하며, 바람이 나를
듣지 않고, 하늘이 나를 동정치 않는도다.

─이용도, 「산아, 나무야, 바위야」 전문

하늘은
헤아려
측량하기 어려운 것.
웅대하고,
한이 없는
이 우주

오! 그 큰 천체를
한 입에 삼키는
이 작은 '마음'이여

─이용도, 「마음」 전문

무엇을 깨달을 때 그 깨달음을 지속할 특별한 순간을 담지할 때가 있다.
그 순간은 자연의 이미지를 통해 드러낼 때 더 선명해진다. 「산아, 나무야,
바위야」를 통해 알 수 있듯이 이용도의 신성 원리가 신과 자아의 교감 속
에 이루어져 있음을 알 수 있다. 즉 신과의 물음과 대답을 통해 그곳에서
오는 죄의식과 그것에 대한 회개와 다짐이 함께 존재한다. 속죄는 기독교
정신에서도 가장 중요한 개념이다. 일상적 자연이 신의 진노를 피하게 해

주지는 못한다. 그러나 자아는 자연과 인간을 통해서라도 자신의 죄를 가리고 싶은 본성을 고백하고 있다. 그것은 일찍이 아담이 뱀의 유혹을 통해 선악과를 먹고 죄의식을 갖게 된 이후부터 가질 수 있는 본성인 것이다. 시인은 또한 자신을 가리워줄 자연과 인간을 자아 자신이 훼손하였고 부정하였다고 말한다. 자신의 죄를 위무받을 수 있었던 대상과 운명적인 대립의 관계가 되어 이곳저곳에서도 위로받을 곳이 없는 상황이 된 것이다. 그것은 어쩔 수 없이 신과 자아와의 일대일의 관계 속에서 구원을 받아야 하는 나약한 실존을 보여준다.

'마음'은 모든 천체를 한 입에 삼키는 것이다. 측량하기 어려운 하늘과 웅대하고 한이 없는 우주조차도 마음 하나에 바뀔 수가 있는 것이다. 그의 시가 자연을 순례하며 자연의 비유로 자신의 신앙관을 보여줄 때 그 사상적 풍요로움은 더 깊어질 수 있다.

오늘도 신비의 샘인 하루를 맞는다.

이 하루는 저 강물의 한 방울이
어느 산골짝 옹달샘에 이어져 있고
아득한 푸른 바다에 이어져 있듯
과거와 미래와 현재가 하나다.

이렇듯 나의 오늘은 영원 속에 이어져
바로 시방 나는 그 영원을 살고 있다.

그래서 나는 죽고 나서부터가 아니라
오늘서부터 영원을 살아야 하고
영원에 합당한 삶을 살아야 한다.

마음이 가난한 삶을 살아야 한다.
마음을 비운 삶은 살아야 한다.

— 구상, 「오늘」 전문

구상은 기독교적 신앙관을 시 속에 잘 형상화한 시들을 많이 남겼다. 이미 많은 종교시편을 써왔으며 스스로 신앙시집이라는 기획으로 『두 이레 강아지만큼이라도 마음의 눈을 뜨게 하소서』라는 시집을 발간한 바 있다. 구상의 시는 복잡한 수사가 없이 쉽고 간결한 언어를 사용하면서도 사상의 깊이를 함께 가지고 있는 시에 속한다. 또한 신앙인으로서의 시인의 삶 또한 시의 의미와 덧붙여져서 감동의 무게를 더한다.

위의 시는 현세의 삶 이후의 영원에 대해 말하고 있다. 기독교 정신의 핵심사상인 창조, 부활, 사랑, 심판 등의 개념 속에서 오늘에서 영원을 산다는 부활의 신앙을 담고 있다. "죽고 나서부터가 아니라/오늘서부터 영원을 살아야 하고/영원에 합당한 삶을 살아야 한다"는 것은 현세 기복적인 신앙이 아니라 이 세계의 종말이 닥치더라도 영원을 함께 살 수 있는 신앙의 회복, 영혼의 영원을 말해주고 있다. 구상의 시는 의도적으로 시적 수사를 거세하고 사상적 의미의 핵만을 남겨두는 방식을 취한다. 그의 종교적 시편들이 다수 연작의 형태를 취하는 것은 또한 이와 무관하지 않다.

만월이 떴다
소돔성에 만월이 떠오르자
버들가지는 더 이상 흔들리지 않았고
고향에 두고온 깊은 강물도
더 이상 잠자리를 적시지 않았다
이미 문 밖에는
예비된 공포가 기다리고 있었으므로

새벽이 오는 게 두려운 사람들은
이불깃에 이빨을 지그시 깨물며
절망으로 단단히 무장한 다음
가까스로 건진 희망 몇 가닥을
모세의 목에 걸어주었다
가까스로 얻은 희망 몇 가닥이
공동묘지에서 빛나는 아침
모세는 가야 했다
소돔성 떠오르는 만월이 되어
죽음보다 어두운 애급 땅으로
뚜벅뚜벅 사라진 다음에야
희망 몇 가닥에 잎이 돋는다는 것을
우리의 모세는 알고 있었다
그러나 모세는 가지 않았다
마을에 남아 있는 다른 사람들처럼
만월이 되는 것은 아득했다

문 밖에는 미증유의 적막이 다가서고
승냥이 울음소리 음산하게
빈 벌판에 가 닿았다

—고정희, 「만월」 전문

고정희의 시는 기독교 정신의 올바른 방향을 변론하기 위해 비유, 풍자의 방법론을 택한 시에 해당한다. 그는 많은 시편들을 통해 기독교적 상상력을 바탕으로 풍자, 비유 등의 다양한 방법론을 통해 형상화하고 있다. 이러한 면은 그가 신학도이며 또한 해방신학에 영향을 받은 실천적 의지의 신앙을 강조하고 있었기 때문이다. 그가 스스로의 사상을 육성한 것이 바로 이 땅의 사람들을 위한 종교의 모습이고 그러한 자신의 신념은 기존의 신념을 다른 각도에서 바라보는 것에서 출발한다. 현존하는 기독교적 가치관들을 한번 되짚어보고 자문해 본다. 또한 그의 시에서는 역사적 소명을 자신의 신앙적 경험을 체화한 형태로 표출되었다.

「만월」은 깊은 달이 뜬 밤을 배경으로 새로운 역사의 도래나 그것이 오기까지의 정신적 여정을 적고 있다. 그 여정은 새로운 희망과 함께 긴장감이나 두려움을 동반한 감정이다. "소돔성"은 지금의 현실적 상황을 말한다. 창세기 13장에 나오는 아브라함의 조카 롯이 소돔성으로 이주할 때의 이야기이다. 소돔성은 이미 성적 문란과 도덕적 퇴폐로 하나님의 노여움을 사 유황불의 심판을 받는다. 소돔성 안에 의인 10명만 있으면 소돔성을 구할 수 있었지만 의인 10명이 없었다. 죄악의 마지막 모습을 보고 싶어하지 않는 것은 인간의 본성이다. 하지만 죄악에 빠져 있을 때, 그 죄악 가운데에서 빠져나오기란 쉽지 않다. 그렇기에 롯의 아내가 받았던 돌기둥의 형벌을 받을 수 있는 것이다. 이러한 소돔성의 현실 속에서 모세는 구원의 지도자이다. 모세는 시내산에서 계명을 받고 이스라엘 민족을 해방하였다. 그 해방 가운데 백성들과 광야에서 40년의 유랑생활을 하였고 약속의 땅 '가나안'으로 돌아갈 수 있었다.

우리의 현대사는 이러한 광야의 생활과 다를 바 없다. 민족의 상실과 더불어 평화, 자유, 민주의 상실을 거듭 체험한 우리의 현실은 광야에서 고난을 받은 이스라엘 민족의 운명과도 같다. 이제 새로운 지도자나 영웅이 나타나기를 바라는 마음이 있는 것이다.

문밖에는 아직도 미증유의 적막이 다가서는 현실 속에 있다. 민중의 아픔 속에 하나님의 진리가 함께 존재할 때 그 신앙의 존재 의미는 더욱 공고해질 것이다. 이처럼 고정희의 시에는 신앙인으로서의 종교적 체험이 다양한 시적 방법론에 의해 시화(詩化)되고 있다.

장독대의 항아리들을
어머니는 닦고 또 닦으신다
간신히 기동하시는 팔순의
어머니가 하얀 행주를
빨고 또 빨아
반짝반짝 닦아놓은
크고 작은 항아리들……

(낮에 항아리를 열어놓으면
눈 밝은 햇님도 와
기웃대고,
어스름 밤이 되면
달님도 와
제 모습 비춰보는걸,
뒷산 솔숲의
청살모 다람쥐도
솔가지에 앉아 긴 꼬리로
하늘을 말아쥐고
염주알 같은 눈알을 또록또록 굴리며
저렇게 내려다보는걸,
장독대에 먼지 잔뜩 끼면
남사스럽제…)

어제 말갛게 닦아놓은 항아리들을
어머니는 오늘도
닦고 또 닦으신다
지상의 어느 성소인들

저보다 깨끗할까
맑은 물이 뚝뚝 흐르는 행주를 쥔
주름투성이 손을
항아리에 얹고
세례를 베풀듯, 어머니는
어머니의 성소를 닦고 또 닦으신다
—고진하, 「어머니의 聖所」 전문

    고진하는 기독교 사상이 내재화되어 보편적인 정서에까지 그 시적 진리가 전달되는 시다. 그의 시 속에서 자아는 신앙인과 속인으로서의 가치 판단이 분리되지 않은 채 평범한 일상 속에서 무한한 신의 섭리를 이끌어 낸다. 그의 시편들이 신성과 일상의 만남을 생태적 사유로 구현해냈다는 세간의 평가는 온당하다. 불순한 모든 것 또한 초월의 힘을 가지고 있다. 그 초월의 힘이 보편적 정서로 다다르면 굳이 기독교적 상상력이 아니라 하더라도 모든 종교적 상상력이 그의 그물망과 함께 하는 것이다.

    시인에게 '聖所'는 교회의 성전이 아니라 이 땅의 모든 만물이다. 또한 어머니의 세계가 바로 성소이다. 시인이 성소를 발견하는 특별한 순간은 계시의 장소가 아니라 일상의 장독대이다. 어머니가 장독대 항아리를 닦고 계시는 모습을 통해 인간이 가지는 진실된 마음이 모두 종교적인 행위일 수 있다는 것을 보여준다. 이처럼 세계는 각기 다른 존재로 분할되지 않고 사건의 연결망이며 연대성을 가지고 있다는 존재론적 인식이 고진하의 시 속에는 자주 목격된다. 기독교가 가지는 선민의식은 때로 그들만의 성찬식이 될 수 있다. 그런 의미에서 "세례를 베풀 듯" 성소를 닦아나가는 어머니의 모습은 진정한 종교적 구원이 무엇인지를 생각하게 한다. 그런 점에서 그의 시가 기독교적 상상력이 가진 한계에 대한 선입견을 탈각시킬 시의 준거 역할을 할 것으로 생각한다.

　　이외에도 김남조, 김형영, 신중신, 정호승, 김정환, 박찬일 등의 시에서도 각각 다른 방법으로 기독교적 상상력을 형상화하고 있다. 애초의 계획과 달리 짧은 지면에 이 모두를 묶는 것이 불가능함을 깨닫고 다른 지면에서 논의하는 것으로 아쉬움을 대신한다.

4. 맺으며

　　지금까지 기독교적 상상력을 구현한 다양한 층위의 시편들을 살펴보았다. 위의 몇 시편들을 통해 기독교 정신이 어떻게 시 속에 습합되고 표출되는지를 일별해 볼 수 있었다. 더 깊은 논의를 위해서는 각 시인들에 대한 개별적인 분석이 더 부가되어야 한다는 과제를 남겨 둔다.

　　어떠한 길을 통해 그곳에 이르고자 하는지, 혹은 그 길이 목표가 없는 길이라 할지라도 깊고 진정한 사유의 세계는 깊고 오래가며 감동을 준다. 종교적 상상력이 우리 시단의 사상성에 더 깊이를 주는 것은 사실이다. 서구의 오래된 문학 전통이 헤브라이즘의 전통 속에서 나왔음을 생각할 때 그 중요성은 결코 가볍지 않다.

　　기독교는 가장 기본적으로 현세의 종교가 아닌 내세의 종교이다. 현세의 기복과 인간의 안위가 아닌 죽음 이후의 세계에 대한 보증으로서 믿는 종교이다. 모든 영적 행위는 죽음 이후 삶을 담보한다. 기독교가 유일하게 '부활'을 강조하는 이유는 여기에 있다. 부활은 죽음 이후 다시 사는 세계를 의미한다. 죽음 이후에 다시 소생하는 생성과 소멸의 원리가 숨어 있다. 그것은 꽃이 지고 다시 꽃이 피는 자연의 순환원리처럼 우리 육신과 영혼의 삶도 그러하다는 점을 말해준다.

　　앞으로 명징한 세계와 그것을 거부하려는 세계 사이의 길항과 모순 속에 기독교적 상상력이 존재해 있을 때 그 미적 형상성을 더 깊어질 것이

다. 하늘의 구름 위에서 군림하는 성자가 아니라 인간의 옷을 입은 성자가
시 속에 투영되기를 희망해 본다.

■■■■■ 제2부
증언(證言)

<h1 style="text-align:center">새로운 증언의 목소리들</h1>

1. 가능한 증언들

　새롭다, 라는 말은 언제나 불투명한 가능성을 거느리고 있다. 아주 단호하게 말할 수 있는 낙관적 전망이 있다 하더라도 그 전망의 결과에 대한 책무는 이미 발설자에게서 벗어나곤 한다. 새로움의 외피를 입고 나타난 수많은 작품들이 거죽만을 남긴 채 기억의 변두리에서 잊혀질 때쯤 우리는 또 다른 새로움 앞에서 서성이곤 하기 때문이다. 그러기에 새로움을 담보로 의미화된 작품일수록 그 작품의 질량에 대한 책무와 정체성에서 자유롭다. 어떻든 새로움은 새롭다, 라는 말 하나로 의미 있는 것 아닌가.

　그간 시단의 일각에서 진행되어 온 새로운 시적 세계와 방법들은 '환상', '몽상', '자폐' 등등의 대표적인 개념어로 거칠게 재단되면서 또 다시 새로운 세계를 찾으라는 막연한 의무감만 남긴 채 끝나기가 반복되었다. 때로는 다소 지도적인 위치에서 흔히 '고전적'이라 일컫는 시적 방법론을 강요받기도 하였다. 그러나 이러한 평가와 진단에도 불구하고 스스로 어떤 새로운 세계의 지향점을 향해 고독하게 걸어가고 있는 시인들이 있음은 눈여겨볼 만하다. 이들의 언어는 새로움이라는 자각에서 벗어나 그러한 언어가 자신들에게 이미 익숙해진 언어다. 자신의 믿음과 구원의 전략을, 그리고 고통스러운 생의 고투들을 자신이 가장 잘 낼 수 있는 언어로 표현하는 것은 당연하다. 그렇기에 잘 짜여진 각본처럼 말끔한 언어 속에 자신의 이상을 표현하는 것이 '거짓'일 수 있다는, '순수한 이상'을 가진 시인들은 많이 있다. 이러한 순수한 이상이 있는 한 우리 시의 미래는 계속 치열하게 진행될 것이다.

물론 '시적'이라고 말하는 언어들을 능통하게 구사하는 숙련의 유무는 중요하다. 방법적 회의에 부딪히게 되면 시적인 언어의 능력 부재는 바로 시 자체의 위기를 가져올 수 있기 때문이다. 새로운 언어는 이러한 숙련의 토대 위에서 이루어질 때 오래도록 자기의 세계 속에서 유영할 수 있을 것이다.

이 자리에서 새로움의 이름을 명명할 수 있는 것은 어떤 신뢰에서 시작된다. 이 신뢰는 자신의 세대가 담지하고 있는 상처와 분노들이 이전 세대와는 다르다는 점을 인식하기 때문이다. 또한 그 내면을 드러내는 감성적 촉수 또한 다르다고 인식하기 때문이다. 그렇기에 어쩔 수 없이 그렇게 쓰여질 수밖에 없는 당위성이 그들의 언어에는 내장되어 있다. 극한 전쟁과 배고픔의 실존적 경험이나 386세대가 가지고 있는 진지한 혁명도 이들에게는 없다. 전자는 이미 역사가 되었으며, 후자는 다소 신비화된 낭만성의 혐의를 지울 수 없기도 하다. 그렇기에 가장 젊은 세대가 말할 수 있는 것은 아직 문학 연표에서 찾을 수 없는 낯선 그 무엇이 된다.

지극히 일반적으로 말하자면 지금 '나'가 가지고 있는 현실의 '진실'이다. 그리고 그것이 자아가 가장 잘 말할 수 있는 현실이다. 그 현실은 가령 서로 침범하지 않는 어떤 고통의 선(線)에서도 드러난다. 상대방의 고통에 대해 묻지 않는 것이 예의라는 것을 스스로 터득한 이들이 이전 세대들과 다른 점이다. 그러나 예전이나 지금이나 불운한 가족사나 평범한 일상이나 전망없는 미래 속에서 무료하게 살 수밖에 없는 너저분한 삶은 계속되고 있다. 그러한 삶을 선명하게 보여주고 말하는 것에 별 흥미를 못느끼는 것 또한 이들 세대들이다. 같은 세대들 중에도 이렇게 불편한 족속들이 있고, 시를 쓰는 그들이 있다.

2. 불구

　'불구(不具)'에 대한 고백은 아마 오래도록 지속될 것이다. 자신이 추구하고 싶은 어떤 이상들은 그곳에 도달하기 어려운 상황을 인식하는 데서부터 시작된다. 설령 그 이상이 불가능한 것이라 하더라도 나갈 수밖에 없는 것 또한 시가 할 수 있는 일일 것이다. 덧붙여 그 불구의 통각은 민감한 감수성을 내장해야만 가능한 것이다.

　자신의 신체적 고통과 싸우는 영혼의 고난함을 지속적으로 발표해 온 박진성은 "몸보다 먼저 시퍼런 강을 헤엄치는 마음"(「발작이 내게 준 것들」)을 얘기하고 있다. 박진성에게는 고흐가 동생 테오에게 보내는 편지의 형식을 빌어 쓴 일련의 시편들이 있다. 그러한 시편들을 통해 개인적 고통의 보편화에 힘씀으로써 가장 통각에 민감한 감수성의 세계를 보여주었다. 「발작이 내게 준 것들」이라는 시에서는 그 동안의 병들이 "네가 해탈하겠느냐 내가 해탈하겠느냐"(「갑사에서 놀다」)고 말하던, 대상을 통한 본질에 대한 갈구를 지나 자아의 자리에 남은 감성적 세목들을 차분히 고백하고 있다. 중요한 점은 발작의 발병 원인과 결과가 어떠하든 간에 그 고통이 신체적 징후의 소재를 넘어서서 의식의 상태에까지 깊이 관여하고 있다는 점이다. 시에서 보여주는 "벌레들", "무늬", "물고기의 수런거림", "벼뿌리"가 생산해내는 새로운 오감의 형식은 발작 이후 더 깊어지는

"팔딱거리는 정신의 水位"를 고요한 풍경을 통해 보여준다. 이러한 점은 통각이 자아의 현실 속에서 어떻게 발현되고 이를 극복해가는가를 보여주는 긍정적인 단면이다. "발작이 내게 준 것들로" 이미 풍요로워진 시인의 소요(逍遙)가 앞으로 어떤 풍경으로 우릴 이끌지 기다려진다.

안현미는 "왜 生은 고장투성이인가요? 당신, 생은 다 그런 거라고 눙치지 말아요 시시해요 詩까지 시시해요 시체처럼 평온했음 좋겠어요"(「고장난 심장」)라고 말한다. 그의 불구는 박진성처럼 신체적 불구로 시작되는 표징과는 사뭇 다르다. "심장"은 육체적 기관으로서의 심장이기보다 우리의 '생(生)'을 담당하는 질서에 해당된다. 그러한 모습은 "불도 들어오지 않는 다다미방에서 돌아오지 않는 식구들을 기다"리고 결국 TV화면 조정시간의 소음이 자신의 내면이라고 고백한다. 그 고장난 생의 분절음들은 고통스러운 가족사 체험으로 비춰진다. "막장에서 석탄을 캐내던 내 아버지의 분노"와 "여름 국립의료원 중환자실에서 끝내 시간을 놓아버린 내 엄마"는 시적 자아에게 "고장난 생"을 설득하는 증거이기도 하다. 안현미의 시에서 시간이라는 관념은 마치 하나의 독립된 이성(理性)처럼 의인화되어 나타난다. 그러한 점은 과거로부터 지금까지의 삶이 푸념 섞인 독백의 형식으로 발현되는 게 아니라, 자신의 지나간 시간에게 되묻고 있음을 드러낸다. 그러나 시인은 그런 아픔을 "생이 고장난 심장 같다는 건 하나의 농담이"라고 슬쩍 넘겨버리는 능청으로 견디려 한다.

3. 풍경

단지 풍경의 기록이라고만 하자. 그렇게 말해버리면 편할 테지만 그 풍경은 간단치 않다. 거리에서건, 산과 바다에서건, 책에서건, 아니면 피를 흘리며 웃고 있는 친구의 죽음 앞에서건, 그 풍경에는 한 순간을 오래도록 지속시키고 싶은 욕망이 숨겨져 있다. 말하자면 어떤 사태에 대해 기록한다는 것은, 그 기록이 의미화되기 때문이다. 문제는 이 의미화되고 싶은 욕망에 있다. 풍경이 사적인 범주를 이탈하여 '시'라는 공적인 부분으로 옮겨오면 그 풍경은 스스로 욕망한다. 스스로 욕망된 풍경은 이후 사적인 차원을 넘어서서 공적인 증언으로 남는다. 그 증언의 목소리들. 그리고 그 목소리들이 증언이 될 수 있을까. 이 시대에 아니면, '문제적 개인'의, '독학자'의 증언이 될 수 있을까.

장무령은 자신이 공유하고 있는 풍경을 철저히 묘사화하여 보여준다. 한 컷의 이미지를 그대로 노출시키고 그 이미지들이 연결된다. 이때 시인은 어떠한 이미지를 선취하는가에 관심을 갖는다. 시인은 "버거킹 유리창 밖 파키스탄 여자"(「버거킹 유리창 밖 파키스탄 여자」)의 주변 풍경을 기록한다. 이때 시인의 감성은 철저하게 배재되어 있다. 시인의 감성을 추측할 수 있는 단서는 풍경을 어떻게 묘사하고 어떤 풍경을 바라보느냐에 있다. 그는 "세계 꽃 박람회", "파키스탄 여자", "다국적 기업 버거킹" 등의 풍경을 취함으로써 다소 이국적인 정경들을 통해 '경계'에 대한 이야기를 하고 있는 듯하다. 그러한 점은 "차도와 인도 경계"라는 직접적인 표현을 지나 박람회장에서 떨어진 꽃잎이 "쓰레기"로, "스케이팅 보드"로, 다시 "피 묻은 스케이팅 보드"로 옮겨가는 경계를 단적으로 보여준다. 스스로 경계를 만들고 경계를 무화시키는 것이다. 그리고 "버거킹 창 밖 제 삼 세계"라 한다. 제 삼 세계는 무엇인가. 그것은 결국 청소차에 의해 분쇄된다 하지만 버거킹은 여전히 남는다. 그러면 여전히 남아 있는 풍경은 제 삼 세계를 모두 잠식하는 미국인가.

이준규는 그러한 경계의 풍경을 "선이 그어지고 문이 닫히"(「선이 그어졌다」)는 정경으로 묘사한다. 그러면 문 안에서 화자는 무엇을 바라보는가. 장무령에 비해 비교적 선명하며 자아의 불편하고 건조한 감성을 그대로 드러낸다. 가령 "나는 서서 담배를 피운다/커피를 마실 수도 있다"라거나 "나는 그래도 시를 쓸 수 있다고 생각한다"는 표현을 보라. "궁지의 부부"와 "파탄의 부부", "캐주얼한 부부" 사이의 객관적 변별점은 그다지 중요해 보이지는 않는다. 대신 "물질들이 발광"하는 사이 "시인은 외면이다/열외다"라고 경계의 선을 철저하게 그어버리는 자의식이 문제다. 또한 시를 쓸 수 있다는 생각은 "어리석은 생각"이라는 점이 중요하다. 왜 어리석은가. 다시 문이 닫히고 선이 그어지면 "상처 입은 페페를 들고/짧은 치마의 하얀 여자가 서 있"는 모습과 마주한다. 페페는 식물 이름이거나 강아지 이름 같기도 하고 어떤 별칭인 것 같기도 하다. 하지만 "손잡이가 없다/검푸른 물이 흐르지 않는다"라는 마지막 두 행을 통해 그 동안 질서로 자리잡았던 통일성이 순식간에 무너진 풍경으로 남는다. 이 두 행은 그 앞까지 이어져 있던 이미지들을 다시 한 번 헤짚어 연관관계를 고민하게 한다. 어쩌면 그는 여러 풍경을 생략하고 마지막 두 행에 이르렀는지 모른다. 그 두 행과 앞 행들 사이에는 어떤 사연들이 존재해 있을까.

김안의 「부활절」은 위의 작품과는 다소 이질적인 풍경을 보여주고 있다. "낡은 풍금 앞에 앉아 있는 소녀가 G마이너로 시작하는 찬송가를 치"는 것으로 시는 시작된다. 이 시는 다분히 현실의 풍경과 이탈되어 있다. 영혼의 성소(聖所)와 목마름이 내재한 풍경은 한 편의 뮤직비디오를 연상케 한다. 왜냐하면 계속해서 이어지는 이미지들이 상징적이기 때문이다. 이 시에서 부활의 의미와 피와 십자가의 의미가 상징되어 있지는 않다. 영혼의 성소인 "예배당"과 구원의 대리자인 "목사"와 순결의 표상인 "소녀"가 함께 어우러진 공간이 이 시를 둘러싸고 있는 풍경이다. 그러나 이 아름답고 성스러운 정경이 세속적 욕망의 순간들과 만나고 있다. 그러한 순간은 어둠을 만나면서 시작된다. 1연에서 "소녀"와 "아가"가 조우하는 상징은 2연에서 "목사"와 "아가", "새"들의 만남과 대비된다. 성(聖)과 속(俗)의 혼돈이 하나의 풍경 속에 내장되어 있다. 이러한 만남은 대개 성스러움에 대한 구속으로부터 자유를 꿈꾸는 것으로 귀결되게 마련이다. '근대'라는 이성의 발견으로부터 시작해 지금껏 우리는 신의 품으로부터 벗어나려는 몸부림에 시달려 왔다. 그러나 김안의 시는 그렇게 보이지 않는다. 어떤 속박으로부터의 자유이기에는 너무 아름다우며, 고발이기에는 너무 고백적이다. 또한 "소녀"와 "교회"와 "낡은 풍금", 그리고 "목사"와 "은회색 새"들은 중세의 성스러운 고요함을 연상케 한다. 이런 풍경들은 "목사의 성기"를 단순히 세속적으로 느끼게 하는데 충분하지 않다. 그러므로 이 시는 성과 속의 이분법적인 틀을 벗어나려 하고 있다. 김안은 그러한 풍경 속에 자주 노출되어 시달려온 영혼을 고백하고 있는 것이다. 그가 그려내는 풍경은 아름다우면서도 끔찍하다.

4. 새로운 증언들

시의 산문성은 지금 시들이 가지고 있는 큰 문제점 중의 하나이다. 산문과 시의 경계를 의도적으로 무너뜨리는 전략은 이제 진부한 것이다. 그렇다면 음보의 성격이 변화되었다고 볼 수 있다. 마치 랩퍼를 연상시키듯 중얼거림 혹은 계속해서 발설해내는 언어적 풍성함이 편안한 시적 호흡이 된 것이다. 이러한 언어적 보폭은 우울하고 조급한 현대인의 내면을 표출하는 방식일 것이다. 이 점 때문에 시의 '애매성'과 '복잡성'을 더 가중시키고 소통의 문제에까지 다다르게 한다. 중요하게 알아야 할 점은 역시 처음으로 돌아갈 수밖에 없는 것이다. 시는 산문과 다르다는 명제. 그 점에 대해 많은 산문시들은 아주 아슬아슬한 경계 위에서 위태롭게 춤추고 있다.

하지만 새로운 어법에는 언제나 불편함이 뒤따르게 마련이다. 그 어법이 습관적이지 않기 때문이다. 낯설고 긴 문장들 앞에서 선뜻 오랜 침묵의 달콤함을 알아 버린 독자는 불편한 감정을 토로할 수밖에 없다. 그러나 낮설고 신기한 어법과 세계 또한 시가 줄 수 있는 새로운 매력이 될 것이다. 이러한 언어적 보폭들 사이에 새로운 증언의 목소리들이 존재하고 있다.

황병승의 시에는 자주 인류의 역사가 아닌 그렇다고 가족력도 아닌 개인사가 출몰한다. 그 사적인 내용은 대부분 자신이 재구성해낸 개인적 설화이다. 황병승의 여러 시편들에서 목도할 수 있는 이 낯선 세계는 소재의 다양함과 심리적 몽환들이 어우러져 표현되고 있다. "에로틱파괴어린빌리지"라는 지리지 또한 이런 창조에 기댄 작품이다. "비유없이는 한 발짝도 전진할 수 없는 계절" 앞에 네 명의 등장인물이 등장한다. 물론 "겨울"이라는 계절과 "늙은 나무"들이 공존하는 세계이기도 하며, 등장인물처럼 보이는 "태양남자"도 실은 하나의 배경이다. "에로틱파괴어린빌리지"의 주민들인 그들은 제각각 스스로의 목소리를 낸다. 그리고 그들이 모여 에로틱하고 파괴적인 행동이 집합해 집단적인 갈등과 소란에 휩싸인다. 여기에 등장하는 "미스터 정키", "힙합소년 j", "이소룡 청년", "저팔계 여자"들은 어떤 상징으로부터도 이탈된 듯 보인다. 보편적 상징도 통하지 않는 세계, 즉 시인의 말대로 "죽음도 삶도 아닌 세계"의 신기한 풍경들을 증언하고 있다. 황병승은 이러한 낯선 풍경을 그대로 증언하기 위해 적극적인 문화수용자로서의 역할자임을 자처한다. 그는 문화뿐 아니라 역사적 맥락의 인물과 소문들도 끌어들여 전혀 다른 '몽환'의 재현을 보여주고 있다. 그 몽환을 '보편성'이 아닌 '특수성'으로 파악할 때 황병승의 시를 잘 이해하는 길일 것이다.

이러한 사적 공간의 창조는 신동옥의 「악공을 위한 墓誌」에서도 보여지고 있다. 그는 이미 개인사를 역사적인 공간과 접붙여 새로운 '역사적 자아'를 탄생시키는 방법적 자각을 보여준 바 있다. 이번 시에서는 "~으니", "~것이었다", "~았으나" 등의 다소 구전 설화적인 어법을 보여준다. 이 어법에는 새로운 사적 세계의 창조라고 하는 시인의 의도가 숨겨져 있다. 시는 어느 악공의 탄생설화를 재구성하고 있는데 "墓誌"라는 점은 이를 반증해 준다. 시인은 어떤 행적과 사연을 남기기 위해 악공을 기억해 내고 있을까. 그 악공의 역사적 의미는 중요하지 않다. 이름없이 사라진 악공을 자아가 기억하고 있는 사실이 중요할 뿐이다. 그런 의미에서 이 시는 이름 없는 들꽃을 노래하는 시와 다를 바 없다. 결국 무명으로 스러져갈 운명을 거부하고 의미화시키는 것은 시인에게 어떤 신념인 것이다. "Electric Lady"라고 하는 어미의 몸에서 탄생된 악공은 강원도 인제군 기린을 거쳐 서울의 변두리 클럽에까지 이른다. 여기서 등장하는 "Electric Lady"는 불운의 천재 기타리스트 지미 헨드릭스의 앨범 「Electric Ladyland」에서 따온 듯하다. 그러나 이 시에서의 "Electric Lady"는 "이른바 전자 기타"라고 말하듯이 흔히 사용되는 전자 기타를 말하고 있다. 시에서 그는 "누구도 그 얼굴을 본 적 없다"고 말한다. 대신 "악마의 손놀림을 완성하고" 그런 완성의 기록을 남기는 것이다. 그가 떠난 자리에는 "Electric Lady"만 남아서 살아 우는데 시인은 이 청감을 기리고 있는 것이다. 무명의 악공은 어쩌면 실체하지 않는 소리이다. 시인은 그 소리에 대한 관념을 의인화시켜 하나의 세계를 만들고 꿈꾸는 것이다.

이러한 개별적인 역사화와 달리 구체적인 역사적 증언의 포즈를 이끌어와 재구성하는 시도도 보인다. 오은은 「어떤 날들이 있는 시절」에서 그 가능성을 의욕적으로 보여주고 있다. 시에서의 '날'은 어떤 특수한 '날'이 아니라 '날들'이다. 즉 특수한 순간이 아니라 보편적인 시간의 계기성(繼起性) 속에 이 시가 존재해 있음을 말한다. 또한 '날들이 있는 시절'로서 사물의 자리에 시간을 위치시킴으로써 기존의 언어적 질서와 인과적 구성을 탈각시키려 한다. 이러한 시도는 "어떤 날엔 멀쩡하던 빌딩들이 픽픽 쓰러졌다"는 첫 구절에서부터 의인화된 수법으로 보여준다. 또한 역사적인 증언 속에서 이 시가 이루어져 있다는 단서들이 곳곳에 있다. 가령,

· 실업자들이 늘어났지만

· 백인들은 영화관에 가지 않았고 그건 흑인들도 마찬가지였다
· 주머니를 털어 남극을 정복했지만 석유는 나오지 않았다 정부
　에선 마녀들이 저주를 품었다고 했지만
· 어떤 날엔 FBI가 아이들을 납치한다는 소문이 떠돌았다
· 확실히 밥은 법보다 구미가 당기는 제도였다
· 정부는 달리와 부뉴엘을 우주로 추방하겠다고 선언했지만
· 노벨상을 받았지만 토마스 만은 은신처를 찾아 헤맸고
· 안네 프랑크가 태어났지만 아무도 젖을 물려주지 않았다

등의 구절에서 경제공황 이후 2차 대전 당시의 시대적 상황들을 짐작해 낼 수 있다. 그러한 상황에서 유일하게 시적 자아가 스스로를 이끌고 가는 대목은 그 시절의 '아이들'이다. 아이들은 "쓰러진 빌딩 근처에서 자갈을 까먹고", "납치당하고", "배에선 음악이 흘러나왔"으며 "면도날로 눈알을 도려내는 영화"를 본다. 또한 "킹콩처럼 배를 두드리며 으르렁거렸"고 "아이들 뱃속에 있는 자갈은 내장과 밀착한 음을" 내어 재즈를 만들었으며 이 모든 것들이 여전히 "흑백"의 풍경 속에서 진행되고 있다. 결국 그러한 "시절"을 통과한 '역사적 자아'로서의 정체성을 스스로에게 되묻고 있는 것이다. 이러한 물음은 "광주에선 젊은 피가 끓었"던 우리의 역사에까지 다다르지만 "여전히 흑백"인 현실 속에서 "총구에서 눈알이 날아가는 꿈"이 유일한 대중문화였음을, 그리고 그것이 또한 자아의 대중문화였음을 증언하고 있다. 말하자면 이 시는 역사적 정황들이 자신의 감성적 사고(思考) 속에서 재해석되어 무의식적인 방법으로 표출된 것이다. 이러한 새로운 감수성의 세계를 무엇이라 명명할 것인가.

지금까지 이들의 시를 읽어내는 것으로 어떤 가능성에 대한 의미를 대신 삼았다. 부족하고 열악한 읽기의 아쉬움은 다른 눈 밝은 논자들에 의해

이루어질 것으로 믿는다. 여전히 이들은 진행 중이고 또 앞으로도 계속 진행 중일 것이기 때문이다.

변신(變身)과 귀환(歸還)

　우리는 현실이 무의미하다고 느낄 때, 이 현실을 극복할 새로운 공간의 발견을 꿈꾼다. 대체로 그 공간은 도피나 해탈의 지점이 아니라, 다시 치열한 땀을 흘릴 수 있을 경우 의미를 가진다. 현실을 위무하기보다 현실을 기반으로 새로운 현실의 지평을 넓힐 수 있는 인식의 가능성도 이에 포함된다. 현실 속에서 다른 공간의 꿈이 누수된 곳. 그 누수를 통해 현실과 저 먼 동경의 장소가 서로 넘나드는 곳. 그곳이 바로 상상력의 균열이며 틈이다. 이 균열의 틈을 오래도록 바라보는 것이 시적 영감을 얻는 일이다.

　시가 누리는 상상력의 많은 부분은 이미지에 빚을 지고 있다. 새천년이 넘어가면서 시인들은 더욱 자신들을 감추는 방법에 골몰했다. 자본주의가 지리멸렬한 일상의 방식을 대리하는 상황에서 자신을 드러내는 일은 철지난 유행처럼 촌스럽게 느껴졌다. 그러기에 더욱 이미지는 낙태된 새로운 자아를 드러내는 가장 활동적인 방법이 되었다. 이제는 흔한 방법론이 되어 버린 이미지가 우연성에 의해 흘러가다 흘러넘치는 현상은 바슐라르가 『공기와 꿈』 서론의 앞머리에서 말한 시적 상상력에 대한 생각과 잘 부합되는 듯하다.[1] 바슐라르의 말대로 "시란 본질적으로 새로운 이미지들에 대한 갈망이다." 쉽게 간과될 수 있는 사실 중의 하나는 이미지가 어떤 경로, 즉 상상력의 틈을 통해 들어오는가를 생각하는 일이다.

상상력의 틈은 이곳과 저곳의 경계를 무화시켜 버린다. 이렇게 한 곳을 오래도록 바라보는 일은 자신의 존재가 어떤 다른 존재로 이행됨을 의미한다. 우리는 간혹 그런 체험을 겪는다. 내 몸이 나비가 되거나 내 정신이 우연히 본 비행기 속에 안착할 때의 느낌 말이다. 그것이 설령 꿈 얘기라 하더라도 그 이미지가 허황된 이미지가 아니라 내게 절실한 의미로 남는다면 문제적이 되는 것이다.

그것을 일단 '이미지의 변신'이라 하자. 변신은 자신의 외형적 존재가 다른 존재의 얼굴을 하는 것이다. 그러한 변화는 자신이 의도적으로 할 경우도 있지만 어떤 경우에는 운명의 점지라고 믿겨질 때도 있다. 동양에서는 윤회사상에 의해 허물이 많이 인간은 동물로 변하고, 죄값을 다 받은 후에는 다시 사람으로 환생한다. 또한 육체적 현존에서는 가능할 수 없는 다른 몸을 입고 싶어한다. 그랬을 때에라야 하지 못했던 불가능한 일들을 할 수 있기 때문이다. 상상 속에서만 가능한 일들을 현실 속에서 가능해지려면 변신이 가장 빠른 길이다.

그러나 지금 이러한 육체적 변신에 대한 상징적 의미를 말하고자 하는 것은 아니다. 우리의 육체는 삶이 다할 때까지 같은 모습을 띠고 살지만, 정신의 모습은 자주 다른 옷으로 갈아입는다.

---

1) 사람들은 상상력이란 이미지를 형성하는 능력이라고 주장한다. 그러나 상상력이란 오히려 지각작용(知覺作用)에 의해 받아들이게 된 이미지를 변형시키는 능력이며, 무엇보다도 애초의 이미지로부터 우리를 해방시키고, 이미지들을 변화시키는 능력인 것이다. 이미지들의 변화, 곧 이미지들의 저 예기치 않은 결합이 없다면 상상력은 존재하지 않는 것이며, 상상하는 행위 또한 없다. 만일 현재적인 이미지가 어떤 부재하는 이미지를 떠올리게 하지 않는다면, 그리고 우연한 한 이미지가 기발한 이미지들의 풍부함을, (곧)이미지들의 일출을 야기하지 않는다면, 상상력은 존재하지 않는 것이다. (가스통 바슐라르(정영란 역), 『공기와 꿈』, 이학사, 2000, 19~20면)

어떤 '현실'은 '여기'가 아니라 '저기'에 있을 때가 있다. 여기에서는 저기를 꿈꾸고, 저기에서는 다시 여기를 꿈꾼다. 서로 꿈꾸고, 서로 길항하다, 서로 스민다. 안과 밖, 이곳과 저곳, 삶과 죽음, 태초와 종말, 이러한 이원론적 '여기'와 '저기'는 단순히 갈라서 있지 않고 변증법적으로 내통하고 스민다. 우리의 영혼이 위대한 것은 무엇이든 체험할 수 있는 불멸에 있다.

> 평원의 아들들이 말을 달린다
> 사람들이 살고 죽은 뒤 구릉과 구름만 남아
> 바람이 불어오면 이곳에 살았을 사람을 떠올린다
> 풀 위에 서서 간밤에 젖은 햇살 반짝이는 풀 위에 서서
> 아무 것도 읽지 않는 것이 全生이라는 생각
> 풀이며 풀 사이에 핀 꽃이며 그 곳을 오가는 벌레들을
> 바라보며 돌아가 뱉기에는 너무 많이 길을 삼켰다는 생각
> 평원의 아들들 말을 달린다, 일어서서 말고삐를 잡고는
> 집이란 집을 모조리 부수며 구릉을 달려 구름 아래 간다
> 시간의 영역을 부수며 높이 솟는 것들을
> 한사코 평원으로 만드는 저 天弓
> 허공을 읽는 먼 아침 하늘 아래
> 全生을 달려가는 말들
> 햇살들 낮은 구릉 노래도 없이
> 시작도 끝도 없이
>
> — 박주택, 「저 천궁(天宮)」 전문

평원의 아들은 천궁을 보며 지금 여기와 앞으로의 여기를 떠올린다. 평원의 아들이 되는 일은 태초 혹은 종말의 기억을 가지면 된다. 그 기억은 시원을 갈망하는 자아의 선험적 체험으로부터 나온다. 평원의 아들은 누구

인가. 문명인의 속된 개체가 아니라 원시성을 가진 단독자의 모습이 바로 평원의 아들이다. 평원의 아들은 거처를 남기지 않는 유목민의 후예이다.

사람이 죽고난 후, 혹은 인류의 개체가 거의 멸종되어 자연만 남은 어떤 상황을 상상한다. 그때의 회귀적 꿈은 원초적, 본능적으로 인간에 대한 향수일 것이다. 이러한 원시성은 '아무 것도 읽지 않는 것'에까지 다다른다.

평원의 아들은 바벨탑의 진노를 잊지 않고 있다. 평원의 아들은 천궁의 에너지를 등에 업고 있는 자이다. 그 기억으로 全生을 달려가는 말 위에 있다. 그 노래는 시작도 끝도 없이 아득한 노래이다.

서로를 향하는 동안만 구름에겐 이별이 생긴다. 사랑한 후에는 작은 꺾쇠로. 차별받은 후에는 농담의 사전으로. 넌 제비를 뽑았다.

향기 많은 꽃들이 네 머리만큼 자라 벌들을 통에서 꺼내기 시작하면 주방 아줌마는 물이 가득한 욕조의 모습으로 우리를 기다렸다. 첨벙거리며 후회 없이 바닥을 다 훑고 듣지도 보지도 못하는 동물로 숲이 가득 채워지는 날. 여름은 당근의 붉은 뿌리처럼 하나씩 뽑히며 사라지고 있었다. 구석에 서서 작은 귀를 흔드는 것으로 나의 은신술은 완성된다. 여기까지는 내 몸이 기생식물이었을 때의 길. 이제부터의 길은 내가 숙주(宿主)일 때를 향해 열린 곳.

아이들은 분말의 모습으로 우리를 기다렸다. 색종이접기를 가르쳐주었지만 그 애들은 이제야 겨우 시든 튤립을 접기 시작한다. 8자놀이 하는 아이들의 7시. 술래는 강을 건너지 못한다. 여자애는 흡혈박쥐처럼 거꾸로 매달려 자기 피를 빠는 단꿈을 꾸었다.

하지만 우리는 너를 잊고 싶지 않아. 나 혼자서 바람에게 그렇게 말해 본다. 그날은 왼손잡이용 글러브처럼 오른쪽으로 날아오는

것들과 마주하던 일요일. 우월의 표시로, 연대의 표시로 너는 모자
를 벗고 세계관이 없는 제비를 하나 뽑았다. 겨울의 지하에서 여름
의 지상으로. 수레처럼.

─조연호, 「변신 이야기」 전문

　새로운 출구는 제 존재를 바꾸는 방법으로도 이끌어낼 수 있다. 구름은
변신한다. 그러나 구름은 상대방을 지향할 때 제 존재가 변화한다. 변신의
배경을 살펴보면 다양하고 열정적으로 이루어진다. "향기 많은 꽃들"이
자라나고 "벌들"과 "주방 아줌마"는 만난다. 이러한 시작은 "듣지도 보지
도 못하는 동물로 숲이 가득 채워지는 날" "여름은 사라진다". 은신술의
완성은 이렇게 "내 몸이 기생식물이었을 때의 길"이다.
　기생식물에서 숙주(宿主)로의 이동은 단순히 삶의 공간이 이동되었음
을 의미하지는 않는다. 대상을 대하는 태도와 정신적 지향점이 옮아졌음
을 의미한다. 숙주일 때 기생식물을 키우는 일은 아이를 돌보는 일과 같다.
그러나 그 변신은 달콤한 약속 같은 종류의 성질이 아니다. 오히려 삶의 근
원적 슬픔을 더 가까이에서 보는 고통에 가깝다. 3연의 상황은 그러한 점
을 시사한다. "여자애"는 "흡혈박쥐처럼 거꾸로 매달려 자기 피를 빠는 단
꿈을 꾸"는데 이 꿈이 단꿈이 되어버린 여자애는 이미 삶의 진실을 모두
보아버린 어른과 같다.
　이미지가 성큼성큼 뛰어넘는 위의 시에서 제비를 뽑는 행위는 변신의
통과제의처럼 보인다. "세계관이 없는 제비"는 우리의 일상을 생각하게
한다. "겨울의 지하에서 여름의 지상으로" 옮겨다니는 우리의 일상은 변
신이 아니라 변신술에 능한 인간이다. 우리의 삶은 변신할 수가 없다. 다
만 변신을 가능케 할 마음만 있을 뿐이다. 우월과 연대의 표시가 너와 나
의 관계를, 서로를 향하는 마음을 지속시켜 줄 수 있다. 그 표시는 이전의
내가 아닌 다른 나를 보여주는 것이다. 그것은 기생식물이 아닌 숙주가 되

는 것이고, 지하가 아닌 지상으로 나와야하는 일이며, 또한 수레처럼 고달
픈 일이기도 하다.

　　이 뼈는 한때
　　뿔 달린 짐승이었다
　　털가죽을 뒤집어쓴 채 풀을 뜯고
　　되새김질을 하면서 네 발로 걸어다녔을 것이다
　　이 뼈는 한때 피 따뜻한 짐승이었다
　　제 눈에 멋져 보이는 이성과
　　짝짓기를 해보려고 무척 애썼을 것이며
　　제 모습을 빼닮은 어린 것들에게 젖을 먹였는지도 모른다
　　그러나 지금은
　　한 토막 뼈다
　　말의 등뼈인지 낙타 목뼈인지
　　아니면 양의 다리뼈인지 그것도 잘 모르겠다
　　어쩌면 뿔 없는 늑대의 턱뼈인지도 모른다
　　한때 한몸을 이루었던 뼈들과 멀어진 뼈
　　쓸개와 간과 심장과 멀어진 뼈
　　해와 달과 이별한 뼈
　　울음과 배고픔에서 떨어진 뼈
　　가족과 헤어진 뼈
　　죽음에 대한 두려움과 결별한 뼈
　　제 얼굴을 모르는 뼈
　　이 뼈는 한때 보이지 않는 뼈였다
　　그러나 이제는 보인다
　　털가죽과 살덩이, 눈알과 내장과 숨결
　　그 모든 것이 흔적도 없이 어디론가 흩어진 것이다

최승호의 기억은 오래된 서사이다. 화자의 눈에 비친 '뼈' 하나는 그 근원을 기억하게 하고, 근원을 성찰하게 하고, 근원을 그리워하게 한다. "보이지 않던 뼈"가 보이기 시작하는 것은 시간의 집적에 의해 눈이 밝아진 경우이다. 물론 뼈는 어떤 살아 있는 짐승의 몸에서부터 분리된 것이다. 그 짐승은 "뿔 달린" 짐승일 수도 있다. 또한 "털가죽"이 있으며 "풀을 뜯고" "되새김질을 하는" 네 발 짐승이었을 수도 있다. 이러한 가정은 이 뼈는 "한때 피 따뜻한 짐승이었"음을 증명해주는 사실에 입각한 짐작이다. 피 따뜻한, 살아 있는 짐승은 누구나 "짝짓기를 해보려고 무척" 애를 쓴다. 이 본능은 생산과 양육의 능력을 가진 개체로서의 본능이다. 젖을 먹이고 자신과 닮은 개체를 생산하는 일은 먼 옛날의 일들이나 지금의 일들이나 모두 똑같은 반복적 삶이다.

"그러나 지금은/한 토막 뼈"일 뿐이다. 지금은 화석만 남아 이전을 짐작하고 상상할 뿐이다. 인류의 오래된 궁금증은 한 토막 뼈로부터 시작된다. 이 뼈는 몸의 각 장기와 긴밀하게 밀착되어 움직였을 수도 있고 어떤 근육과 한몸을 이루었을 수도 있을 것이다. 또한 이 뼈는 그때의 해와 달과도 함께 숨을 쉬었을 것이다. 뼈는 상징이다. 뼈를 통해 크기와 움직임을 거꾸로 유추해볼 수 있다. 뼈는 가장 오래된 증거품이다. 오래된 모든 것에 대한 은유가 뼈이다. 뼈에 보이지 않던 것이 이제는 보인다. 그것은 옛 흔적에 대한 애정이 낳은 산물이다. "털가죽과 살덩이, 눈알과 내장과 숨결"까지 모두 보이지만 이제는 없는 존재이다. 지금은 없는 존재에 대한 근원적 그리움이 한 토막 뼈를 그냥 지나치지 않게 했을 것이다.

천 년 전 부론 가는 저 길목으로
붉은 호랑이도 어슬렁어슬렁 내려왔을 것이다.

하늘은 너른 땅 위에
빗방울을 파종하느라 여념이 없고
천 년 동안 제 속으로만 꽉 쟁여놓은 묵은 울음은
뻐꾸기 목청을 빌려 새 울음을 운다.
천 년 전 사찰이 주춧돌 몇 개로
천 년 시간을 가까스로 감당하는 곳,
왜 꿈은 항상 경솔하고 위험한 걸까,
이곳에서 무슨 일이 있었던 거다.
파처럼 푸르던 시간을 짓밟으며
토벌과 파괴의 발걸음이 지나간 거다.
빗물과 울음은 한데 섞여 내리며
빗돌을 적시고 뱀풀의 허리를 적시고
호랑이의 잔등을 적신다.
무성한 풀들이 끝내 감추려는 이 폐사지는
시간이 인멸하지 못한 사건 현장이다.
토끼풀 풀밭에서 개구리는 낯선 인기척에 놀라 튀고
건너편 논에서 백로 몇 마리가
의심의 눈초리를 보내고 있다.
　　　　　　－장석주, 「거돈사지(居頓寺址)에서」 전문

　상상력의 틈을 통해 이곳이 아닌 저곳을 보며, 저곳이 이곳보다 더 절박
한 실존적 고뇌로 다가올 수도 있다. 그러나 위의 시처럼 이곳을 통해 긴
시간과 운명의 틈을 스스로 만들게 할 경우도 있다. 시인의 직관은 천 년
까지 거슬러 올라간다. 원주 부론에 있는 거돈사지. 그곳엔 지금 초석과
불좌대(佛坐臺), 거돈사지 삼층석탑 등 몇몇 흔적만 남아 있다. 흔적만 남
은 너른 땅 위에서 우람하게 서 있었을 사찰을 상상해본다. 시인은 "천 년
전 사찰이 주춧돌 몇 개로/천 년 시간을 가까스로 감당하는 곳,"이라고 천

년의 시간 속에서 사유의 축수를 더듬는다. 그렇기에 "왜 꿈은 항상 경솔하고 위험한 것"인지 "이곳에서 무슨 일이 있었던" 것인지를 짐작할 수 있다. 내력은 이렇듯 순간의 번득이는 감각으로도 선명히 떠오를 수 있는 것이다. 호랑이와 빗물이 이미지가 이어지면서 "폐사지"가 안고 있는 "시간이 인멸하지 못한 사건 현장"을 되짚어내는 상상력은 시간의 틈을 새롭게 인식하게 한다.

천 년은 한 순간인 반면 긴 운명의 서사이기도 하다. 차창룡은 천 년 만에 "비목어(比目魚)와 비익조(比翼鳥)가 만나" "두 눈이 서로 다른 꿈을 꾸"었다고 했다.(차창룡, 「사랑, 혹은 장마」) 한쪽은 새가 되고 한쪽은 물고기가 되었다. 시인은 또 이렇게 썼다. "꿈은 이루어집니다." 하지만 이 말이 시인에게는 2002년 월드컵에서 한국의 응원단 붉은악마가 퍼뜨린 유언비어이다. 상상력이 시간과 공간의 틈을 통과해 변신을 시도하든지, 기억을 세공하든지간에 우리에게 남겨진 것은 귀환(歸還)의 길이다. 어떤 곳으로 되돌아갈 자리가 있기 때문에 꿈을 꿀 수 있는 것이다. 귀환의 길은 위로의 자리가 아니다. 그 귀환의 종착지가 평생을 떠도는 유목의 길이라 하더라도 그곳은 내가 살아야 할 곳이기 때문이다. 만약 귀환의 길이 없다면 이곳이 아닌 저곳을 꿈꾸는 일이 무슨 의미가 있을까.

일상성의 몇 가지 양상과 전망

1.

시인의 꿈은 아무도 그 실체를 가늠하지 못한다. 시인은 그저 쓸 뿐이다. '쓰다'라는 동사 속에 자신을 매몰함으로써 스스로를 위안하고 불안한 삶을 지탱한다. 그러나 시는 쓰면 쓸수록 더 가혹한 '쓰다'의 내부적 명령과 자기 검열의 두려움만이 증폭된다. 이러한 가혹한 심리적 위압 속에서도 시인은 쓴다. 불가능한 그 무엇. 잡힐 듯 말 듯한 그 무엇. 시인들은 이 불가능한 꿈속을 배회하다가 때로는 도처에 마련된 유혹에 빠진다. 해탈, 교화, 진리의 착복. 세상의 모든 진리를 펜 끝으로 전파하고 완성하려 한다. 그러나 이러한 이상향에 대한 갈구는 가장 가까이에 있는 범부(凡夫)의 진리를 망각케 한다. 이 망각으로 하여 시인은 구도자, 혹은 예언자의 탈을 벗고 일상인의 한 자리에 앉게 된다. 시인이 일상의 자리에 앉게 될 때, 그 자리에는 오히려 가장 자연스러운 진리가 존재할 수도 있는 것이다. '일상'은 세인(世人)이라는 호칭을 입은 인간들이 가장 평균적인 공간 속에서 소비하는 시간을 지칭한다. 이 지칭어는 세인의 본면(本面)을 본질이나 본성의 망각으로 본다. 일상에 사로잡힌 세인들은 철학자들이 말하는 인간의 본질과 세계의 본면목에 대해 망각, 혹은 무지할 수밖에 없다. 무지한 세인들 속에서 시인은 사소한 시간들을 소요(逍遙)하는 대신 무언가 소중한 것들을 집어 올려야 하는 책무를 받게 된다.

시에서의 일상은 인간의 본래적 존재로 환원하려는 의지로 읽혀진다. 이 의지는 사회적 존재로서의 자아를 거부하거나 회피하는 근거를 만들기도 한다. 여기에서 사회적 존재는 자본제 사회 속에서 무기력하게 시간을 지탱하는 현대인의 존재를 드러내는 개념이다. 오늘날의 현대인들은 광장이 아닌 유폐된 방안에 갇혀 제 존재를 은폐하고 인간들과의 복잡한 관계의 사슬을 끊으려는 경향이 있다. 실제 관계의 절연(絶緣)이 가져다준 인연의 기갈(飢渴)을 가상공간 속에서 찾거나 혹은 또다른 비인간적 관계에 집착하는 예를 우리는 흔하게 볼 수 있다.

이러한 상황 속에서 사소한 우리의 일상에 가치를 부여하는 시작(詩作)은 중요한 일이다. 또한 시를 읽는 독자들은 이러한 일상의 엿봄을 통해 본래적 자기 존재를 성찰하는 것이다. 특히 현대인이 지탱하는 보편적 시간 속에서의 일상은 참담할 정도로 고달픈 감정을 준다. 그렇기 때문에 인간군상들의 욕망과 그 사슬 속에서 의미있는 일상을 발견하는 일이란 어려운 일이다. 그래서 시인은 기억의 반추를 통해 일상의 의미를 재구성하고 우리에게 잊혀질 수 있는 공동체의 가치를 되짚어 보는 것이다.

가령 이승하는 "얼마나 많은 죽은 것들의 살과 뼈마디를 내 창자는 소화시켜 왔는가/누구보다 튼튼한 이빨, 질기디질긴 창자로."(「질긴 창자」)라고 말하고 있다. 대장암 수술로 질기지 못한 창자를 가지게 된 아버지에 대한 안타까운 심정을 화자의 질긴 창자가 욕망한 음식을 통해 대유(代喩)하고 있다. 돼지의 흔한 창자 부위인 곱창을 가장 좋아하는 화자는 결국 죽은 것들의 살과 뼈마디를 가장 즐겁게 소화시켜 온 것이다. 이러한 과정은 아

버지의 병환이 화자의 일상적 삶과 긴밀히 연관되어 있음을 보여준다. 가
족이라는 혈연공동체가 얼마나 소중한 가치인지를 진솔한 목소리로 말하
고 있는 좋은 예이다.

2.

　최근 시적 담론의 차원에서 논구되어진 '일상성'은 사회적 범주 안에서
보편적 개인의 행위가 어떠한 가치를 갖는가에 대한 고찰이었다. 다시 말
하면 통시적, 공시적 시대 속에서 가지는 '일상'의 가치를 진단하는 문제
였다. 이러한 가치판단은 이미 일상성이 종래에 가지려는 보편성의 획득
에 대한 적절한 답변으로서 많이 제기되어 왔음을 의미한다. 본고에서는
이러한 탈이데올로기에 대한 전망으로서의 일상성에 대한 논의를 유보하
고자 한다. 대신 사소하지만 의미 있는 일상의 풍경들을 따라가는 것을 통
해 또 다른 시적 진정성을 엿보고자 한다.

> 불꽃놀이가 있던 밤, 극장 앞에서
> 그의 아내를 보았다
> 그녀의 목에 가느다란 목걸이가 걸려 있었다
> 보일 듯 말 듯 작은 보석이 박혀 있었다
> 어느 생일날, 그가 걸어준 것인 듯
> 아니면 첫 아이를 낳은 날이거나
> 부부싸움 끝에? 그럴지도 모를 일이다
> 병석에서 그의 어머니가 일어난 날
> 오랜 간호의 수고를 감사하며 함께 산 것일지도

마치 바닷가 조가비에
밤하늘의 별무늬가 새겨져 있듯이
그의 아내에게서 오묘히 그의 무늬를 보았다
누구도 비집고 들어갈 수 없는
사소한 시간을 으깨어 만든 무늬를

물론 나는 그와는 아무 상관도 없는
먼 곳에서 온 사람

가령 낭만적인 재미를 위해
그와 나 사이에다 돌연하고도 아름다운
무슨 추측을 가해 본다 해도
그날 밤. 그의 아내를 보자마자
우리의 것은 멜로이거나. 바람이거나
할 수 없이 불륜이었다
그에게 반듯한 저 양복을 골라 입히고
뒤쪽에 키를 낮추고 서 있는 그의 아내
아무것도 아닌 주춧돌처럼 수수한 여자
그날 밤 많은 사람들 속에서
나는 대번에 그녀를 알아보았다

－문정희, 「그의 아내」 전문

문정희의 시는 시적 자아의 섬세한 감수성을 읽을 수 있다. 시 속에서
화자는 그를 사랑했던 것으로 보인다. '사랑'이라는 말이 과장이거나 어
색하다면 그를 꽤, 많이 생각하는 화자임에는 틀림없다. 그러나 그는 이미
한 여자의 남편이다. 이 시는 '그의 아내'를 통해 '그'를 읽는다. 단지 불륜
의 치정쯤으로 읽혀지는 것은 아니다. 다 지난 즈음, 선술집에서 옛 추억

을 더듬듯이 마음을 쓸어보는 것이다. "그의 아내에게서 오묘히 그의 무
늬를 보았다"는 것. 그의 아내를 보자 화자는 "물론 나는 그와는 아무 상
관도 없는/먼 곳에서 온 사람"이라고 자괴감에 빠져든다. 마지막 구절의
"그날 밤 많은 사람들 속에서/나는 대번에 그녀를 알아보았"다는 진술을
통해 여성이 가질 수 있는 섬세한 감수성이 보편적 자리에까지 다다르는
모습을 보여준다.

또한 위의 시는 한 편의 시 속에서 소설 한 편을 읽는 것 같은 감성적 여
운과 서사적 국면이 짙게 배어 있다. 직접적인 서사가 개입되지 않더라도
화자가 그와 그의 아내를 보면서 느끼고 있는 감정의 세목들은 충분히 그
사연을 짐작하고 남을 일이다. 중요한 것은 그 사연의 내용이 아니라 그
이후에 찾아온 새로운 감정의 모습들이다. 이 시는 어느 한 순간의 풍경을
통해 과거의 기억을 추체험하게 되고 또한 추체험을 통해 새로운 감정을
체험한다. 이러한 체험을 통해 일상을 보편적인 공감대에까지 다다르게
하는 힘을 갖는 것이다.

오늘도 너와 나 그리운 마을에
한때 싱그러운 생기로 가득 찼을
빈병이 이마를 맞대고 담 밑에 옹기종기
일가를 이루고 있다

가랑비도, 숨어 들어온 빈 병 속의 투명한 햇살도
맑고 곱다
목장갑을 낀 할아버지가 보랏빛 바람을 끌고 다가와
빈병을 들어 가슴에 안고 간다
빈병 모으는 할아버지는
이렇게 오후의 젖은 햇살을 끌어다가

오늘밤 하루 따뜻하게 주무시겠다

강서구 방화동 골목길을 따라
9호선 전철 공사가 한창이다
힘 좋은 크레인이 마을을 들어올리고 있다
나 크레인 몰고 달리고 싶다
홍안의 손놀림을 따라 세상의 한 모퉁이가
자리를 바꾸어 앉으리라
나 크레인 몰고 너에게 가서
아침 햇살이 오후의 빗줄기를 피해
담장 밑 빈병 속에 숨어있다 말하리라

빈병처럼 터널처럼 또 가슴을 비워내면서
사람들이 숨 가쁘게 흙을 나른다
이리저리 H빔이 날아다니는 하늘가
오늘 하루 검게 그을은 무쇠의 손길로
달려가 너의 닫힌 가슴 두드리리라
땅 속 깊이 박힌 몸 뽑아 멀리 달아나리라
나를 버티는 축은 빈병과
할아버지와 오후의 젖은 햇살과 얼굴 흐린 그대

여기는 모터 소리 요란한 마을이다
　　　　　　－박철, 「빈 병과 크레인과 할아버지와」 전문

　　「김포행 막차」와 「영진설비 돈 갖다주기」로 일상을 진솔한 언어로 보여
준 박철의 위의 시는 따뜻한 시선을 가지고 있다. '빈 병'을 '비어 있음'에
주목하지 않고 '빈 병'끼리 이마를 맞대고 일가를 이루고 있다는 데에 주

목하다. '비어 있음'은 '채워져 있음'으로부터 출발할 때 '상실'의 의미를 가지게 된다. 하지만 화자는 비어 있는 빈병끼리 서로 이마를 맞대고 있으며 빈 병 속의 투명한 햇살도 맑고 곱다고 보고 있다. 이러한 따뜻한 시선은 할아버지를 보는 시선에서도 그대로 느껴진다. "오후의 젖은 햇살을 끌어다가/오늘밤 하루 따뜻하게 주무시겠다"고 하는 마음은 세계를 보는 긍정의 힘이 가질 수 있는 시선이다. 마치 동화를 보듯 느껴지는 이러한 감성들이 9호선 전철공사가 시작되면서 다른 세계를 만나게 된다. 크레인이 마을을 들어올리고 있는 모습이 즉물적으로 목격되고 있는 것이다.

화자는 이러한 풍경들을 그냥 무심히 바라보며 묘사하고 있다. 아침 햇살까지도 크레인을 피해 담장 밑 빈병 속으로 숨어 있는 풍경에 이르면, 시인의 상상력과 맞물려 애틋하고 씁쓸한 이중의 느낌을 갖게 한다. 시인이 바라보는 따스한 시선은 크레인으로 대별되는 풍경과 함께 어우러지면서 더욱 안타까운 풍경을 만들고 있다. 화자는 모터 소리 요란한 마을에서 '빈병'과 '할아버지'와 '오후의 젖은 햇살'과 '얼굴 흐린 그대'가 또 어우러져 일가를 이룰 것이다. 강서구 방화동이라고 하는 지역을 통해 우리 주변의 일상적 풍경이 앞으로 어떤 공동체적 대안과 문제를 남겨 놓는지를 보여주고 있다.

3.

이러한 공동체의 일상이 있는 반면, 시적 화자의 가정 안까지 들어와 자리를 차지하게 된 일상의 풍경 또한 빼놓을 수 없다. 그 일상의 풍경은 "등을 돌리고 잠든 아내의/고단한 숨소리를 듣는 밤"(손택수, 「아내의 이름은 천리향」)을 보여주기도 한다. 때론 "방구석에 처박혀 핀 천리향아/네가 서러운 것은/진하디 진한 향기만큼/아득한 거리를 떠오르게 하기 때문이지/

얼마나 아득했으면/이토록 진한 향기를 가졌겠는가"라고 아내와 시인 사이의 거리를 생각하기도 한다. 하지만 중요한 점은 아득한 향기는 진한 향기이며 그 향기로 인해 갸륵한 느낌을 새롭게 깨닫게 된 사실이다. 가장 가까운 존재인 아내에 대한 애틋함과 갸륵한 마음을 발견하는 것에서 우리가 실제 체험하는 가장 가까운 곳에서의 일상의 의미를 되짚어 보게 한다.

> 내가 잠든 밤
> 골방에서 아내는 금강경을 쓴다
> 하루에 한 시간씩
> 말 안하고 생각 안하고
> 한 권을 온전히 다 베끼면
> 가족이 하는 일이 다 잘될 거라고
> 언제나 이유 없이 쫓기는 꿈을 꾸다가
> 놀라 깨면 머리맡 저쪽이 훤하다
> 컴퓨터를 켜놓고 잠든 아이와
> 창문을 두드리는 바람 속에서
> 경을 쓰는 손길에 눈발이 날리는 소리가 난다
> 잡념처럼 머나먼 자동차소리
> 책장을 넘길 때마다 풍경소리
> 나는 두렵다
> 아내는 나를 두고 세속을 벗어나려는가
> 아직 죄 없는 두 아이만 안고
> 범종에 새겨진 천녀처럼
> 비천한 나를 떠나려는가
> 나는 기울어진 탑처럼 금이 가다가
> 걱정마저 놓치고 까무륵 잠든다
> — 전윤호, 「금강경 읽는 밤」 전문

전윤호의 위의 시는 실제 체험을 편안한 어조로 담담하게 그려내고 있다. 화자가 잠든 밤에 아내는 금강경을 쓴다. 금강경을 쓰면서 불을 밝히는 이유는 가족들이 하는 일이 잘 되게 하기 위함이다. 하지만 화자는 내심 불안하다. 편안한 어조 속에서 스스로의 불안을 고백하고 있다. "나는 두렵다/아내는 나를 두고 세속을 벗어나려는가"라고 하며 내 일상 속에서 아내의 부재를 불안해하고 있다. 이러한 점에서 시인의 일상에서 아내의 존재가 얼마나 소중하고 중요한 존재인지를 새삼 깨닫게 되는 것이다. 시인의 아내는 세속을 벗어나지 않는다. 다만 시인이 바라본 아내의 모습 속에서 그동안 잊고 있었던 아내에 대한 자신의 모습을 체험한 것이다.

지금까지 사소할 듯하지만 의미있는 일상의 풍경들을 읽어 보았다. '일상성'을 다룰 때 문제시되는 것은 시인이 담지하려는 일상들이 자칫 윤리적인 귀결로 일반화되어지는 것이다. 이러한 위험에도 불구하고 시인의 사소한 일상의 풍경들은 잊고 있었던 삶의 가치를 전해 주기도 한다. 거대 담론의 쇠퇴 혹은 큰 담론으로 묶지 않더라도 일상성은 개별적 차원의 연원을 따지기보다는 다양한 개별성이 어떻게 보편성으로 이동되는가를 살피는 것이 일상을 다룬 시들을 더 풍요롭게 하는 일일 것이다. 하지만 아쉬운 점은 김수영의 일상처럼 완전히 날것으로서의 일상 혹은 가장 밑바닥까지 보여주는 일상의 차원이 이제 전무하다는 것이다. 이제 우리의 일상이 지리멸렬한 것인가. 그렇다면 완전한 지리멸렬의 일상을 시 속에서 만났으면 하는 기대를 가져본다.

구멍의 시학

1. 황금도시의 시민들

 '관계'의 즐거움과 어쩔 수 없음의 시간들을 반복하며 우리는 살고 있다. 대부분의 관계가 그리움과 즐거움에서 이루어진 가장 자연스러운 형태이겠지만, 지금 현재의 삶은 그렇지가 못하다. 우리는 자신의 내면을 숨기고 억지웃음을 지어야 하는 서로의 이해가 우선시되는 관계를 많이 경험하게 된다. 현실 사회에 편입되어 살아가려면 그러한 관계의 사슬에서 적당한 적응을 해야 한다. 특히 자본주의 사회에서는 더더욱 그렇다. 관계의 불편함을 얼마나 스스로 잘 소화하고 견뎌내느냐에 따라 그 사람의 사회성이 평가받게 된다. 문명사회의 시민이 되기 위한 입사제의(入社祭儀)는 이런 관계의 굴레를 어떻게 현명하게 적응해 가느냐일 것이다. 이미 이 도시는 '황금도시'이다. 마치 그 땅의 빗줄기마저 "하늘에서 떨어지는 흰 뱀 같은" 모습을 하고 있는 땅으로서 말이다.

요한계시록의 검은 용이 세상을 지배하는 시대의 상징은 황금이
지요
  황금은 세상의 모든 욕망과 힘을 빨아들인 자본의 바다이지요
  자본의 바다에는 계좌번호가 있어야 출입하지요
  검은 용이 세운 은행에는 황금도시와 거미줄처럼 연결된 컴퓨터가
출입을 관리하지요
  슬픔과 죽음도 없는 태양을 본 뜬 숫자의 데이터베이스가 있고
  매트릭스의 조합으로 황금제국을 만들어냈지요

  계좌번호 26801408502001이 있고
  주민번호 5312171405812인 내가 자본의 바다에서 숫자고기를
잡으며 살고 있지요
  고기를 위해 아침 9시에 출근해서 6시에 퇴근하지요
  고기에 관한 거래와 동향과 분석보고서를 읽고 검열하는 수고로
움으로 연봉과 성과급이
  계좌번호로 지급되지요
  고기의 크기가 불만일 때는 부동산과 주식을 들여다보며 고기가
새끼를 치는 양식사업을
  꿈꾸기도 하지요

                                   − 김백겸, 「황금도시」 전문

  황금도시는 자본으로 세워진 신축 도시이다. 황금도시의 세계는 "계좌
번호가 있어야 출입"이 가능한 자본이 열쇠가 되는 세계이다. 이러한 도
시에는 정체를 알 수 없는 '검은 용'이 매트릭스의 세계를 만들어 놓고 컴
퓨터와 데이터베이스화된 인간들을 관리한다. 이미 미래도시의 상상력을
보여주는 여러 영화나 매체를 통해 보여진 바대로 우리는 주민등록번호
와 계좌번호로 이 사회의 개체로 등록되어 살아가고 있다.

그곳에 살고 있는 황금도시의 시민들은 연약한 물고기에 지나지 않는다. 부동산과 주식이라는 황금을 차지하기 위해 모든 인간의 두뇌를 활용하는 물고기들은 거대한 양식사업을 꿈꾼다. 황금도시의 시민들은 물고기를 낚는 어부에서 자본이라는 거대한 고래를 낚는 어부로 바둥거리며 살아가고 있다. 그러나 이것 또한 황금도시를 살아가는 인간의 삶이다. 인간의 삶은 구조적으로 다른 문명과 문화의 진화 속에서 변화되고 있다. 그것을 우리는 인정하면서도 때로는 그 사실 때문에 괴로워한다.

그렇기 때문이라고 할까. 황금도시의 시민들은 '구석'의 시간들을 스스로 찾는다. 은밀하고 내밀한 곳에서 스스로를 은둔시키고, 스스로를 심연의 고독 속으로 빠뜨리는 것이다. 구석은 우리가 가장 쉽게 다가갈 수 있는 고요의 시간이며, 피곤해져 쓰러질 것 같은 영혼의 은신처이다. 구석의 고요함과 평화로움 속에서 우리가 보는 것은 작은 '구멍'이다. 그 구멍을 통해 스스로를 되짚어보기도 하고, "슬픔과 죽음도 없는 엘도라도"를 꿈꾸기도 한다. 때로는 그 구멍이 한없이 작은 연민을 갖게도 하며, 억눌렸던 은밀한 욕망을 해소하기도 한다. 구멍을 보는 자는 그 구멍의 주변이 오로지 자신만의, 독자적인, 우주의 수많은 영혼 중에 '나'라고 하는 존재를 느끼는, 그 모든 상황을 직감적으로 의식한다.

이러한 구석의 공간 속에서 구멍을 발견하는 공간과 시간은 각자마다 다른 경로를 통해 얻어진다. 어떤 이는 이러한 시간을 많이 가지는 반면 또 어떤 이는 이러한 시간의 지속을 오래 견디지 못한다. 또한 어떤 이는 이런 내밀한 시간을 어쩔 수 없이 많이 갖게 되는 반면, 어떤 이는 이러한 시간을 원하고 있으나 쉽게 가질 수 없는 상황 속에 빠져 있다. 이러한 구멍을 발견하는 공간과 구멍을 발견하여 스스로의 목구멍을 그대로 둘 수 없는 어떤 만남의 순간, 혹은 감각의 순간이 있다고 하자. 이러한 순간을 가장 감각적으로 예민하게 반응하는 언어들이 한 편의 시를 탄생하게 한다. 몽상가는 골방에서 스스로를 탄식하고, 이유없이 빛나는 별들과 목적없는 말들 사이를 방황하는 자들이 아니다. 오히려 몽상가는 유목민에 가깝다. 꿈을 꾸기 위해서, 그 꿈에 도달하기 위해서는 다른 구멍을 통해 세상을 보아야만 한다. 그 구멍의 루트를 이쪽 저쪽의 눈치로 알아내야 한다. 그리고 그런 길을 다른 누군가에게 인도해야 한다. 그곳엔 온갖 이미지들이 출몰하고, 기억들이 곳곳에 방치되어 있으며, 때론 잊혀졌던 어떤 순간들이 길목을 막고 있다. 이러한 구멍의 시작은 당연히 자궁으로부터 시작한다.

2. 시원(始原)

나는 원래 구멍 안에서 만들어졌다
껌껌하고 긴 구멍 안에서 처음으로
아버지의 불씨를 이어 받았다
聖火 봉송하는 릴레이 선수처럼,
아늑하게 조여주는 긴 터널을 뚫고 나와 드디어
거친 빛의 세계로 나왔다. 태초의 명령을 따라
빛을 받아먹고 내 안의 불씨는
바람 센 땅의 삼나무 모냥 자라 올랐다. 이글이글.
언젠가 나는 또 하나의 구멍으로 돌아가리라
나의 불은 그 안에서 소멸되리라. 충직하게
신화와 소문의 산실. 그 비밀스런 구멍은
내 몸이 드나드는 집이고
불이 제 길로 들어가는 통로이다
나는 구멍으로 너를 사랑해 왔다. 정직하게
사랑은 불이다. 참말로
나의 불은 눈구멍, 귓구멍, 콧구멍, 입 구멍, 땀구멍

그리고 처음으로 내가 빚어진 구멍을 통해

내 안의 핵발전소로 흘러들어간다. 법칙보다 더 고집스럽게

불과 불이 얽혀서 핵처럼 터지는 사랑

구멍 안에서 탄생하는 불씨 알

또 하나의 눈물 방울

– 최서림, 「구멍」 전문

최서림은 시의 제목을 '구멍'이라 지었다. 「구멍」은 자아의 '기원'에 관한 내밀한 고백이다. 기원의 외연을 확대하면 그것은 또다시 인간 개개인의 '시원'과 겹쳐진다. 말 그대로 '구멍'은 여성의 자궁이다. 인간이라면 모두 여성의 자궁을 통해 이 세상과 만난다. 이 세계와 만나기 위한 운명적인 전초의 만남은 바로 '구멍'과의 만남이다. 어머니는 그 "아버지의 불씨"를 자신의 자궁에 담고 그것을 소중히 잉태한다.

최서림은 '구멍'이 시원의 공간이며 그 공간의 바로 창조의 공간임을 말하고 있다. "나의 불은 눈구멍, 귓구멍, 콧구멍, 입 구멍, 땀구멍"이며 그러한 구멍에서 터지는 사랑은 "불씨 알"인 것이다. 그리고 그 "불씨 알"은 "또 하나의 눈물 방울"이 창조된다. 구멍은 새로운 사물과 새로운 감각을 창조케 하는 공간이다. 또한 구멍은 새로운 의미를 창조한다. 구멍에서 잉태된 자아가 "거친 빛의 세계"로 나온 것은 "태초의 명령" 때문이지만, "내 안의 불씨"는 '구멍'에서 이루어지는 산고(産苦)를 거듭 체험한다. "신화와 소문의 산실"이 구멍이며 "불이 제 길로 들어가는 통로"이며, 새로운 대상을, 운명적인 대상을 사랑하는 대리적 공간이 구멍임을 말한다. 최서림은 이러한 구멍의 원초적인 시원에 대해 거침없이 탐색하고 있다. 또한 이러한 자아와 기원에 관한 상상력이 자궁에서 신체의 모든 구멍으로 이어지고 또다시 그 구멍이 새로운 "눈물 방울"을 탄생해내는 순환의 길이라는 점을 새롭게 보여주고 있다.

3. 부재(不在)

지하도를 나오는데 눈이 내렸다 검은 눈발 속에서 쏟아져나와
출구에 들어붙는 비바리떼, 내 구멍이… 어디로 간 걸까… 비바
리, 나의 처녀여 이 도시는 하나의 구멍으로 규정된다 너에게 갈
수 없다

돌담 속 너의 꽃잠을 만진 적 있지
어슷어슷 검은 돌을 올려 쌓은 돌담엔
돌의 수만큼 다 다른 구멍이 있어
바람이 날마다 다른 페이지로 열렸네
점자로 읽고 읽히며 바람과 놀다 너의 잠을 엿보았지
다 다른 구멍 속의 살구빛 처녀들
몸비 스며든 구멍 속이 너무 환해서
세찬 바람에도 섬의 돌담들 무너지지 않았네
구멍 속에서 돋아난 빛들 저마다 고와졌네

비바리, 명랑한 체위의 망명자여 너의 고향은 머나먼 열대라 했
다 다 다른 구멍을 향한 너의 열망이 다 다른 구멍을 가진 이 섬의
돌담에 닿게 했다던가 이슬처럼 물의 구멍을 타고 왔다 했던가
내가 먼저 죽으면 너의 배꼽 속에 들어가 살게
네가 먼저 죽으면 너도 내 배꼽 속에 들어와 살렴
네가 잘 들어올 수 있게 배꼽을 열어둘 게
보드라운 혀처럼 살구빛 바람이 돋아나길 기다릴게
　　　　　　　　－김선우, 「비바리, 잃어버린 구멍 속」 부분

비바리는 뱀의 이름이다. 주석에 의하면 제주에 서식하는 멸종위기의

뱀이 '비바리'이다. 뱀의 집은 구멍이다. 뱀은 구멍을 통해 세계와 만난다. 뱀에게 구멍은 유폐된 공간이 아니다. 뱀에게 구멍은 가장 안락한 휴식의 공간이며, 한겨울을 보낼 수 있는 따뜻한 공간이다. 뱀이, 비바리라는 뱀이 흙 속의 집으로 들어가지 않고 지하도에 나와 있다면 그는 집을 잃어버린 자이다. 뱀이 갈 곳은 구멍. 그러나 뱀은 도시로 나와 있다.

김선우는 비바리의 운명을 제주 돌담에서 얻어진 감각을 통해, 배꼽으로 상징되는 구멍으로 사유하고 있다. 물론 그 구멍은 시적 자아의 배꼽이며, 비바리의 구멍이며, 돌담과 돌담 사이의 구멍이기도 하다. 비바리는 "명랑한 체위의 망명자"라고 한다. 비바리의 고향은 "머나먼 열대"인데 그 비바리는 "다 다른 구멍"을 욕망하고 있다. 어쩌다가 열대지방에서 제주도의 푸른 섬까지 오게 되었는지는 모르겠지만, 비바리는 "다 다른 구멍"에 대한 열망이 있는 존재이다. 그 존재가 "이 도시는 하나의 구멍으로 규정된다"는 주변 환경에 의해 그 운명을 지니게 되었는지도 모르겠다. 비바리와 시적자아는 서로 위안이 되는 사이이다. "내가 먼저 죽으면 너의 배꼽 속에 들어가 살게/네가 먼저 죽으면 너도 내 배꼽 속에 들어와 살"려는 약속과 "배꼽을 열어두"고 "바람이 돌아나길 기다린"다는 의지로 보아 비바리와 시적자아는 각각 다른 몸이면서 한 몸으로 회귀하려는 몸짓을 취하고 있다.

비바리는 뱀이다. 그렇지만 비바리는 제주에서 바닷말이나 조개를 채취하는 처녀를 말하기도 한다. 비바리는 그 처녀를 상징하여 후에 뱀에게 붙여진 이름이다. 마지막 구절에 이르면 "있잖니, 나, 배꼽을 잃은 지 오래되었어"라고 화자는 말한다. 비바리가 처녀라고 해서 이 부재를 여성성으로 몰아갈 수도 있겠다. 하지만 부재는 구멍에 대한 회귀의식이며 구멍에 대한 내밀한 감각적 깨달음일 것이다.

4. 군무(群舞)

갯바위에 나와 앉아 술병을 나발 불다

뱃고동을 뚜우뚜우 불다

낮달이 뜨다

바야흐로 세상은 썰물인 것으로서 황량한 개펄이다

음 저 달이 밤으로 돌아가지 않고 무얼 하나 했더니

바닷물을 다 삼키고 있군

인력(引力)이 얼마나 대단한 작용을 하는지는 몰라도

개펄 전체가 무수한 구멍들이 송송 나버리다

어렵쇼 저 구멍들에서 무슨 무서운 집게발부터 나오는 게 있어
보니

아주 조그만 게들이다

음 드디어 시작됐군 전쟁이

게들의 군무가 시작되다

갈매기가 떴든가 구름이라도 떴든다 구름이 슬적슬적 해를 가린
다든다

그때마다 게들은 혼비백산 몸을 감추다

구멍에서 나왔단 숨고 숨었다간 다시 나오다

꼭 숨바꼭질하는 거 같다
─신현정, 「이 하루의 전쟁」 부분

구멍 앞에서 춤을 추는 자가 있다. 그 춤꾼의 춤은 "갯바위에 앉아 술병
을 나발 부"는 몸짓을 보여준다. 술병의 나발이 "뱃고동을 뚜우뚜우 부"는
몸짓으로 각색해 보여준다. 때마침 낮달도 뜨는 그런 "황량한 개펄"에서
춤꾼은 "달이 밤으로 돌아가지 않고 무얼 하나 했더니/바닷물을 다 삼키
고 있"는 풍경을 목도한다. 그러다 만나게 된 무수한 구멍들. 이 구멍은 하
나의 구멍이 아니라 무수한 '구멍들'이다. 이 구멍의 주인은 인간이 아니
라, 술병을 나발불고 있는 춤꾼이 아니라, "아주 조그만 게들"이다. 게 한
마리에 하나씩의 구멍이 있다 치면 그 구멍은 무수한 게들의 집들이며, 개
펄은 무수한 게들의 도시이다.

구멍은 구석지고 은폐된 공간에서 만나게 되는 광경인데, 위의 게들의
구멍은 넓은 광장에서 만나는 구멍이다. 구석에서 만나는 구멍이 작은 공
간에서 큰 공간을 발견하는, 내면에서 외면을 바라보는 광경이라면, 광장
에서 만나는 구멍은 큰 공간에서 작은 공간을 발견하는, 외면에서 내면을
바라보는 광경이다. 집안에서 열쇠구멍을 통해 밖을 바라보는 구멍에서
이제 집밖에서 열쇠구멍으로 집안을 들여다보는 광경이다. 외부세계에서
자신의 내면을 들여다보는 일은 이처럼 은밀한 공간이 제공되지 않았을

경우에는 더욱 그 발견의 기쁨이 크다.

하지만 그 작은 구멍을 통해 들여다본 세계는 '전쟁'의 세계이다. 그 전쟁을 '군무(群舞)'라고 표현했지만 실상 그 군무는 온 육체를 다 바친, 자신의 삶을 다 바친 생존과의 싸움이다. 이러한 싸움을 지켜보는 자는 그것이 춤이며, "꼭 숨바꼭질하는" 것처럼 보일 수 있다. "구멍에서 나왔단 숨고 숨었다간 다시 나오"는 동작의 반복은 우리 삶의 모습과 흡사하다. 이러한 작은 구멍을 통해 게들이 온몸을 바치고 있는 고투의 현장을 발견하는 것은 어떤 의미에서 시인의 현실과 무관하다 할 수 없다. 시인이 추는 춤의 현장은 즉 시인이 술병을 나발 부는 현장은 타인이 보기에는 "꼭 숨바꼭질 하는" 것처럼 보일 수가 있다. 그러나 시인이 그 작은 게들의 구멍을 통해 "이 하루의 전쟁"을 생각하는 것은 시인 자신도 "술병을 나발 부는" "숨바꼭질"이 "이 하루의 전쟁"을 의미하기 때문이다. 시인의 술병에는 자신의 온몸을 내던지는 고투의 현장을 상징하는 의미가 있는 것이다.

5. 비행(飛行)

어둠처럼 빛 주위로 몰려드는,
무리지어 견고히 날고 있는 하루살이 떼
하루살이 떼는 공중에
깊고 캄캄한
구멍을 만들고 있다
고요하고 평화롭게 지나는
한밤의 비행

하루살이

무리를 관통하는 힘을 피해
부드럽게 흩어지는,
결코 추락하지 않는
참으로 튼튼한 비행
앞으로 얼마나 더 살 수 있을까

하루살이는 오래지 않아
화석처럼 건조한 흔적이 될 것이다
건조한 흔적 먼지가 되어
바람의 결을 따라
공중으로 흩어질 것이다

— 조동범, 「튼튼한 비행」 전문

침울하고 우울한 몽상이 빛을 꿈꿀 때 발견할 수 있는 구멍. 그 구멍은 아직 빛을 감지하지 못한 우리의 눈을 개안(開眼)하게 한다. 그렇기에 그것이 어떤 경로에서건 '깨달음'의 방법을 주게 마련이고, 그 깨달음은 자신의 내면을 관찰하는 방법으로 흔히 이루어진다. 구멍은 훔쳐봄이고 엿봄이다. 그러나 누구나가 볼 수 있는 허공 속에서 구멍을 발견한다면, 그것은 또 다른 구멍의 모습일 것이다.

조동범은 '공중'에서 구멍을 발견하고 있다. 시간은 캄캄한 밤이며, 공간은 공중이다. 하루살이는 공중에 구멍을 만들어내는 자들이다. 하루밖에 살지 못하는 하루살이는 "공중에/깊고 캄캄한 구멍을 만들"어 내면서 "고요하고 평화롭게 지나는/한밤의 비행"을 하고 있다. 하루살이의 비행은 "튼튼한 비행"인가. 내용으로 보면 하루살이의 비행은 튼튼한 비행임에 틀림없다. 그의 비행은 "무리를 관통하는 힘을 피해/부드럽게 흩어지는,/결코 추락하지 않는" 비행을 하기 때문이다. 그러나 하루살이는 하루의 운명이라는 천형을 지고 태어난 운명이다. 그 하루살이가 만들어낸 공중의 구멍은 자신의 운명을 감지하고 온몸을 통해 이루어낸 온 생애의 건축물이다.

구멍은 작을 수도 클 수도 있다. 그러나 하루살이가 온 생애를 바쳐 만들어낸 구멍처럼 허공중에 잠깐 만들어졌다 사라지는 구멍도 있다. 이 구멍은 작지도 크지도 않다. 허공의 구멍은 그 실체의 크기가 의미 없기 때문이다. 분명한 것은 하루살이는 "화석처럼 건조한 흔적"이 되며 "건조한 흔적 먼지"가 된다는 운명을 공중의 구멍을 통해 보여준다는 점이다.

6. 전환(轉換)

이렇듯 구멍은 시원의 성소이며, 부재의 기원이며, 온 생을 바친 춤이자 운명의 흔적이다. 구멍은 그 크기가 어떻든간에 어떤 새로운 공간을 엿보거나 새로운 공간을 꿈꾸면서 시작된다. 구멍의 발견은 도처에 있다. 구멍은 사물이 존재하는 모든 곳에 있기 때문이다. 인간은 구멍을 통해 제 자신을 돌아보며, 그것은 사물 또한 마찬가지이다. 인간은 사유하는 능력을 가지고 있어서 사물에게 온갖 생각과 상징과 욕망과 꿈을 덧입혀 씌운다. 그러한 전화(轉化)를 통해 새로운 삶의 의미와 존재의 운명을 생각하게 하는 것이다. 마치 "소나기 온 뒤"의 푸릇한 풍경처럼.

> 그때 내 앞에, 포옹하기엔 너무 큰 나무.
> 흰 북극곰 같은 서늘한 바람이
> 여름 큰 나무 속으로 들어간다.
> 나뭇잎들이 부풀어 오르며 뒹군다.
> 뜨거운 입 안의 얼음들, 여름의 빛나는 결정체들.
> 설명할 수 없는 삶의 어떤

환희가 빠르게 스쳐 지나간다.

낯선 시간, 낯선 얼굴,……
낯설어 멈춰 서고 싶은 다정한
거리에 햇빛은 빈틈없이 찬란하고,
갑작스런 생의 전환이 눈부시다.

— 채호기, 「소나기 온 뒤」 부분

큰 나무가 있다. "포옹하기에도 너무 큰 나무" 속으로 "서늘한 바람"이 들어간다. 어떤 공간 속으로 어떤 존재가 들어갈 때(혹은 만났을 때), 서로 만나 관계를 맺은 존재들은 새로운 전환을 이루어낸다. "나뭇잎들은 부풀어 오르며 뒹굴"고 그것은 일종의 "설명할 수 없는 삶의 어떤/환희"와 비슷한 감각이다. 낯선 것들과의 관계맺음은 인간의 운명이 그렇듯 "감작스런 생의 전환"이 되기도 한다. 그리고 그러한 전환은 "눈부시다". 이러한 "소나기 온 뒤"에 만나는 관계들이 새로운 생산의 기폭제가 되거나, 발견의 기원이 된다. 이러한 설명할 수 없는 "생의 전환"이 '구멍'을 통해 이루어진다면, 구멍은 우리 존재의 정체성을 더욱 풍요롭게 하는 공간이자, 새로운 세계로 인도하는 길이 될 수 있다. "아직 마르지 않는 구석에 고인 빗물,"이 우리 혀끝에서 끝없이 샘솟기를 바랄 뿐이다.

언어의 사원과 불멸의 노래

　어쩌면 시는 본래 난파(難破)의 운명을 지고 태어났는지도 모른다. 본디 노래였던 언어가 문자를 만나 수사(修辭)의 바다에 오래도록 유영한 문학사는 이제 그 결절점(結節點)에 와 있는 듯하다. 공고해지고 농탁(濃濁)한 수사의 늪에서 언어는 더욱 깊이 빠져들어 헤어나올 수 없는 경우가 허다하다. 우리에게 온갖 시의 씨앗을 제공해준 자연은 이미 교훈의 나르시시즘에 깊이 침윤되어 있다. 시대정신이 공동의 형상(形象)으로 시에 나타날 때 우리는 그것을 시의 '양식'이라고 흔히 부르는데 지금의 시단은 시 양식의 한계에 다다른 듯하다. 공동의 선(善)과 공동의 의(義)가 사라진 시대에 난파된 나무 하나씩을 붙들고 거친 바다를 외롭게 헤엄쳐가고 있는 형국이다.

　그러나 어떤 측면에서는 이제야 실로 자유로운 언어의 초원을 만난 듯하다. 지친 말(言)의 형량을 벗어난 새로운 말들이 뛰어다니며, 그 말들이 서로 엉켜 온갖 종류의 세계를 나뒹굴며 말들끼리 서로 교합(交合)하고 있다. 문제는 그렇게 새롭게 태어난 말들이 아버지를 찾지 못하고 내력없이 세계를 떠돌고 있다는 점이다. 지금 우리 시단은 그 말들의 이름을 달지 못해 이런저런 흉흉한 소문만 무성한 지경이다. 우리는 이미 공통의 시적 형성원리보다는 개별적 형성원리가 더 가치 있는 시대에 지금 서 있다.

정끝별의 「불멸의 표절」은 그런 면에서 의미 있는 작품이다. 비슷한 언어를 거느린 시인들이 많아 개별적 시인의 이름을 호명할 수 없다는 의견들이 무성한 지금, "자 이제부터 전면전"이라는 말은 용기를 준다. 그 전면전의 대상은 누구인가. 시에서 말하듯 "바람"과 "뿔새"와 "장다리꽃"과 "아침 냄새"와 "씨앗의 침묵", "푸른 잎맥의 숨소리", "자두의 무른 살", "화살의 그림자들", "딱따구리의 격렬한 사랑", "모종의 대역사", "당신의 새벽 노래", "백지의 당신 몸", "미래라는 단어"들이다. 이것들은 모두 "풀리지 않는, 지구"의 모든 숨소리와 몸짓들의 대표어이다. 시에서의 "표절"은 어의(語義) 그대로 베끼기의 의미가 아니다. 자연을, 지구라는 아름다운 별은 아직도 써야 할 시적 대상이 많은 존재라는 이야기로 들린다.

또한 지구는 슬픔이 많은 별이다. 그래서 "지구라는 슬픔의 매듭을 베껴 쓰는/불굴의 표절 작가가 될래"라고 말한다. 이 땅의 무수히 많은 자연을 뒤로 하고 특별한 몇몇 자연에만 집중된 시편들은 대부분 일관된 결과를 낳는다. 그러므로 자연의 아주 작은 숨소리라도 듣고 받아 적으려는 "불굴의 표절 작가"가 되기 위한 노력은 계속 되어야 한다.

허수경의 「그녀가 들려주는 시」를 읽으면 시를 쓰는 그녀의 내면을 함께 여행할 수 있다. 그녀의 시는 어떤 시인가. "저 나날이라는 제국이 죽인 노래를 들려주는" 시이다. 그녀의 시는 어떤 경우보다 먼저 "다시 슬퍼져 도통 바깥으로 나가지 못할 것 같"은 시이다. 그녀의 시는 음악을 닮았다 했다. "음악이 없었더라면 먼먼 허공에다 그녀는 언어의 옷을 입혔을" 거라고 말하면서도 다시 "언어가 기댈 곳은 단 하나/저 음악일까"라고 의문 하나를 남긴다. 그녀의 시가 가진 언어의 모습은 어떨까. "갈 곳이 없어요,

음악이 없으니 갈 곳이 없어요, 라고 활자들은 말을” 거는 사이 “크리스마스 외설”과 “물질성의 얼굴들”과 함께 하는 세계에서 “오늘의 저항은 서정시를 쓰지 않겠다는 것 내일의 저항 역시 그렇다는 것”이라고 말한다. 이 세계 속에서 시를 쓴다는 이유로 살아간다는 것은 이렇듯 “눈에 보이지 않는 것들 앞에서 저를 저항하겠다는 것”이다.

미래는 오늘의 자리에 따라 다른 모양으로 나타난다. “닭이 울기 전에” (진은영, 「닭이 울기 전에」) 시인은 무엇을 생각한다. “따뜻한 흰 빵과 쉽게 굳는 진흙 같은 미래”라고 하지만 그것은 정작 “나를 모른다”고 말할 수 있는 세계이다. “사과 속의 오븐”을 그리워하는 자아는 어떤 “깊은 의미” 속에서 자신을 가두길 원하지 않는다. 다만 “너무 푸른 안개”에 골몰할 뿐이다.

조연호는 「폭풍의 일기」에서 독순술(讀脣術)로 동화(童話)의 세계를 그린다. 그러나 이 동화는 어른들이 읽는 동화이다. 인식과 정서가 상충되는 지점에서 터져나오는 발화는 낯선 세계를 보여준다. 낯선 세계는 피터판처럼, 흔히들 증후군이라 불리기도 하는 것처럼 그 세계의 동지들만이 경험할 수 있는 세계이다. “마술사는 초식동물의 긴 코에 쇠막대를 한 번 내려”치는 풍경은 동화의 세계이지만, 이 동화는 인간이라는 경험의 지뢰밭을 경험한 자아의 일탈을 보여준다. 가령,

기차는 건널목의 점등과 소등을 향해 건반처럼 펼쳐져 있었어요. 서로에 대해 가장 작은 눈금이 되어 함께 머리카락을 줍는 밤. 앙상한 엄마가 되기 위해 뉘우치는 엄마가 되기 위해 초식동물은 이곳의 가장 어두운 달을 향해 걸어왔어요. 발굽이 닳는 기분으로 춤을 춥니다. 가족이 사라지고 눈 내리는 인력회사를 찾아가는 날. 어떤 노래는 반드시 참이 되기 위해 입술에 머물고 어떤 노래는 도화지에 아무것도 그리지 않은 맨 마지막 교실이 되어갑니다,

라고 했을 때, "엄마"는 인간세계의 윤리적 자아로 살아남기 위해 할 수 있을 만큼의 노력을 보여준다. 그 노력이 엄마의 또다른 합리화일 수도 있지만, 자아는 "발굽이 닳는 기분으로 춤을" 출 수 있는 여유처럼 이미 이 세계의 음모를 알아버렸다. "노래"의 참뜻에 대해 알아버린 자아는 춤을 출 뿐이다. 어쩌면 자아가 부를 수 있는 노래는 "결국은 모두가 죽어버리는 그런 노래"(조연호, 「여름의 낱말」)일지도 모른다.

　손현숙의 「알파빌 거리에서」도 이런 노래를 부른다. "나는 내가 부르는 노래가 네 무덤이라는 것도 모르지"라고 말한다. 시인은 노래를 안다. 시인이 읊조리는 말(言)의 환영들은 모두 노래가 된다는 사실을 안다. "나"가 "타자"와 만나는 거리는 '알파빌' 거리이다. 장뤽 고다르의 영화 '알파빌'은 '사랑이 없는 미래의 도시'이다. 그곳에서의 "나"는 "내 주먹 외에는 아무 것도 믿지 않는" 자아이다. 그런 자아가 타자에게 행하는 일들은 대개 사랑이 없는 노래를 지루하도록 들려주는 일이다. 자아가 타자에게로 향하는 관계로 시작해 2연에서는 "나는 모른다"는 진술을 통해 인간에 대한 감정이 없는 자아의 속사정을 구체적 일상을 하나씩 꺼내 보여줌으로써 보여준다. 그 자아의 내적 풍경은 점점 절정으로 다다르고 "나는 나의 철갑 속에 또 철갑을 두르고 백 한 번째 촛불을 켜지. 나는 네가 나를 스칠 때마다 몇 억 겁 년을 죽고 사는지 모르지. 나는 너를 죽여 생생하게 살"린다고 말한다. 그런데 결국 남는 문제는 다음의 싯구이다.

　　　너, 죽을 줄 알면서도 내 사정거리 안에서 총구를 향해 울컥울컥
　　꽃을 피우지

　"너"라는 대상은 "나"의 내면이 비열하고 잔악한 것을 보여줌에도 불구하고 "꽃"을 피우는 타자이다. "꽃"이라는 대상을 미래에서는 어떻게 생각할지 모르지만, "꽃"은 여전히 아름다움을 표상하는 절대적인 기표

이다. 손현숙은 사랑이 없는 미래의 도시에서도 "울컥울컥 꽃을 피우는" 하나를 남기기 위해 우주는 존재한다는, 아니 그런 꽃이 존재하지 않으면 이 우주는 우주가 아니라는 사실을 증언하고 있다.

이 우주에 지구라는 별과 가장 가까이에 있는 달. 달은 우리의 상상력이 가장 많이 기대고 있는 별 중의 별이다. 송종찬의 「손끝으로 달을 만지다」는 "아내의 둥근 젖"을 만지다가 "달"을 떠올린다. 아내의 젖을 통해 달이 떠올려지는 것은 "아내"와 "달"이 동질의 세계를 담지하고 있기 때문이다. 그것이 집단무의식이기도 하겠지만, 아내와 달은 음(陰)의 세계, 모성의 세계 속에서 우리에게 다가온다. 그 세계는 고요하고 단정한 세계이지만 나약한 세계는 아니다. 때론 "마그마 소리 들리기도" 하는 뜨거운 정열의 세계가 함께 존재한다. 그렇기에 자아는 "짐승의 피처럼 뜨거워져 짙은 안개 속을" 헤집고 다닐 수 있는 힘을 얻는 것이다. 이러한 상상력은 "할머니의 거친 무덤"에 이르러 "월식"이 시작되는 것으로 이어진다. 월식은 달이 안 보이는 것이지만 잠시 뿐이다. 시인의 손가락이 할머니의 무덤에까지 다다르는 것은 그 무덤이 죽음과 삶이라는 단절의 세계를 순환의 세계로 이어주는 매개가 되기 때문이다. 이 모든 자연의 세계는 우리 어머니의 젖가슴이나 아내의 둥근 젖처럼 무한한 순환의 에너지이다.

김남극 또한 달을 노래한다. 「추석 전날 밤」에서 시인은 "추석 전날" 우리의 집마당이나 동네로 찾아온 달을 보고 있다. 그 달은 이미 이 세계와의 조우가 끝난 상태이다. 동화(同化)의 과정을 마친 달은 의인(擬人)의 모습으로 씻고, 쓰닥이고, 미끄러지고, 흩어지고, 섞인다. 그러면서 이 오래된 명절과 동네와 작은 자연들은 달과 함께 한가족이 된다. 그래서 "이끼낀 마담도 오늘은 넓고 환"한 것이다.

인간과 함께 할 수 있는 초자연의 대상이 어찌 달 뿐이겠는가. 이정록은 「햇살의 經文」에서 그 사실을 다시 한 번 보여준다. 제목에서 이미 어던 시인지 짐작을 하겠지만, "날고 싶은 것들이 죽어 흙이 되면 기왓장으로 태어”나는 순환의 원리를 통해, 그 상상력은 활달하게 이리저리 날개를 펼친다. 우리의 영혼은 자유로운 새의 세계를 꿈꾸지만, 그 새 또한 햇살의 매개자이다. 그러므로 모든 영혼의 극락왕생은 존귀한 것이다. 우리는 “새 똥구멍으로 들이치는 찬란한 햇살에 눈”을 부비면 되는 것이다.

최정례는 「초승달, 밤배, 가족사진」을 통해 “달”과 함께 존재해 있는 풍경의 순간들을 하나씩 호명한다. 시인이 보는 달은 “초승달”이다. 김남극의 달이 추석의 꽉 찬 달이라면 최정례의 달은 “지붕 위를 떠가는 초승달”이다. 그 달은 보며 시인은 “입 안에 신 침이 고이는” 경험을 한다. 그 미각의 경험은 어린 시절의 경험에 기인하지만, 그 경험은 한 가계의 일상을 넘어 우리 공동체의 삶을 구체적으로 증언한다. “신 살구” 하나로 낳은 아련하고 신 기억들. ‘풋’이라는 말이 새큼하게 떠올려지는 옛 기억들. 초승달과 함께 밤배 타고 경험한 기억은 하나의 오래된 가족사진으로 남았지만, 결국은 그 액자의 풍경이 우리가 가야 할 풍경은 아닐까.

김사인은 「노숙」에서 자신의 몸을 생각한다. “너”로 호칭되는 나의 몸은 이제 몸을 “부려 먹이를 얻고, 여자를 안아 집을 이룬” 중년의 몸이다. 경제적 원천을 얻기 위해 이용된 몸에게 남은 것은 “진땀과 악몽의 길”뿐이다. 그러면서 지친 몸을 쉬게 하고 싶은 시인의 속마음은 “차라리 이대로 너를 재워둔 채”라고 고백한다. 몸을 쉬게 할 방법이 “노숙”일 뿐인 몸을 “가만히 떠나는” 것뿐인 현실이 안쓰럽고 안타깝다. 그래서 아무 희망도 없는 이 땅의 지친 몸들이 노숙이나 오래된 잠을 택하는 건 아닐까.

김왕노는 「쓸쓸한 기계」를 통해 어머니의 모습을 색다르게 그리고 있다. 어머니는 “풀밭에 버려져 있는” 존재이다. 어머니가 달의 품처럼 넓고 깊고 따스한 모성의 바다임에도 불구하고, 아무도 찾지 않는 “어둠이 와도 작동되지 않는”, “풀에 가려 보일까 말까한” 어머니이다. 우리의 어머니는 기계로 묘사된다. 기계는 새것일수록 좋은 물건이다. 오래될수록 그 기능을 의심받고 필요를 의심받는 물건이다. 어머니는 오래된 기계이며 쓸쓸한 기계이다. "기름칠 제대로 되지 않은", "모타가 타버려 수리되지 않는" 어머니는 지금, "버려져 있다". "세상의 모든 어머니가 버려져 있다." 어머니를 생각하면 쓸쓸할 수밖에 없다.

정재학은 「간이역이 여우비를 지날 때」에서 여우비 내리는 여름날을 만난다. 발단은 "넘치는 휴지통을 발로 콱콱 누르다가 그 속으로 빨려들어가"는 상황으로 시작된다. 그리곤 그 간이역에 막 도착한 버스에 운전사는 없다. 얼마나 더웠던지 "살인이 일어날 것 같은 더위"였지만 이방인의 뫼르소와는 달리 살인을 저지르지는 않았다. 시적 자아는 계속해서 물음과 답변을 한다. 그것이 자문이던지 대화이던지는 중요하지 않다. 아니, 중요할 수도 있다. 아버지에게 변명은 아니지만 "결국 전 옳은 일을 했"다는 사실을 알려야 하기 때문이다. 이 대화는 어떤 사연이 상징의 방식으로 진술된다. "네 화석 같은 손톱은 중요하지 않으니까 태양은 침을 질질 흘리고 있었다 버려진 유리병에는 단추가 가득했지만 제가 찾는 단추는 없었어요 구두만 한 짝 잃어버렸죠 귀 주위로 계속 침이 흘러 더러운 셔츠 속의 땀과 엉겨붙었다"와 같은 진술을 통해 "검역관"을 만날 수도 있을, 자아가 처한 내면 풍경을 짐작할 수 있다.

윤예영은 "등에 프로펠러를 단 인형들이 날아가는"(「가령」) 이미지를 상상한다. 그것에 대해 사람들은 "하늘에서 유령들이 떨어진다고" 혹은 "수소폭탄이 떨어진다고 수선을 떨겠지만" 시인은 인형들과 프로펠러의 소리를 포기하지 않는다. 가령, 이라는 말처럼 가령, 그렇다 하더라도 "흑백 속에 갇혀 있던 사람들이 하나 둘 깨어날 시간"을 알면 되는 것이다. 그러면 21C 마녀가 될 지도 모르며 반대로 21C 마녀에서 탈출할 지도 모를 일이다. "고르고 골라 21C에 태어"(윤진화, 「21C 마녀되는 법」)난 마녀는 "고르고 고르"는 삶을 산다. 지난한 삶이지만, 그 마녀는 유쾌하다. 그러나 "룰루? 오케이 룰루"의 마녀는 "일자리"와 "청약저축"을 고르고 남편의 승진을 위해 "모텔"을 고르는 삶을 살아야 한다. 그것이 마녀가 택한

21C라는 시간이다. 그러나 그 말 속엔 "고르고Gorgo"라는 뜻의 "굳세다"
란 이중적인 의미가 함께 저장되어 있다. 그러면 마녀의 "룰루? 오케이 룰
루"는 그리스어처럼 암호를 가진 말이 될 수도 있다.

최하연은 「가방의 고백」에서 가방에 담겨진 "그 여자의 잠옷"과 "그 남
자의 양말"을 통해 무엇을 말하려고 했을까. 그 여자와 그 남자는 삶의 어
려운 시간들을 통과하는 과정에 서 있다. 그 과정을 증언하는 상징의 물건
이 잠옷과 양말이다. 잠옷과 양말이 여자와 남자에게는 없어서는 안 되는
생활필수품이다. 그 필수품은 이제 그들의 몸에서 벗어나려 한다. "가방
을 닫으면" "항암의 시간"이 되는 그래서 색이 바래지는 시간이 다시 오는
길목에서 가방은 고백하고 있다.

이러한 고백은 이해리의 「사랑은 움직이는 거 맞네」에서 보여주는 조
화와 순리의 세계와는 많이 다르다. "진부하다"고 스스로 말하지만 "벌나
비"와 "꽃"의 관계가 섹스의 은유라는 점을 '사랑'이라는 보편적인 정서
에까지 질문 속에 넣고 있다. 진부한 시 읽기가 되겠지만 "벌나비"는 "사
랑이 움직이는 거"라는 점을 가장 잘 보여주는 대상이다. 그 "벌"의 모습
을 세세히 그리면서 "무슨 접착제로 저 바람기 붙여 놓을까"라고 능청을
떤다.

앙리 미쇼는 물 쪽으로 기울고 이성복은 돌 쪽으로 심취한다는 것을 시
인은 안다.(김상미, 「물 속의 돌」) 어느 쪽으로 기울어도 우리는 또한 물 속
에 돌이 있고 돌 속에 물이 있다는 사실 또한 안다. 시인은 그것을 알면서
또 한 가지의 사실을 더 보탠다. "그래도 그들은 삶 한가운데에 있다"는
점이 그것이다. 시인이 듣고 옮겨내는 "물과 돌이 내는 새로운 맥박 소리"
를 오래도록 듣고 감동하고 싶다. 이 말이 여기 열여덟 편의 시를 읽으며
내놓는 결말이다. 많은 시편들을 한꺼번에 읽으며 어떤 특정한 본래의 뜻
이나 은유를 말할 수는 없다. 새로운 양식은 그것대로, 새로운 상상은 또
한 그것대로 다양한 빛깔의 스펙트럼을 뿜어낸다. 이 다양한 빛의 조화 속

에서 다만 그 빛의 그늘 속에 잠시 쉬었을 뿐이다. 더 가야할 때가 아직 많이 남아 있다. "불멸의 표절"이 아니라 "불멸의 창조"가 우리의 운명임을 누구나가 잘 알기 때문이다.

삶과 죽음이라는 운명의 변증법

죽음은 삶을 환기시킨다. 죽음을 통해 삶의 의미와 본질을 생각하게 한다. 타인의 죽음을 통해 한 개인의 삶이 얼마나 소중한 의미였는지를 깨닫곤 한다. 삶은 죽음으로 이르는 길이지만, 죽음이 있음으로 해서 삶은 더욱 고양된 정신적 에너지를 가져다준다. 삶이 죽음에 이르는 길이라면, 죽음은 삶의 연장선상에 있다. 우리는 어딘가로 가고 있고, 어딘가 위에서 존재해 있으며, 또한 살고 있고, 살아 내고 있다. 삶과 죽음은 종교적 신념을 굳이 들먹거리지 않더라도, 불연속적인 게 아니며, 단지 고단한 육체의 운동과 쉼일 뿐이다. 매순간이, 그러니까 매순간이 삶과 죽음의 문제에 휩싸여 있으며 그렇기에 매순간은 우리에게 가장 중요한 시간이자 의미인 것이다. 살아 있음과 죽음이라는 실존의 문제는 시에서 커다란 주제이며 평생 가져가야 하는 주제이다.

그러니까 매순간 살아야 한다
그러니까 매순간 죽어야 한다

그러기 위해선 날아야 한다
매순간 심장을 날아야 한다
그러니까 심장을 날기 위해선
매순간 사랑해야 한다

그러니까
지금 사는 곳이
늘 가장 깊은 곳,

그러니까
우리 겨드랑이보다
우리 어깻죽지보다 넓은 곳은 없어라
그러니까
우리 눈동자보다
우리 머리카락보다
우리 손등보다 깊은 곳은 없어라

그러니까 매순간 빛이어야 한다
그러니까 매순간 어둠이어야 한다
그러기 위해선 살아야 한다
매순간 심장을 살아야 한다
그러니까 심장을 살기 위해선
매순간 죽어야 한다
그러니까 매순간 태어나야 한다
그러니까 매순간 삶을 까먹어야 한다
—박용하, 「행성」 전문

우리가 사는 행성은 지구라는 별이다. 이 별에서 이탈하여 다른 별로 간다면, 혹은 다른 별을 꿈꿀 때, 지금 우리가 사는 곳은 어떤 의미인가. 박용하는 「행성」이라는 시를 통해 가장 본질적이면서도 근원적인 질문들을 하고 있다. 어쩌면 가장 단순한 대답일 수도 있는 이러한 질문은 다시 한 번 우리의 삶을 되돌아보게 하는 역할을 하게 한다.

그러니까 우리의 삶은 매순간 살아야 하는 것이다. 호흡이 붙어 있는 한 우리는 살아내야 하고, 우리의 의지와는 상관없이 우리의 몸은 매순간 살아야 한다는 당위성을 붙잡고 움직이고 있다. "그러니까" 매순간 살아야 한다.

박용하의 시는 '그러니까'의 시어가 11번이나 등장한다. 이러한 원인과 결과의 접속사가 계속해서 등장하는 이유는 삶의 이유를 나름대로 진단하고 있고 그러한 진단이 반복되면서 새로운 질문을 다시 되짚어내고 있기 때문이다. "그러니까 매순간 살아야 한다"는 말로 시작해서 "그러니까 매순간 죽어야 한다"는 말로 이어지는 이 역설의 문법은 삶과 죽음이 역설의 관계라는 점을 증명하고 있다. 또한 이러한 역설의 문법에서 다시 "그러기 위해선 날아야 한다" "그러니까 심장을 날기 위해선" "매순간 사랑해야 한다"고 전한다.

박용하의 「행성」은 질문은 없고 질문에 대한 대답만 보여주고 있다. 그 대답의 반복 속에서 다시 새로운 질문을 이루어내지만 그 새로운 질문들도 대답의 형식으로 이루어져 있다. 살아야 하고 죽어야 하고 그러기 위해선 날아야 하고 날기 위해선 심장을 날아야 하고 그러기 위해선 매순간 사랑해야 한다는 그의 의미전개는 삶과 죽음을 생물학적인 의미로 규정짓지 않는다는 점을 보여준다.

우리 삶의 도처에 죽음은 존재해 있으며, 우리의 죽음은 또한 새로운 삶이 될 수 있다. 지금 사는 곳이 가장 깊은 곳이다. 겨드랑이와 어깻죽지와 눈동자와 손등이 모두 가장 깊은 우리의 삶의 세목들인 것이다. 이러한 깊은 곳이 우리의 삶이라면 우리의 삶은 매순간 빛이어야 한다. 빛과 어둠은 삶과 죽음처럼 동전의 양면과도 같다. 매순간 빛이라면 우리의 삶은 매순간 어둠일 수도 있거나 어둠이어야 한다. 그러기 위해선 살아야 하는 것이다. 살기 위해서는 심장을 살아야 하고 심장을 살기 위해서는 매순간 죽어야 하는 것이다.

수미상관의 의미구조로 이루어진 「행성」은 삶과 죽음의 경계를 무화시키고 다시 삶과 죽음의 의미를 돌아보게 만든다. 이러한 의미구조의 대단원은 "매순간 태어나야 한다" "그러니까 매순간 삶을 까먹어야 한다"로 맺고 있다. '그러니까'가 가진 반복과 불확실한 대답은 '매순간'이 가진 삶의 순간과 의미를 더욱 공교롭게 만든다.

오랑우탄은 구경꾼들이 던져준 과자를 쳐다보지도 않는다
짐짓 하품을 하며 잊혀져가는 아프리카의 밀림인 듯
기나긴 권태를 감염시키며 낄낄거리는 구경꾼들을 힐끗거린다
놀이공원 광장 한복판에선 요란한 고적대가 절도 있는 몸매를 뽐내며
지나간다 갑자기 먹먹해지는 행진 속으로 한 아이가 뛰어든다
겁먹은 아이 눈동자를 지켜보며 오랑우탄은 히죽거리며 분명히 웃었다
산등성이 리프트에 초저녁 달이 낮은 음계를 밟으며 굴러간다
리프트에 실려 간 사람들은 노을 지는 타워 너머로 사라져간다
오늘은 사정상 공연이 없다는 안내 방송이
경쾌한 클래식 사이로 간간이 새어나오는 돌고래 공연장
반질거리는 벽에는 늘씬한 조련사 위로 반달처럼 떠 있는 돌고래 그림이 그려졌다
페인트 색이 바래고 얼굴이 뭉그러진 채 공중을 보고 있던 조련사가

문득 내게로 얼굴을 돌리더니 경악을 하며 비명을 지른다
동시에 오랑우탄은 철창을 부여잡고 괴성을 지르고
악기를 집어던진 채 고적대 여자들 절규하기 시작한다
어느새 노을 무너지고 연푸른 땅거미가 뒤덮은 화폭을
뚫고 나오다 못해 오들두들 굳어버린 숨 줄 따는 소리
어울리지 않는 배경음악처럼
고적대 행렬을 따르던 광대는 아코디언을 연주하는 중이었다
-윤의섭, 「청동 절규」 전문

윤의섭의 「청동 절규」는 차가운 절규의 표정을 통해 실존의 문제를 부각시키고 있다. 또한 풍경의 연속 속에서 불협화음의 소리를 발견하고 그것을 내적으로 체화하고 있다. 풍경 속에는 몇 가지의 사건이 있고 이미지가 있다. 먼저 '오랑우탄'은 권태스럽고 영악한 동물로 비춰지고 있다. "구경꾼들이 던져준 과자를 쳐다보지도 않는" 오랑우탄은 "구경꾼들을 힐끗거"리는 영악한 동물이다. 하지만 '오랑우탄'은 구경꾼들의 시선을 벗어날 수는 있지만 여전히 갇혀진 동물이다.

이제 권태의 오랑우탄 앞에 작은 사건들이 시작된다. 놀이공원 광장에 "고적대가 절도 있는 몸매를 뽐내며/지나"가고 있고 그 "행진 속으로 한 아이가 뛰어"드는 것이다. 그 "겁 먹은 아이"는 누구일까. 시 속의 화자 자신일까. 이 아이를 보고 "오랑우탄은 히죽거리며 분명히 웃었다"라고 했다. '분명히'를 강조하는 것으로 보아 '오랑우탄'의 웃음에는 '아이'에 대한 자신의 평가가 숨어있을 것이라는 짐작을 할 수 있다.

어떤 사건이 숨어 있는 데도 불구하고 산등성이 "리프트에 실려 간 사람들은 노을 지는 타워 너머로 사라져가"고 있다. 또한 돌고래 공연장에는 공연이 없다. 사건은 여기서부터 본격적으로 촉발한다. 공연이 없는 돌고래 조련사 위로 반달처럼 떠 있는 돌고래 그림이 그려졌고 조련사가 내

게 얼굴을 돌리더니 경악을 하며 비명을 지르는 것이다.

　그리고 "오랑우탄은 철창을 부여잡고 괴성을 지르고/악기를 집어던진 채 고적대 여자들 절규하기 시작한다". 이 시에서 절규를 하는 대상은 '돌고래 조련사', '오랑우탄', '고적대 여자들'이다. 시에서 그들 사이의 인과관계는 미약한 것처럼 보인다. 이들의 관계는 상황에 따른 자신들의 운명일 것이다. 오랑우탄은 평생 갇혀 권태롭게 지내야 하는 운명이며, 돌고래 조련사는 본능적 생명을 유지시켜 주는 댓가로 동물들을 길들이는 운명이고, 고적대는 다수의 대중들에게 연기를 해야 하는 광대의 운명인 것이다. 이러한 운명의 등장인물들은 절규라는 동질적 체험을 동시에 수반한다.

　이들의 공통점은 나를 보는 것에서 절규가 시작되었다는 점이다. 시 속에서 화자인 '나'는 한 번 등장한다. 그 등장의 순간은 자신의 모습을 다른 인물들에게 보여주는 역할이다. 그 보여짐은 마치 뭉크의 「절규」를 연상하게 하기도 한다. 돌고래 조련사는 "얼굴이 뭉그러진 채 공중을 보고 있었"다. 또한 오랑우탄과 고적대 여자들의 이미지도 비슷한 이미지를 담고 있다. 절규는 인간 내적인 감정의 가장 극렬한 표출 방법이다. 가장 격한 감정적 분출방법으로 좌절과 공포의 느낌을 전달하는 것이다. 그런데 이들의 절규는 부조(浮彫)처럼 붙박힌 상징이 아닐까 하는 생각이 든다. 노을이 무너지면 "땅거미가 뒤덮은 화폭을/뚫고 나오다 못해 오들두들 굳어버린 숨 줄 따는 소리"가 들리는 것이다. 그리고 "고적대 행렬을 따르던 광대는 아코디언을 연주하는 중"인 것이다. 그 광대는 누구인가. 바로 시 속의 '나'인가. 이 모든 절규가 청동처럼 빛나지만 결코 역동적이지 않는 시선을 아는 누구일까. 청동 절규를 차갑게 지켜보는 숨은 나 혹은 우리들일까.

　　수위에 대해 말하자면 너의 깊이는 손가락 세 마디에 해당할 것이다 너를 잡을 때마다 네 밖은 봉긋하게 솟아오르고 너는 그 수위

너머로 잠겨든다 빛과 어둠의 변증은 네게 여러 겹의 주름이다 그
러나 산도(産道)에 이르기까지 네가 움켜쥔 길은 이합(離合)하거나
집산(集散)할 것이니, 모래가 흐르듯 네 손을 빠져나가는 운명을 악
착으로도 막을수 없을 것이다 네가 붙든 그것이 바깥이다 이 안팎
의 변증 사이에서 너는 숨죽이고 있을 뿐, 너를 잡을 때마다 네 안
은 우묵하게 오므라든다

— 권혁웅, 「手相記·2」 전문

손금은 뱃속에서 아기가 주먹을 쥐었을 때 손바닥에 생기는 자국이라
고 한다. 그리고 손을 쥐는 습관과 움직이는 습관에 따라 손금은 조금씩
변한다. 뱃속에서부터 만들어져 나온다는 점에서 손금은 운명과 결부시
킬 수 있다. 그러나 습관에 따라 변한다는 점에서 손금은 운명결정론에서
한 발 물러날 수 있다.

권혁웅의 시 「手相記·2」는 이러한 운명론에 대해 말하고 있다. 그가 말
하는 운명은 "모래가 흐르듯 네 손을 빠져나가는 운명을/악착으로도 막을
수는 없"는 것이다. 주먹을 쥐었을 때의 깊이인 "손가락 세 마디에 해당
할" 운명은 여러 겹의 주름으로 여러 층위의 운명을 예단한다. 운명은 '빛
과 어둠', '안과 밖'이라는 '幸과 不幸' 사이의 변증이다. 다시 이 변증이
여러 겹의 주름을 만들고 이합집산(離合集散)한다. 그러나 지금껏 우리들
은 손금이 변하는 것으로 운명도 변할 수 있다고 스스로를 위안해 오지 않
았던가. 그것은 운명을 빗대어 무기력을 합리화하려는 미성숙한 자아를
이겨내는 힘이었다. 그 힘의 배면에는 '자유 의지'의 자기정체성이 무게
를 더하고 있다. 이 '자유 의지'가 시인을 만들고, 기존 질서와 권위에 저
항하는 자력이 된다. 하지만 이 자력은 일정 시기가 지나면 자연히 수그러
들고 만다. 결국 시인은 예민한 통각의 소유자들이기에 자신의 감정을 어
떠한 방식으로든 드러내야 한다. 그 드러냄의 방식이 격렬한 몸부림일 때

도 있고 때론 감춤과 참음에도 있는 것이다.

늦게서야 알았다는 듯, 결국 인간은 운명론에 기대고 만다. 인간의 나약함을 고백할 때 우리는 감동을 느낀다. 인간의 정서체계는 강한 것에 마음이 향하지 않는다. 가령 백석이 모든 걸 잃고 식민지의 거리 끝으로 몰려 샷을 깐 방에 홀로 앉았을 때, 이렇게 고백하지 않았던가. "이 때 나는 내 뜻이며 힘으로, 나를 이끌어 가는 것이 힘든 일인 것을 생각하고,/이것들보다 더 크고 높은 것이 있어서, 나를 마음대로 굴려 가는 것을 생각하는 것인데"(「남신의주 유동 박시봉방」)라고. 무력감과 상실감으로 가득 찬 외로움을 자신의 운명을 받아들이는 담담함으로 표현하고 있다. 이 구절 이후의 쌀랑쌀랑 문창을 칠 때 화로를 다가끼고 무릎을 꿇는 장면에서 외로움을 견디려는 자아의 슬픔뿐만 아니라 역사적 자아로서의 고통까지 온전히 느끼게 된다.

권혁웅은 이 운명을 '手相'이라는 간접화법을 통해서 읽고 있다. 수상이라는 객관적 상관물을 담보로 하고 있지만 그 대상은 여전히 운명이라는 관념에게 봉사한다. 손금을 어떤 운명의 존재발현으로 본다면 거기엔 존재 이전과 이후의 안팎을 통어하는 투시체로 볼 수 있다. 이미 「파문」에서 '부재와 부재 사이'를 말하면서 "동그라미와 동그라미 사이에 촘촘히 꽂히는/저 부재에 주파수를 맞춰보"려고 부단히 애쓰지 않았던가.

이러한 안팎에 대한 인식은 유성호의 평론 「직관과 묘사, 사물의 안팎을 투시하는」에서 이미 논의된 바 있는데 그는 사물의 안팎을 통시하는 방법론으로 '직관'과 '묘사'를 말했었다. 이 시 또한 직관과 무관하지 않다. 첫머리의 "수위에 대해 말하자면 너의 깊이는 손가락 세 마디에 해당할 것이다"는 직관에 의한 것이다. 이후 시인은 이 직관을 가지고 운명을 지적으로 해석하려는 몸짓을 보인다.

실상 주름은 어떤 흔적을 표상한다. 흔적의 오래된 퇴적층이 주름을 만든다. 이 시에서는 흔적의 출발을 '産道'로부터 시작한다. 캄캄한 '産道'의 길목도 주름진 길이며, 이 길을 움켜쥐어도 離合集散한다. 이것이 악착으로도 막을 수 없는 운명의 흔적인 것이다. 그러므로 그에게 주름은 「파문」에서처럼 동그라미와 동그라미 사이이며 부재와 부재 사이이다. "빛"과 "어둠" 사이이며 "안팎"의 사이이다. 이 빛과 어둠의 변증과 안과 밖의 변증 사이에서 "너는 숨죽이고 있을 뿐"이다. 숨죽이고 있는 건 이미 너의 깊이와 나의 깊이를 가늠할 수 있게 되었기 때문이다.

권혁웅의 시에서 메스를 들고 운명을 해석하려는 집도의의 고뇌를 느낄 수 있었다. 産道에서부터 주름을 찾아 그 주름의 깊이를 가늠하면서 "너를 잡을 때마다 네 안은 우묵하게 오므라"드는 인식적 체험을 한다. 주름과 그 흔적을 통해 운명에 다다르는 것은 분명 새로운 인식적 방법이다.

북문시장 먹자골목은 골목길 그대로 한 상 잘 차려진 제사상 같다
어떤 조상에게 드리는 제물이기에 냄새부터 이리 질펀하신가
홍동백서 우반좌갱, 함지에 대접에 주전자에
욕망의 빛깔대로 허기의 양식대로
흐물흐물 술 취한 혼백인 듯 달려드는 검은 파리떼
좌판 앞에 쭈그려 앉아 음복 술잔 구겨 쥐는 사내의 아침이 저문다
—류인서, 「북문시장 먹자골목」 전문

류인서의 시 「북문시장 먹자골목」은 죽음 이후의 세계가 아니라 현실의 세계, 즉 우리가 언제 어디서나 볼 수 있는 시장의 먹자골목을 그리고 있다. 저자거리의 살아 있는 귀신들을 상징적으로 보여주고 있다. 먹자골목의 광경은 욕망의 장소이다. 식욕을 자극하는 갖가지 음식들이 집적된, 욕망이 기표하는 가장 강렬한 장소가 먹자골목이다. 시인은 욕망이 離合集散하는 이 장소를 가리켜 "한 상 잘 차려진 제사상 같다"고 한다.

제사상은 죽은 자의 영혼을 불러오는 무대이며 잘 차려진 음식들을 통

해 죽은 영혼을 위로하는 자리이다. 또한 제사는 예로부터 효를 강조하는 우리의 삶 속에서 효를 실현하는 가장 중요한 의식 행위이기도 하다. 여기에서 중요한 점은 제사가 누구를 위한 의식인가 하는 점이다. 제사는 조상(祖上)을 위한 자리이다. 조상에게 예를 표하고 살아있을 때부터 시작해 죽은 이후에도 정성으로 효를 행함으로 살아 있는 자들이 복을 누리려는 것이다. 즉 제사에서 조상은 절대자의 어떤 자리에 있는 셈이다. 류인서는 '먹자골목'을 '제사상'으로 비유하면서 이 땅에 기거하는 인간들의 모습을 암묵적으로 전해주고 있다.

사실 식욕은 인간에게 공인된 욕망이며, 또한 벗어날 수 없는 본성의 욕망이기도 하다. 이 먹자골목이 제사상이라고 인식하는 것에는 타락한 현실을 증오하거나 욕망과잉의 현실을 고발하거나 질타하는 생각과는 거리가 멀다. 그 인식의 밑바닥에는 그러한 현실을 살아가는 한 인간의 쓸쓸한 모습을 바라보는 시선이 담겨 있다. 제사상에는 "홍동백서 우반좌갱, 함지에 대접에 주전자"가 모두 잘 차려져 있다. 또한 그러한 상이 "욕망의 빛깔대로 허기의 양식대로" 차려져 있는 것이다. 여기까지는 인간들이 욕망하는 장소를 대치하여 가장 상징적으로 보여주는 역할을 한다.

그러면 제사상으로 마련된 먹자골목에는 어떤 귀신을 불러온 것인가. 시에는 "흐물흐물 술 취한 혼백인 듯 달려드는 검은 파리떼"라고 한다. 먹자골목의 제사음식은 "검은 파리떼"를 위로하기 위함인가. 여기에서 우리는 이 시대의 초상을 짐작하고 남을 일이다. 그 사실은 "좌판 앞에 쭈그려 앉아 음복 술잔 구겨 쥐는 사내"에 가있는 시선에서 발견할 수 있다.

본래 귀신은 민중들의 무의식이 상상적으로 발현된 형상이다. 그 형상은 과장적으로 보이지만 그 과장의 형상이 禍와 福에 깊이 관여한다는 사실을 우리는 안다. 현상학적으로 볼 때 영과 육의 개념은 귀신과 인간의 개념과 대립된다. 그 대립은 이전의 삶이 이후의 삶과 단절과 연관의 관계에 여전히 놓여있음을 의미한다.

　류인서의 시는 우리가 일상적으로 이용하는 먹자골목이라는 공간을 제사상으로 비유하면서 일반적인 귀신의 모습이 아닌, 지금 현재 살아 있는 우리의 모습과 귀신의 동일성을 꾀하고 있다. 본래 우리의 인식에서 일상적으로 상상할 수 있는 귀신의 모습은 원귀(寃鬼)에 해당한다. 이러한 원귀는 특별한 능력을 발휘하면서 인간의 삶에 개입한다. 그러면서 자신의 원한을 풀고자 하는 게 이들의 태도이다. 류인서의 시에는 이러한 원귀의 모습이 "쓸쓸한 한 사내의 아침"으로 변용되어 있다. 그 사내는 "좌판 앞에 쭈그려 앉아" 있는 풍경이며 그가 마시는 아침 술은 "음복 술잔"인 것이다. 그 사내는 원한이 있는 자인가. 그것은 모르지만 그가 먹자골목에서 마시는 아침 음복 술잔은 우리의 뇌리에 오래도록 남을 일이다.

풍경의 미학적 전거들

　'강'은 많은 상징을 가지고 있는 시어이다. '흘러감'과 '고여 있음'을 동시에 가지고 있는 속성으로 인해 다양한 세계를 변주하는 시적 대상이 되기도 한다. '흘러감'이 시간적 상징성으로 비유된다면, '고여 있음'은 공간적 상징성으로 비유되기도 한다. 또한 물이 지니는 원형적 상징으로서의 기능 또한 강이 담당하는 경우가 많다. 시간적 의미로서의 강은 죽음과 재생을 말하며, 한 줄기가 여러 줄기로 나아가고 다시 큰 바다에 이르면 한 줄기로 합쳐지는 연속성은 인간의 운명에 대한 은유로 읽혀지기도 한다. 공간적 의미의 측면에서도 '고여 있음'이 주는 원형적 이미지와 모성적 공간에의 회귀와 신비의 이미지는 많은 시를 통하여 확인할 수 있다.

　이러한 '강'의 상징은 강이라는 시적 대상에 시적 자아가 적극적으로 개입하면서 이루어진다. 그 개입에는 자아의 세계관과 의지와 감수성이 녹아들게 마련이고, 그러한 강과 자아와의 삼투과정이 강이라는 대상을 적절한 시적 비유로 이끌어내는 방법이기도 하다.

오리들이 흰 연적 같은 엉덩이 흔들며
줄지어 강으로 간다, 꽁지에 지푸라기 묻은 놈도 있다
똥을 지려 묻힌 놈도 있다 나는 오리들이 꽥꽥거릴 때마다
뒤에서 막대기 탁탁 두드리며 맨 끝에 따라 간다

강은 얼음을 뒤집어쓰고 잠들어 있다
얼음 위에서는 오리들의 물갈퀴가 헤집을 세상은 없다
나는 강 모퉁이에 오리들의 어장을 만들어 주려고
해머를 들어올려 얼음을 내리친다, 언 강을 때린다
쩡쩡 비명을 지르며 실금들이 그물처럼 나를 가두려고 한다

잠깐 비켜섰던 오리들이 저희끼리 주둥이를 부비더니
찰랑거리는 물 위에 몸을 띄운다, 웅덩이가 오리들을 껴안는다
웅덩이 가장자리에 웃자란 돌미나리가
얼음 위로 작고 푸른 손톱을 내밀고 있다
오리들이 돌미나리를 쿡쿡 쪼아대자
강은 멍이 든다, 그렇다고 강은 소리 내어 울지 않는다

해질녘 오리가 한 줄로 꽥꽥 집으로 돌아가고 나면
흉터처럼 움푹한 웅덩이에는
서서히 살얼음이 깔릴 것이다
겨우내 언 강이 강물을 보듬고 살듯
저녁이 그 살얼음을 가만히 덮을 것이다
─이인철, 「오리의 강」 전문

  이인철의 「오리의 강」은 제목 그대로 강과 오리와의 관계를 통해 운명
의 질서를 노래하는 작품이다. 시의 화자는 강과 오리 사이에서 운명의 질

서를 인식하게 하는 역할을 한다. 오리의 둥지는 보통 땅 위나 물가의 풀밭에 있다. 하지만 오리는 대부분을 강이나 호수의 수면 위에서 시간을 보낸다. 오리는 알을 깨고 세상에 나오자마자 어미를 따라 행동하며 자신이 해야 할 습성을 익힌다. 그래서 오리가 소리내며 줄 지어 걸어가는 모습은 인상 깊게 다가온다. 「오리의 강」 1연에서 시인은 오리를 잘 관찰하고 있다. 오리의 엉덩이는 "흰 연적 같은" 모습이며, "꽁지에 지푸라기 묻은 놈"도 있고, "똥을 지려 묻힌 놈"도 있다. 중요한 점은 시의 화자가 줄지어 강으로 가는 오리의 행렬에 동참하고 있다는 점이다. 오리 행렬에의 동참은 "오리들이 꽥꽥거릴 때마다/뒤에서 막대기 탁탁 두드리며" 맨 끝에서 따라간다. 이것은 오리들의 주인 혹은 오리들을 뒤에서 관리 감독하는 화자의 시선이 개입되어 있음을 유추할 수 있다.

이제 오리가 강에서 무슨 일을 벌일까. 이 시에서 강은 새로운 상징이나 비유를 던져주는 강이 아니다. "강은 얼음을 뒤집어쓰고 잠들어 있"는 모습으로 고요히 있다. 물의 비유가 아닌 얼음의 비유인 강은 꽁꽁 언 자신의 모습을 보여주고만 있다. 얼음의 강에서 오리는 세상을 마음껏 헤집지 못한다. 이러한 오리의 삶을 위해 화자는 강에게 해머를 들이댄다. 해머로 얼음을 내리치고 언 강을 때려 오리들이 물 위에 놀 수 있는 터전을 마련해주는 것이다.

3연에서는 화자가 마련해준 물에서 오리가 자유롭게 노는 모습을 그리고 있다. 여기서 주목해야 할 점은 강에 대한 화자의 태도이다. 화자는 강에게 슬픔을 주는 존재이다. 언 강을 해머로 내리치는 행위로 강에게 쩡쩡 비명을 지르게 만들었다. 오리들이 "저희끼리 주둥이를 부비"고 "찰랑거리는 물 위에 몸을 띄"우며 "돌미나리를 쿡쿡 쪼아"댈 때 "강은 멍이 든다," 하지만 "그렇다고 강은 소리 내어 울지 않는다". 화자는 오리에게 새로운 생의 활력을 불어넣어 주었지만, 그 대가로 강에게 큰 상처를 주게 되었다. 그것은 우리의 삶의 모습과도 같다. 오리가 물 위에서 노는 모습은 새로운 생성의 공간을 마련한 이미지이다. 하지만 그 이면에 멍들고 아픈 대상이 있는 것이다. 그러한 대상은 소리 내어 울지도 못하는 대상이다. 모든 잉태와 생성의 공간에는 그 이면에 고통이 스며 있다. 오리들이 노는 물 위의 공간에서 돌미나리가 작은 손톱을 내밀 때 강은 스스로의 상처를 치유하고 있을 때이다.

화자는 세상사가 그렇듯 다시 강에 얼음이 깔릴 것이라는 걸 안다. 그것이 운명이라면 운명이다. 그 운명의 굴레 속에서 "겨우내 언 강이 강물을 보듬고 살듯/저녁이 그 살얼음을 가만히 덮을 것이다"라고 위안의 소리를 고백하고 있다. 그것은 화자가 할 수 있는 가장 따뜻한 고백일 것이다. 자연은 늘 그대로 거기에 있다. 그 자연에게 쿡쿡 쪼아대는 모습으로 무언가를 얻고자 한다면 그것은 훼손이나 학대일 것이다. 시에서 보듯 강의 상처를 치유하는 것은 저녁이며 다시 스스로의 강이다. 스스로 치유하고 저녁이 오길 기다릴 줄 아는 것은 자연이 우리에게 주는 삶의 교훈이다. 화자는 강의 비명이 토해낸 "실금들이 나를 가두려는" 반성적 사고를 하고 있지만 정작 중요한 점은 강의 모습을 그대로 본다는 점이다. 오리와 강의 모습을 그대로 오래도록 지켜볼 때 모든 비밀한 의미들을 발견할 수 있음을 이인철의 시를 통해 확인할 수 있다.

찬비 내린다
산비탈 우두커니
헐벗은 배나무들
마실 쪽을 바라본다
마른 가지에 감기는 빗소리
배꽃 피는 소리 들리는 걸까
남은 잎새 위를 두드리는 비
터엉 비인 머리 속을 흔든다

저버린 잎들을 끌어안고
뿌리가 젖는다
먼데 바라보는 나무들 뒷모습
온전한 길 하나 감추고 있다
배밭 너머 배나무 너머
요양원 지붕이 보인다
지붕 아래 가물거리는 창
이쪽을 오래 내다보고 있다
보일 듯 말 듯
그곳에서 내려오는 길
무겁게 젖는다
아직 숨이 붙어 있는
이파리들
자꾸만 미끄러진다

─이동백, 「가일리」 전문

이동백의 시는 절제된 풍경의 미학을 실천하고 있다. 시인은 현실에 더 물면서 현실에 만족하지 않고 늘 꿈꾸는 자이다. 그렇기 때문에 현실을 대하는 태도가 각별하다. 때론 현실에 대해 분노하고 때론 현실을 벗어나고파 방황하며, 어쩔 땐 현실과 웃고 우는 질펀한 감정의 소비를 하기도 한다. 그러는 사이 사이에 늘 꿈을 꾼다. 그 꿈꾸는 자리가 예술가가 흔히 말하는 유토피아의 공간일 것이다. 시인이 꿈꾸는 유토피아가 실상 허울이거나 사상누각에 지나지 않을 때도 많다. 하지만 시인이 꿈꾸는 그 이상만큼은 진실이며, 그 진실로 인해 우리는 정서적 충격을 일으키는 것이다.

서정시는 자아와 세계의 조화를 꿈꾸며 자아의 감성을 시적 대상에 의해 환치(換置)시킨다. 이동백이 그동안 우리에게 보여준 작품 또한 이러한 세계관을 정법으로 보여주고 있다. 특히 그의 작품에는 풍경이 도드라지게 눈에 띈다. 그가 풍경을 만나는 지점이 여타의 작품들과 다른 점은 적극적으로 풍경을 만나러 나선다는 데 있다. 이 풍경은 일정의 테마를 가진 여행시편과는 다르다. 그의 여행은 일상의 탈출이나 새로운 세계에 대한 입사제의가 아니라 현실 속에서 언제나 찾아가는 공간이다.

「가일리」는 그의 시가 가진 특장이 잘 나타나면서도 군더더기 하나 없이 섬세하게 풍경과 풍경들이 이어지고 또한 서로 엮어진다. 시에서의 주요 대상은 '배나무'이다. '배나무'는 '비'라는 자연적 매개체를 통해 배나무가 가지고 있는 또 다른 몸에 영향을 준다. 즉 '찬비'는 '헐벗은 배나무'의 "마른 가지에 감"겨 내리고 그런 배나무와의 교감을 통해 '잎새'와 '뿌리'에 영향을 준다. '비'는 "남은 잎새 위를 두드리"고 '뿌리'를 젖게 만든다. '비'를 통해 '배나무'는 섬세하게 몸의 감수성을 열고 있다. 이러한 점은 사물, 즉 시적 대상의 의인화 때문에 극대화된다. 여기서 배나무는 이미 시적 자아와 완전히 동일시되어 버린 대상이다. 그렇기 때문에 아주 교묘하게 시적 자아는 시의 배경으로 숨어 있다. "먼데 바라보는 나무들 뒷모습/온전한 길 하나 감추고 있다"는 그러한 시적 정황을 현시한다.

'배나무'는 '비'와 호흡하며 '잎새'와 '뿌리'의 감성을 발견하고 시선을 다른 곳으로 돌린다. 그 시선은 "배밭 너머 배나무 너머" 보이는 '요양원'이다. 그것도 요양원 전체가 아니라 요양원 지붕이며 차츰 '지붕 아래 가물거리는 창'으로 내려간다. 아미 '그곳에서 내려오는 길'을 통해 '무겁게 젖는' 정서적 체험을 한다.

여기서 짚고 넘어가야 할 점은 왜 하필 '요양원'인가 하는 점이다. 요양원은 병든 자가 치료를 위해 혹은 편안하고 조용한 곳에서 병을 맞아들이기 위해 가는 곳이다. 이 요양원의 풍경은 그 다음 행인 "아직 숨이 붙어있는/이파리들"과 호응하고 있다.

즉 전체적인 풍경은 '가일리'라는 어느 마을이다. 이 가일리의 대표격인 '배나무'는 시적 자아의 정서적 역할을 대변하고 '가일리'의 아픔은 요양원을 응시하는 풍경을 통해 환기하며, 이 아픔은 배나무에 겨우 매달려 숨이 붙어 있는 이파리들을 통해 개인의(혹은 시적 자아의) 고통과 공동체적 고통이 분리된 것이 아니라 같은 수위에 있다는 것을 암시하고 있다.

「가일리」의 풍경은 결국 자아의 정서가 배경으로 완전히 숨어 있어 자아와 시적 대상의 거리가 느껴지지 않은 정갈한 정물화로 표현되고 있다. 이 정물화는 시인의 엄격한 감정 절제와 언어를 세공하는 장인 정신에서 기인한다고 볼 수 있다.

또한 이동백이 보여주는 풍경 속에서의 길은 주제 구현을 위한 의도적인 길트기가 아니라 그의 정서가 스스로 길을 만들어 나가고 있다. 그가 보여주는 길트기는 우리의 정서를 계승한 전통적인 서정시의 맥락에 놓여 있다. 그의 극단적인 절제와 전통적인 언어 미학은 잊혀져가는 우리말의 아름다움을 위해, 그리고 시인의 역할에 대해 다시 한 번 생각해주는 가작(佳作)이다.

어디로 없어질까

천국이니 지옥이니
무인도니

관념의 공간들은 이미
가득 차

갈 곳도 없구나

고향도 자궁도
유년시절도

사이버 공간은
태초부터 가득 찬 것

태초가 이미
사이버 공간

내 집 마련처럼
꿈의 여자도

소록도도
아우슈비츠도 

새벽엔 외양간 소
키 가득 갓 푼 오곡밥
뜨끈뜨끈한 나물
제일 먼저 잔뜩 멕이고

나는 아직도

아프로디테의 엉덩이 같은
보름달 밑에서

컹컹.
보름달은

家和萬事成이라는 말이렷다
力盡必起라는 말이렷다

아아, 보름달은
他人의 살던 고향은
꽃피는 산골

— 김영승, 「병술 대보름」 부분

　대보름은 가득 찬 달을 상징으로 우리 민족의 대표적 세계관을 보여준다. 우선 상징적인 측면에서는 달은 여성·대지와 함께 음성원리(陰性原理)를 따르고, 이는 달이 곧 물의 여신임을 보여준다. 물은 우리의 농경문화 전통과 밀접한 관련이 있기 때문에 대보름을 통해 땅과 달의 의미를 되새기고 그것을 중히 여긴 것은 오랫동안 전해온 지모신(地母神)의 생산력 관념에서 나온 것이다.

　김영승은 병술년 대보름을 새로운 시선으로 바라보고 있다. 이 시선의 중심에는 문명의 발전에 대한 한계를 자각하는 데서 출발한다. 그는 "사이버 공간은/태초부터 가득 찬 것//태초가 이미/사이버 공간"이라고 말한다. 이미 가득 찬 문명의 기운은 기다림 속에서 생성과 소멸의 우주적 순환을 반복하는 자연의 이치와 대비된다. 이렇게 가득차고 기울어지고, 다시 비어 있고 서서히 가득 차는 우주 자연의 순환세계는 상반되는 관념도 끌어 안는, 혹은 모두 하나의 세계로 수렴되는 일원적 세계관을 보여준다. 즉 "고향도 자궁도/유년시절도" 혹은 "천국이니 지옥이니/무인도니" 하는 세계까지도 순환적 이치는 한 통속으로 꿰뚫어져 있음을 보여준다. 그러나 시에서는 이러한 움직임이 "갈 곳이 없"다는 자각으로 이어진다.

　시 속에서 이러한 자각은 자신의 반성적 사고로부터 출발한다. 김영승의 '반성'은 일반 사회가 요구하는 도덕적, 윤리적 차원에서의 반성과는 다르다. 김영승의 반성은 순결한 영혼을 인지하는 데서 나오는 필연적인 결말이다. 그 반성은 도덕적 자아로서의 그것이기보다 오히려 인간의 원초성에 기인한다.

그런 의미에서 김영승은 현실주의자나 이상주의자라는 이분법적 잣대
가 아니라 영적인 육신이라는 점을 염두해 두어야 한다. 그의 영성은 종교
가 흔히 가진 특별한 종교적 성채에서 흘러나오는 찬가가 아니다. 그의 영
성은 모든 신이 함께 뛰어노는 그렇기에 모든 신이 자유로운 어떤 성지에
서 함께 숨 쉬는 행위이다. 그의 언어가 도발과 우상 파괴의 속성을 지닌
다는 점은 그의 언어를 사회와의 관계 속에서 파악할 때 가능하다. 그의
언어는 한 단독자로서 시인이 추구하는 순결성의 세계에서 자연스럽게
뻗어지는 생래적인 언어인 것이다. 그가 의미의 방점을 둘 수 있는 해체는
오히려 현실과 이상의 혼융세계에 있다. 그의 시세계는 이상하리만치 현
실과 이상이 혼합되어 있는 시적인 현실공간을 만들어낸다. 그러한 공간
은 김영승이라는 시인이 스스로 구현하며 살고 있는 구체적 삶의 모습인
것이다. 그러므로 그의 시편에서 보편적 설득력을 찾기란 쉽지 않다. 시가
구체적 현실을 다룬다는 점에서는 서정의 장르이지만 그 서정이 보편성
을 획득하고 있지 않다는 점에서 그의 시는 문제작이다.

그의 이러한 원초성이자 불모성인 연민은 우선 자신에게서부터 시작된
다. "내 精液/내 눈물/내 피" 등은 "隱現잉크" 같이 은폐된 진실이다. 이러
한 순결한 진실은 소주병이라는 여과기를 통해 떠올라지게 된다. 소주병
으로 자아를 인식하는 시인은 "異次頓"처럼 최초의 불교 순교자와 겹쳐
진다. 시인에게 "보름달"은 아직 꿈의 단계에 있다. 이미 가득 찬 보름달
에게서 "家和萬事成이라는 말이렷다/力盡必起라는 말"임을 스스로 떠올
리고, 원초적인 공간인 '고향'을 나의 고향이 아닌 "他人의 살던 고향"으
로 부르면서 "노래 부르라는 말"임을 스스로 떠올리고 있다.

바람이 언덕에서 빈 봉지를 걷어차고 있다
농약 먹고 죽은 논물
몸 다 쓴 감나무

잎이 안 보인다
쥐떼들이 길가에 나와 배추들을 갉아먹고
횡경막 속으로 들어와 숨는다
이 虛氣,
휘청거리는 한 여인이
잔뜩 움추린 포대기를 싸안고
간이변소로 들어가 문 닫고
나오질 않는다
핏덩어리를 밑으로 쏟아버리고 혼절해있다
— 조정권, 「간이변소」 전문

변소는 배설물의 창고이다. 그 공간은 인간의 욕망이 육체적인 반응으로 현시되는 곳이며, 그러한 적나라한 드러냄이 사뭇 부끄러운 공간으로 인식되어 왔다. 위의 시는 황량한 풍경을 그대로 드러내 준다. 시인의 자의식이 풍경 속에 녹아들어 그 풍경이 스스로 감정을 발산한다. 바람과 논물과 감나무는 모두 불행한 운명을 거머쥔 존재들이다. 게다가 쥐떼들의 풍경은 그러한 존재들의 허기를 보여주기에 부족함이 없다. 이러한 허기는 '한 여인'으로 수렴된다. 마지막행에서 우리는 섬뜩한 느낌을 받는다. 집안의 변소가 아닌 간이변소에서의 한 여인은 육체적 허기를 넘어서 정신적 허기와 공황을 드러낸 가장 극한 풍경의 하나이다.

성찰의 풍경

우리의 삶은 지난하고 고된 일상의 연속이다. 삶의 여러 사연과 풍경의 편린 속에서 의미를 찾아가는 것이 시 쓰는 작업이 가지는 또 하나의 매력일 것이다. 그것으로 시인은 '견자(見者)'가 되고 세계를 새롭게 바라보는 창조자가 되는 것이다. 여기 몇 편의 시를 통해 일상의 풍경 속에서 발견하는 삶의 의미를 어떠한 방식으로 표출되는지를 살펴보자.

먼저 김태형은 골목에서 만난 고양이에 눈길을 돌린다. 김태형이 「밤에 고양이가 운다」에서 말하는 것은 어떤 상징으로서의 고양이가 아니다. 이 시에서의 고양이는 관능적 이미지도 없으며 선과 악이 공존하는 복잡하고 미묘한 갈등도 없다. 말하자면 김태형의 시에 나타난 고양이는 현실 속의 고양이, 도시 속의 고양이, 가장 가까운 곳에서 볼 수 있는 도둑고양이의 이미지이다.

> 자동차 뒷바퀴 밑에 숨어 있다가 인기척이 들리자
> 골목 안쪽으로 튀어 달아나는 밤 고양이

훌쩍 도망가다가도 몸을 바짝 낮추어 웅크린

그 자세 그대로 멈추어 선다

몇 발짝 위태롭게 떨어진 자리에서 흠칫 노려본다

바짝 팽팽한 거리를 유지한 채 뒤돌아본다

가늘게 떨리는 한 줄기 긴 울음으로 어둠 속을

입가에 둥글게 오므린다

한 몸 스며들 어둠 덩이를 향해

튀어나가려고 슬쩍 멈추어 서려고 돌아보려고

결코 멀리 달아나지 않는다

집 앞 구석에 쌓인 쓰레기봉투를 찢어발기고

창틈으로 기어들어가 그릇을 뒤집어엎고

긴 발톱에 눌러둔 가쁜 숨결 더러운 발자국을 찍으며

밤새 얇은 고막을 날카롭게 긁어대는 나는

그 울음으로 제 새끼들을 불러 모으고

그 울음으로 한 덩이 낯선 두근거림을 건드려보고

당신들 발밑에 웅크려 뻣뻣한 털을 세우고 있는 나는
― 김태형, 「밤에 고양이가 운다」 전문

고양이는 개와 함께 인간의 가장 가까운 삶 속에 편입되어 항상 우리 곁에 있는 동물이다. 대부분의 사람들은 고양이보다 개를 더 사랑스러워 한다. 사람들이 개에게 쏟는 애정을 생각한다면 질투가 날 법도 한데 고양이는 전혀 질투하지 않는다. 언제나 저 홀로 생각하고 저 홀로 고요하게 눈을 번뜩인다. 그래서 고양이를 사랑스럽다 하지 않고 매력적이라고 한다.

고양이의 매력은 도도함에 있다. 주인의 명령이나 의도대로 따르지 않고 독립적으로 행동하는 것. 수신(修身)이라도 하듯 제 몸을 닦고 배설도 함부로 하지 않는 청결함. 그리고 고양이는 부드러움, 날카로움, 나른함 등등을 모두 가진 복잡한 감성세계를 대표한다. 그것은 고양이의 몸짓에서 자연스럽게 우러나온다. 예부터 이런 고양이를 스핑크스의 신비함으로까지 견주어 왔다. 그 속내를 좀처럼 알 수 없는 동물. 그래서 고양이에겐 선과 악의 두 얼굴이 동시에 공존한다. 애교 어린 천진난만함에서부터 푸른 눈빛을 번득이는 두려움까지 동시에 가지고 있다.

고대 이집트인들은 고양이를 숭배하였다. 그들은 방부제를 사용해 고양이를 보존하고, 유익한 신으로 섬겼다고 한다. 그러나 반대로 구약성서에서는 고양이를 악마의 표상으로 보고 있다. 때론 신과 동일시되었다가 때론 악마와 동일시된다. 선악을 동시에 가지고 있는 점은 어딘지 모르게 인간의 성정과 비슷하다. 이러한 점 때문인지 고양이는 수많은 작품들에서 즐겨 사용된 시적 대상이기도 하다.

크게 본다면 고양이는 작가의 페르조나가 되든지 혹은 여성이나 악의 상징으로 많이 사용되어 왔다. 즉 시인들은 그동안 자신의 내면을 고양이를 통해 많이 표현해왔다. 고양이의 모습을 담아내는 것을 통해 자아의 복잡한 내면을 간접적 이미지의 방식으로 가장 적절하게 표현해 낼 수 있기 때문이다.

첫 2행은 우리가 흔히 골목에서 볼 수 있는 고양이의 모습이다. 도시의 골목에는 집과 집 사이를 배회하며 쓰레기 봉지를 뜯고 괴상한 울음을 내는 고양이들을 쉽게 볼 수 있다. 이 일상적인 고양이는 흠칫 노려보는 행위를 통해서 일상으로부터 일탈하고픈 욕망을 표현한다. 이 표현이 "팽팽한 거리를 유지"하게 만드는 것이다.

이러한 일상적인 고양이에게도 본능이 있다. "도망가다가도 몸을 바짝 낮추"는 행동은 본능적인 것이다. "팽팽한 거리를 유지"하는 것에서 본능과 현실과의 갈등이 일어난다. 그러한 갈등이 "튀어나가려고 슬쩍 멈추어 서려고 돌아보려고"로 나타난다. 이러한 본능과 현실과의 갈등은 이후의 시행에서도 계속된다. "가늘게 떨리는 한 줄기 긴 울음으로 어둠 속"을 꿰뚫어 보는 것이나 어둠 속으로 몸을 던지는 몸짓으로 점층된다. 그러다

"튀어나가려고 슬쩍 멈추어 서려고 돌아보려" 하는 망설임이 극도로 진행된다. 결국 고양이는 "멀리 달아나지 않는" 방법을 택한다. 즉 본능을 숨긴 채 현실 속에서 살아가겠다는 다짐이다.

여기까지의 시행에서 중요한 것은 '밤'이라는 공간이다. 시제에서도 알 수 있듯이 고양이는 밤에 운다. 그 울음은 흡사 아기의 소리와 같다. 밤이 되면 고양이는 인간의 목소리를 흉내낸다. 그 친연성이 매력적이지만 대부분 그 점이 사람을 섬뜩하게 만든다. 동물이 인간을 흉내낸다는 것, 그것도 울음을 흉내낸다는 것은 끔찍한 공포이기 때문이다.

시의 마지막 부분에서는 시적 대상과 화자의 인칭이 혼란을 겪고 있다. 대상과 화자가 동일시되어 있는데 그 과정은 시에서 나타나지 않는다. 다만 우리가 짐작할 수 있는 건 화자의 심적상태가 고양이의 그것과 같다는 것만 유추할 수 있다. "밤새 얇은 고막을 날카롭게 긁어대"고 "발밑에 웅크려 뻣뻣한 털을 세우고 있는 나"는 고양이이면서 동시에 화자이다.

이 시에서 '울음'은 전체를 이끌어나가는 주요 정서이다. '울음'은 새끼들을 불러모으고 낯선 두근거림을 건드려보는 매개체이다. 이 울음은 슬픔의 표현이면서 현실을 이겨나가는 힘이기도 하다. "당신들 발밑에 웅크려 뻣뻣한 털을 세우"는 것은 이 울음의 절실한 표현이다. 화해로 향하지 않고 털을 세우는 모습을 통해 적대적 관계를 여과없이 드러내고 있다.

시인이 고양이에게 관심을 가진 이유는 무엇일까. 자본주의 사회에서 시인의 초상이 도둑고양이와 닮은 점이 있다고 한다면 과장일까. 영예로운 신비함을 가진 날카로운 눈빛이 쓰레기봉지를 뒤지는 눈빛으로 바뀔 때, 그때 고양이의 소리는 울음이 아닐까 생각한다. 시인은 급기야 "당신들 발밑에 웅크려 뻣뻣한 털을 세우고 있는 나는"이라고 도둑 고양이와 한 몸이 되고 있지 않은가.

김태형은 90년대 초반부터 신세대 시인으로서 다양한 시적 모색을 해왔다. 첫시집 『로큰롤 헤븐』은 문화와 속도의 시대로부터의 탈주를 꿈꾸는 자의식과 그 내면풍경의 서정이 한데 어우러진 시의 실험장이었다. 그가 이제는 스스로 말한대로 '서정적 모험'을 감행하고 있다. 이 서정적 모험은 시적 새로움에 대한 강박에서 어느 정도 거리를 둔 지점에서 스스로 피워낸 정서일 것이다. "자기의 생존 조건이 극히 위기의 상황에 이르렀다고 판단하고 마지막으로 꽃을 피워올리기 위해 있는 힘을 다 쏟아붓는 한 화초의 환각"(신철하, 「여보세유!」, 『현대시사상』, 1996년 봄호.)에서 벗어나 느리게 혹은 오래도록 대상과 자신의 세계를 바라보고 있다. 그 바라봄이 더욱 깊어지길 기대해 본다.

> 별빛을 따라 여기까지 온 것은 아니었다
> 예수를 만나지 못한 바빌론 강가의 네 번째 동방박사처럼,
> 사내는 오지 않을 누군가의 잔에 술을 따른다
>
> 그녀는 졸고 있다
>
> 잠 쫓던 그녀의 눈처럼 반쯤 열린
> 문밖으로
> 신촌의 밤이 지나가고, 쉰내 나는, 뒷골목의 계절이 지나가고
> 쓸쓸한 옆얼굴들이 지나간다
>
> 그는 어디 있을까?
>
> 終局의 생에 자리잡은 듯 사내는
> 말라가는 안주처럼
> 무료한 눈빛으로 앉아 다른 테이블에서 들려오는
> 봄이 되어도 부활하지 않는 꽃들에 대한 낡은 소문을 듣는다

전생도 영원도 확신할 순 없지만
취한다는 건 終局의 생을 선명히 떠올리는 일
사내는 세속적으로, 세속적으로
빠르게 毒酒를 들이킨다.

제 갈 길을 분명히 알고 떠나는 별들처럼
그도, 꽃들도 제 안식처로 유성처럼 홀연히 흘러들어 갔겠지

늙은 암탉처럼 꾸벅 꾸우벅 졸던 그녀가
푸드득!
홰를 치며 잠에서 깨어난다

― 김요일, 「은경이네」 전문

　‘은경이네’는 서울 신촌네거리 홍익문고 뒤편에 위치한 실내 포장마차의 이름이다. 김요일은 술집을 다니는 저녁의 일상 속으로 우리를 안내한다. 짐작컨대, 시에서의 ‘사내’는 애주가일 것이다. 그렇기에 사내는 어둠이 내려와 별빛이 제 존재를 알릴 즈음부터 일상이 시작될 것이다. 순차적인 시간으로는 이미 시작됐어야 할 일상이 사내에게는 이제부터 시작이다. 그것은 사내가 일상을 자각하는 시간, 일상을, 자신의 습관적 행동을 ‘세속’적 행동과 함께 생각하는 시간이다. 그때부터 그는 이미 굴레를 알고 있게 된다. 진부하고 저속하고 늘 고만고만한 시간들. 반복된 일과와 반복된 만남과 반복된 말들 사이에서 부유하듯 흘러다니는 늘 그러한 세계의 굴레를 느끼기 시작한 것이다. 이러한 일상의 굴레에서 자연스레 맞이하게 되는 어둠과 별들의 시간은 또 하나의 세계이다. 그 세계가 사내에게 꿈을 주든지, 일상을 망각케 할 환각을 주든지간에 그 세계는 어떤 의미에서는 현실을 견딜 수 있는 안위의 시간이다.

그는 "별빛을 따라 여기까지 온 것"이라 말하지만 이미 그는 "오지 않을 누군가의 잔에 술을 따를" 준비를 하고 '은경이네'로 왔다. '은경이네'는 시의 주석에서 설명한 것처럼 신촌에 있는 술집의 이름이다. 어떻게 해서 '은경이네'라고 상호가 명명되었는지는 알 수 없지만 '은경이네'가 주는 친근함은 누구나가 느끼는 감정이다. '은경이'가 그 술집 사장의 딸인지 조카인지 손녀인지와는 상관없이 은경이는 우리 주변에서 꽤 흔하게 들을 수 있는 여자이름이다. 그렇지만 술집의 이름으로는 왠지 어울리지 않을 것 같은 이름이면서 그러한 면이 오히려 더 그 술집을 가게 만드는 매력인지도 모른다. 이러한 은경이네에서 사내는 오지 않을 누군가를 기다리며 술을 따르고 있고, 그녀는 졸고 있다. 그녀의 졸고 있는 모습 뒤로 펼쳐진 신촌의 밤은 쉰내 나는, 뒷골목의 계절이다. 그 계절을 견디는 사람들은 쓸쓸한 옆얼굴을 지니고 있다.

사내는 그를 찾고 있다. 아니, 그를 기다리고 있다. 현실의 고통이나, 어떤 새로운 세계를 기다리는 의식적인 포즈는 그 어디에도 찾아볼 수 없다. "네가 오기로 한 그 자리에/내가 미리 가 너를 기다리는 동안/다가오는 모든 발자국은/내 가슴에 쿵쿵거린다"(「너를 기다리는 동안」)고 말했던 황지우의 기다림과는 사뭇 다르다. 황지우는 변혁과 자유와 새로운 세계에 대한 목마름을 내장한 자의 정서적 기다림이다. 혹은 그러한 목마름에서 오는 정서적인 결핍에서 오는 간절함일 것이다.

그것과 달리 「은경이네」에서 던져진 기다림은 무료한, 어쩌면 더 현실적인 기다림인 것이다. 기다리던 그가 오거나 오지 않거나에 대한 욕망은 이미 벗어난 듯하다. 사내는 기다릴 뿐이다. 혹은 사내는 기다림을 즐기고 있는지도 모른다. 사내는 "終局의 생에 자리잡은" 자이다. 종국을 아는 자의 눈빛은 무료할 수밖에 없다. 그렇기에 다른 테이블에서 들려오는 소리도 "봄이 되어도 부활하지 않는 꽃들에 대한 낡은 소문"인 것이다.

사내는 시적 화자의 분신일 지도 모른다. "전생도 영원도 확신할 수 없다"는 전언을 사내는 고스란히 받아들이고 있는 자이기 때문이다. 그러한 것의 행동으로 사내는 "세속적으로, 세속적으로/빠르게 독주를 들이키" 고 있다. 별들은 제 갈 길을 분명히 알고 떠난다. 이형기가 말한 떨어지는 꽃잎처럼, 그도 꽃들도 제 안식처로 유성처럼 홀연히 흘러들어 간다.

　기다리던 사내와 함께 졸고 있던 그녀는 누구인가. 그녀는 늙은 암탉처럼 꾸벅 졸고 있다가 푸드득! 홰를 치며 잠에서 깨어난다. 암탉이 홰를 치며 잠을 깨는 순간은 새로운 날이 밝음을 의미한다. 새로운 날이 밝는다는 것은 무언가 작은 깨달음일 수도 있으며, 또한 그것이 진부한 일상의 반복을 아는 것이라는 우울한 깨달음일 수도 있다. 새로운 기다림이건, 새로운 만남이건 새로운 일상은 또 시작된다. 사내에게는 별들과 꽃들처럼 제 안식처를 찾아 흘러들어가야 하는 시간인 것이다.

　　구름의
　　장기 기증자들 ㅡ,

　　갑자기 붕괴된 콘크리트 건물더미 속에서 발굴된 시신의 얼굴을 한
　　그렇게 어처구니없이 매몰되어, 찢겨 누더기가 되어 버린 나뭇
　잎 같은 얼굴을 하고서도
　　아직도 탄소 동화 작용을 할 수 있다는 듯이
　　썩어, 부식토가 될 흙으로의 회귀를 꿈꾸는 자들의
　　삶.

　　참 지루하게 변하지 않는다. 지난날의 山 일번지처럼
　　지친 어깨뼈 맞댄 낮은 판잣집들의 골목
　　새끼줄에 꿴 구공탄 하나, 자반고등어 한 마리 꽁무니에 매달고
　　비탈길을 오르며, 창문에 고인 바알간 불빛에 몸 익히던 사람들

갑자기 停電이 된 숲 속,
거센 빗줄기와 함께 바람이 휘몰아칠 때
어지럽게 어지럽게 흩날리며, 마치 煙霧처럼
아니, 輪舞처럼 자욱이 땅으로 떨어져 내리던 낙엽비
그 낙엽비처럼 떨어져 내려, 공원의 벤치
지하도의 시멘트 바닥에 고사목처럼 누웠어도
그 고통을 통해 상처의 치유를 꿈꾸는 자들의
생,

참 지루하게 변하지도 않는다 머리에 돋은 뿔도 없으면서
적의 숨통을 끊는 발톱, 치명적인 독니
맹금류의 날카로운 부리, 잠망경처럼 두 눈을 물 위에 내려놓고
숨어 있다가 덥썩
먹이를 물어 뜯는 이빨도 없으면서

구름으로 된
그 장기를, 오늘도 구름에게 기증하는 꿈을 꾸는 사람들의

낮은 삶·
— 김신용, 「참 지루하게 변하지 않는……」 전문

김신용은 빈민 계층의 삶을 가장 직설적이고 진솔하게 노래한 시인이다. 그의 시에는 "날품팔이 지게꾼 부랑자 쪼록꾼 뚜쟁이 시라이꾼 날라리 똥치꼬지꾼/오로지 몸을 버려야 오늘을 살아 남을 그런 사람들"(「양동 시편 2」)의 구체적 삶의 모습이 시화되어 있다. 시에 드러나는 이러한 삶의 형태가 르뽀 형식의 구경꾼으로서가 아니라 실제적 체험의 형태로서 드러난다는 점 또한 중요하다.

그러나 김신용의 시가 노동문학의 범주에 선뜻 포함시키기 어려운 그 무엇이 있다. 그것은 자신이 체험한 삶을 이데올로기의 무기로 삼지 않으려는 의지에 있다. 예술가는 자신의 체험이 특수하고 극단적일수록 자신의 삶을 예술가적 이데올로기로 포장하려는 유혹에 빠지게 된다. 그러나 이 말에도 어폐가 있다. 체험이 곧 자신의 모든 세계인 삶이 있는 것이다. 그 삶을 용기있게 드러내는 것만으로도 감동적인 파토스를 전할 수 있다. 그럼에도 불구하고 김신용의 시는 자신이 체험한 삶의 특수성을 부각시켜 시의 무게로 눌러놓지 않는다. 스스로의 삶을 용인하고, 오히려 그 용인함을 통해 안위를 느끼는 자기 극복이 숨어 있다. 이 극복은 예술가적 해탈의 욕망과는 다르다. 그것은 욕망이 아니라 저절로 체득된 삶의 방식인 것이다. 가령, 「공중변소 속에서 — 개 같은 날의 연가」를 보자.

> 공중변소 속에서 만났지. 그녀
> 구겨버린 휴지조각으로 쪼그려 앉아 떨고 있었어.
> …(중략)…
> 사방벽으로 차단된 변소 속,
> 이 잿빛 풍경이 내 고향
> …(중략)…
> 그리고 등불을 켜듯, 그녀의 몸에
> 내 몸을 심었네. 사방 막힌 벽에 기대 서서, 추위 때문일까

공중변소 속의 그녀는 '휴지조각' 같은 자아의 모습과 동일시를 느낀다. 시 속의 화자 또한 휴지조각처럼 역 앞에 버려져 있었고 그런 공유된 체험으로 그녀에게 감정의 소통을 하게 되는 것이다. 그녀는 마약중독자이다. 마약중독자의 삶을 그대로 지켜보는 것이 아니라 그 삶을 함께 느끼고 있다. 변소가 내 고향이며 "그녀의 몸에/내 몸을 심"는 것이다. 그리고

"거미줄에 날벌레가 흔들리고 있었"던 그 밤에 서로의 몸에서 피어나던 악취는 '포근하다'고 화자는 말한다. 마지막 시행에서는 "지금도 내 돌아가야 할 고향, 그 악취 꽃핀 곳/그녀의 품속밖에 없네."라고 말한다. 이것은 시인이 삶을 체험한 것에 그치지 않고 그 삶을 몸으로 함께 느끼고 또한 자신의 삶에 대한 인간적인 성찰을 함께 수행한 것으로 볼 수 있다. 시인은 악취나는 그녀의 품 속으로 가는 것이라고 말한다. 자신의 삶에 대해, 그리고 이러한 삶이 생겨나는 사회구조적 모순에 대해 분노하지 않는다. 이러한 긍정적인 끌어안음의 태도는 시인이기에 가능하다.

「참 지루하게 변하지 않는……」 또한 '낮은 삶'을 이야기하고 있다. 그 삶은 지루하게 변하지 않는 삶이다. '판잣집들의 골목'과 '구공탄 하나', '자반고등어 한 마리'의 사람들이 "그 고통을 통해 상처의 치유를 꿈꾸는 자들의/생,"에 대해 말한다. 그런데 이들의 생이 '기증자들'로 극복된다. 낮은 삶의 사람들이 줄 수 있는 '기증'은 장기 기증이다. 그것도 구름으로 된 장기 기증이다. 그들의 삶은 '낙엽비'처럼 떨어져 내리지만 꿈을 꾸는 자들이다. 또한 '머리에 돋은 뿔', '발톱', '독니', '날카로운 부리', '이빨'도 없으면서 구름에게 장기 기증하는 꿈을 꾸는 자들이다. "구름으로 된/그 장기를, 오늘도 구름에게 기증하는 꿈을 꾸는 사람들"의 삶은 마치 자연에게 모든 것을 던져주는 풍장의 모습을 연상케 한다.

인간적인 것에 대한 성찰이 가장 낮은 바닥에서도 가장 고귀하게 이루어지는 광경을 그의 시에서 목격할 수 있다.

침묵으로 발효된 말을 품고 비로소 바라보게 되었을 때
연인은 나의 침묵에서 세레나데를 듣고 있었다
선율을 암송하는 듯 점점 어두워지고 있었다

산책하던 발걸음을 멈추게 한 이 그리움의 회귀는

지금의 어둠과 침묵으로 발효되었던 내 말이 같은 조도인 까닭
이다
　　빛으로 헤진 도시를 내려다보며 어둠을 기워나간다
　　피아노 건반을 누르듯 간판들을 훑어본다
　　소리보다 밝았던 글자와 조형들이 어둠으로 돌아간다
　　전자기타 줄처럼 떨리던 길들이 제 구획의 어둠을 덧대고
　　침선에 꿰이는 산동네 쪽창들 한 땀 한 땀 어두워진다
　　어둠의 악보에서는 고저장단이 같은 것이므로
　　음표가 필요 없는 묵음의 악보를 다 펼치고 나면
　　우리는 태초의 세레나데를 이식할 수 있을까
　　세상 모두 어둠 속으로 돌아가 태아처럼 웅크린 밤
　　인간이 만들어 인간이 통제할 수 없는 유일한, 십자가들
　　네온 빛으로 축조한 여백으로 도시를 파수하고 있다
　　신성불가침의 여백 속으로 어둠을 밀어 넣는다
　　영혼의 경계는 극소량의 어둠도 허락하지 않는다
　　나의 침선은 빛과 어둠의 소절에서 헛땀질 하고 있다
　　　　　　　　　　　　　　－차주일, 「不완성악보」 전문

　　차주일은 산책 중에 만난 세레나데에 귀를 가져간다. 세레나데는 저녁
의 음악이다. 늦은 밤 연인의 창가에서 애처롭게 부르는 노래이다. 세레나
데는 단순한 선율이 대부분이지만 감동이 있는 곡조다. 세레나데는 감미
롭고 달콤한 사랑의 노래이기 때문이다. 그렇기에 세레나데는 칭송과 정
열의 언어에 바쳐진다. 이 세레나데를 침묵 속에서 듣는 이가 있다. 시인
은 '미완성악보'가 아니라 '不완성악보'라고 했다. 미완(未完)의 의미 속
에는 완성되지 않은 채 종결된 운명이 느껴진다. 혹은 언젠가는 완성을 이
룩하겠다는 여지를 남기는 말이 '미완'에 속한다. 그와 반대로 '不완'의 말
속에는 의도적으로 완성을 시키지 않겠다는 어떤 의지로 읽혀진다. 단어

의 뜻과는 다르게 느낌이 다른 이 말을 시인이 갖다 붙인 연유에는 '아직
다 이루어지지 않음'이 아니라 '영원히 이루어지지 않음'을 자각하는 것
에 있지 않을까. '영원히 이루어지지 않음'이 '이루지 않겠다'는 의지로 바
뀌는 시인의 시적 도정을 따라가 보자.

　시의 화자는 이미 침묵을 배웠다. 시인은 침묵 속에서 비로소 어떤 대상
을 바라볼 수 있는 여유를 가지게 된 것이다. 이러한 침묵을 깨친 자의 연
인도 만만치 않은 배움을 깨치고 있다. 침묵 속에서 세레나데를 들을 수
있는 밝은 귀를 가지게 된 것이다. 말은 침묵을 통해 만들어져 그 침묵 속
에서 다시 삭이고 삭혀 한 마디의 선율이 완성되어가는 것이다. 그 선율은
이미 불완성이라는 운명을 직시하고 있지만, 점점 어둠이 들이닥치면서
"침묵으로 발효되었던 내 말"이 무엇을 그리워하게 된다.

　이미 침묵을 경험한 자가, 시인의 말처럼 '회귀'의 감성 속으로 다시 되
돌아가고자 하는 이유는 무엇일까. 그것은 시인이 도시를 바라보기 위해
서일 것이다. 도시를 바라보기 위해서 회귀의 장막을 치는 것은, 두 가지
이유에서 가능한 짐작을 할 수 있을 것 같다. 하나는 이미 도시는 폐허의
몰골이므로 그 도시를 그대로 보는 것은 아무런 의미가 없다고 판단하는
희망의 근거이다. 또 하나는 시간적으로 도시는 어둠으로 둘러싸여지기
시작했기 때문이다. 실제로 위의 시는 "빛으로 헤진 도시"를 어둠으로 기
워나가는 '침선(針線)의 상상력'을 보여주고 있다. 어둠 속에서 침묵을 지
켜야 할 도시가 밝은 문명의 조도에 의해 헤져나가는 모습은 가장 근원적
이고 안타까운 시선으로 바라본 도시의 이미지이다.

　이제 시인의 눈은 어둠의 침묵을 통해 세상을 본다. 그러나 빛에 헤진
도시는 시인의 섬세한 손으로 두드려야 하는 악보이기에는 어려운 불협
화음의 악보이다. "피아노 건반을 누르듯 간판들을 훑어"보다 보면 서서
히 네온이 하나둘 꺼진다. 시간에 의해 "소리보다 밝았던 글자와 조형들"
이 어둠의 집으로 돌아가게 되는 것이다. 어둠의 실로 도시를 꿰려던 시인

의 의지는 한 땀 한 땀 그 존재들을 엮어나가기 시작한다.

그러나 시인은 "어둠의 악보에서는 고저장단이 같은 것이"라고 말한다. 묵음의 악보란 시인의 말대로 음표가 필요없는, 즉 고저장단이 필요없는 악보다. 이러한 악보를 가진 시인은 태초의 세레나데를 연주할 꿈을 꾼다. 지금은 "세상 모두 어둠 속으로 돌아가 태아처럼 웅크린 밤"인 것이다. 침묵을 배운 자가 어둠을 맞이한 잉태의 순간이 바로 지금이다.

여기에 성스러워야 할 십자가의 조명이 도시를 악보로 삼은 시인의 눈에는 제 소리를 내지 못하는 묵음의 결정적인 이유가 되고 있다. 십자가는 "인간이 만들어 인간이 통제할 수 없는 유일한" 것이다. 더구나 십자가는 밤새 꺼지지 않는 유일한 등불이다. 십자가가 거느린 "신성불가침의 여백 속"으로 어둠이 구겨져 들어간다.

침묵과 어둠 속에서 잠을 자야 할 도시의 고뇌는 문명의 빛으로 더욱 고난하다. 어둠으로 한 땀 한 땀 도시를 꿰려던 시인의 상상력은 태초를 꿈꾼다. "태초의 세레나데를 이식할 수 있"다는 믿음이 그러한 침묵 속에서 완전한 어둠이 될 때까지 기다리게 하는 힘이다.

시인은 이러한 빛과 어둠의 사이에서 스스로 '헛땀질'이라 말하는 '不완성악보'를 그리고 있다. 어쩌면 이러한 '헛땀질'은 시인의 운명인지도 모르겠다. 시인의 운명은 언제나 불가능을 꿈꾸는 존재이던가. 엄밀히 말하면 침묵을 배운 자는 시의 언어가 필요 없다. 침묵이 언어보다 더 큰 구원이 될 수 있으리라 믿기 때문이다. 그러나 시인은 언어를 놓을 수 없다. 침묵은 저 혼자 높이 자유로울 수는 있지만, 불완성을 향한 고뇌의 흔적은 결코 보여주지 않기 때문이다. 언어를 통해 완성을 꿈꾸는 시인의 고투는 어떤 고귀한 자유보다도 값진 것이라고 시인은 또한 믿는다.

■■■■■ 제3부

풍경(風景)

무욕(無慾)과 정적(靜寂)의 세계
— 김영태 시집 『누군가 다녀갔듯이』

1.

김영태의 신작 시집 『누군가 다녀갔듯이』는 '작은 것'에 대한 매혹을 표출한 언어들로 즐비하다. 시인은 그것을 '집착'이라고 표현했지만 그 '집착'은 미적 취향에 대한 자신의 고집을 그렇게 표현했다고 볼 수 있다. 먼저 「작은 것」이라는 시를 보자

> 여기까지 오면서
> 힘겹게 견디었다
>
> 님프가 사는 水蓮의 바다
> 님프는 작다
> 이름도 없다
> 님프는 한줄기 가여운

황홀한 빛

님프는
이름도 없다
수련의 바다 빛 한줄기

―「작은 것」 전문

다소 몽상적인 분위기를 띄고 있는 위의 시는 시적 자아가 '님프'와 동일시되는 모습을 볼 수 있다. 시적 자아는 이미 첫 행에서 님프가 되어 시를 출발하고 있다. "여기까지 오면서/힘겹게 견디었다"는 시적 자아의 자화상으로 읽을 수가 있다. 스스로가 "힘겹게 견디었다"라고 고백하는 것은 견딤에 대한 안도 혹은 위안으로 볼 수 있는데, 이러한 견인(堅忍)의 모습은 '수련의 바다'에서 자신의 삶을 유영하는 자아를 설득력있게 지탱하는 구절이다. 즉 시적 자아는 견인을 통해 도달한 정신세계로서 "님프가 사는 水蓮의 바다"를 상정하고 있는 것이다. 그 水蓮의 바다에서 사는 님프의 모습은 "작다", "이름도 없다"로 표현되고 있다. 특히 "이름도 없다"는 반복되어 나타난다. 하지만 시인은 그 작고 이름없는 님프가 "황홀한 빛"이라고 말하고 있다.

위의 짧은 시에서 김영태의 미적 방향성, 혹은 예술관을 엿볼 수 있다. 좀 더 내밀히 말해 시관(詩觀)을 볼 수 있는 것이다. 그것은 시인 스스로가 해사문에서 밝혔듯이 '구석의 아름다움'이 될 것이다. 중요한 것은 시인이 '구석의 아름다움'을 작곡가 에릭 사티에게서 배웠다고 말한 부분이다. 시인은 원래 시뿐 아니라 화가였으며 무용, 음악평론가이면서 전방위적으로 예술 활동을 펼쳐 온 예술가이다. 가독하기 위한 문자 언어를 도구로 사용하는 시인들에 비해 그가 다루는 문자언어는 이러한 면에서 복합적인 성격을 가지고 있다.

　　'작고 사소한 것'에 대한 시인들의 애착은 수많은 서정시들에서 보여주
고 있는 세계관이다. 작은 사물을 통하여 보편적 진리의 지점에까지 다다
르는 시적 과정이 '통찰'과 '교감'이라는 방법으로 형상화되어 왔다. 또한
그러한 시적 방법론이 가장 좋은 가편(佳篇)으로 인정되어 온 것은 사실이
다. 기초적 시론의 '동일성'에는 보편적 유사성이 전제되는데 이 유사성
은 안으로부터 시작해 밖으로 열려져 있는 개념이다. 즉 내 안의 것과 외
부 사물의 것이 동일하다는 증명을 시적 과정을 통해 설득하는 것이다. 김
영태의 시에서는 이 전통적 시론의 동일성에서 비껴가 있다. 그것은 밖으
로 열려진 타자와의 합일이 아니라, 스스로에게, 안으로 다시 되짚어 봄으
로써 스스로의 세계에서 개화되기를 바라는 자기 구원의 욕망이 더 두드
러진다.

2.

　　김영태는 그동안 13권의 시집을 상재하였다. 그의 시세계는 회화와 음
악을 시적 소재로 사용한 초기의 시세계를 거쳐 현실과 일상에 대한 관심,
그리고 최근에는 삶의 통찰과 경험을 드러내는 시쓰기로 요약할 수 있을
것이다. 김영태의 시세계에서 가장 중요한 점은 여러 예술의 특성을 통합
하고 있는 감각적인 시세계일 것이다. 일반적으로 회화가 시각적 이미지
를 형상화한다면 음악은 청각적 이미지를 형상화한다. 시각적 이미지가
'직유'처럼 설명없이 직접적 감각으로 보여진다면 청각적 이미지는 '은
유'처럼 다분히 숨어 있는 의미를 발견하게 한다. 그러므로 음악을 통한
형상화는 숨어 있는 의식의 드러냄이 많으며 때론 관념적일 수 있다. 시각
에 의존하는 가시적인 회화에 비해 청각에 좌우되는 음악은 그 실체의 진
폭이 훨씬 넓은 자장을 형성하게 된다. 김영태의 시는 이 둘을 잘 통합하

고 있다. 언어가 갖는 시니피에의 억압을 외면하고 시니피앙이 스스로 몸을 움직여 관념이 되고 이미지가 된다. 그가 음악평론가이면서 화가라는 사실을 외면한다 하더라도 그의 시에 나타나는 이러한 짧은 감각적 표현들은 이러한 점을 잘 보여주고 있다.

그것이 가장 두드러지게 나타나는 지점은 이미지의 사용인데 특히 시각적 이미지의 용례는 감각적 언어를 어떻게 운용하는가를 잘 적시해주고 있는 부분이다.

> 하염없이 내리는
> 첫눈
> 이어지는 이승에
> 누군가 다녀갔듯이
> 비스듬히 고개 떨군
> 개잡초들과 다른
> 선비 하나 저만치
> 가던 길 멈추고
> 자꾸 자꾸 되돌아보시는가
>
> —「누군가 다녀갔듯이」 전문

위의 시는 '첫눈'의 이미지를 통해 이승에서 저승으로 가는 '죽음'이라는 관념을 이미지로 환기해 주고 있다. 이러한 이미지는 고개를 떨군 '개잡초'의 이미지와 복합적으로 엮이면서 시적 자아의 퍼소나로 유추할 수 있는 "선비"의 실존적 모습으로 보여주고 있다. 전체적으로 시각적 이미지로 지배되고 있는 시이다. "첫눈"과 "비스듬히 고개를 떨군" "저만치/가던 길 멈추고" 등은 마치 한 폭의 회화를 감상하는 듯한 느낌을 받게 된다. 이러한 시각적 이미지 속에는 시인이 담고자 하는 깊어진 풍경이 존재해 있다. 즉 '내린다', '고개 떨군다' 등의 하강 이미지를 통해 죽음이라는 풍경의 관념을 환기하는 것이다. 마지막행의 "가던 길 멈추고/자꾸 자꾸 되돌아보시는가"는 태어남과 죽음이 누군가가 왔다갔듯이 자연스럽게 이어지는 이치라는 명제를 알려준다. 또한 그것을 알면서도 자꾸 되돌아보고 싶은 인간의 욕망을 우회적으로 보여주고 있다.

모든 것은
끝에 이른다
제 몸이 남색끝동으로
거기 있다
남을 해코지 않았으며
제 몫을 평생 가꾸었다
여기까지 와서 보니
裝飾이었다
조그맣게 헐겁게 지나쳤던
線들이 이 끝에
묻어 있다
뒷짐 지고 황혼에
남색끝동
하나가

－「風景人」 부분

    '風景人'이란 말은 스스로 풍경에 속해 있는 사람이라고 볼 수도 있고 풍경을 탐하는 사람이라고도 볼 수 있다. 어떻게 읽든 간에 풍경이 시인의 인식을 지배하는 큰 연결 역할을 한다는 것에는 이견이 없을 것 같다. 그것은 「風景人」의 1연을 통해 더욱 두드러지게 나타난다. '끝'이라는 것은 삶의 끝부분을 의미한다. 즉 "모든 것은/끝에 이른다"는 인생의 마지막 지

점을 의미하며, "모든 것은"이라는 말로 미루어 "끝에 이르는" 것은 숙명이라는 회한과 마주하고 있다. 이 끝이라는 인식이 "남색끝동"으로 형상화되고 있다. "남색끝동"이라는 시각적 이미지는 "장식"으로 이어지고 끝내 "뒷짐 지고 황혼에/남색끝동/하나가"라는 하나의 풍경으로 남겨지게 된다.

이러한 풍경을 만드는 것은 풍경이 이미 시인이 세계를 바라보는 인식 속에 자연스럽게 녹아 있기 때문일 것이다. 위의 시도 하강적 이미지를 통해 인간의 소멸 의식을 보여주고 있는데 이러한 풍경은 다음의 시에서도 드러나고 있다.

> 앞모습은 말을 하지만
> 뒷모습은 말이 없다
> 인간은 나이 들어
> 한 장의 뒷모습을 두고 간다
>
> 그게 무슨 의미인지
> 다 지나간 뒤에
> 남아 있는……
>
> —「뒷모습」 부분

"뒷모습" 또한 "다 지나간 뒤"라는 소멸 의식에 대한 표현이다. "말이 없다"는 표현으로 다시 무상(無常)의 인식을 엿볼 수 있는 것이다. 시인은 나이 든다는 생각보다 "한 장의 뒷모습을 두고 간다"는 생각에 더 큰 방점을 찍고 있다. 물론 그 "한 장의 뒷모습"은 의미있는 모습이어야겠다. 위 시의 마지막 연에서 보여주듯이 어차피 삶은 "뒷모습은 말이 없"는 것이며 "평생은 짧으요/무슨 보석 같은 거/다 주고 가버려요, 찾지 말아요"라고 하지 않는가.

3.

    김영태의 시세계에서 두드러지는 특징 중의 하나는 인생의 말년에 대한 시인의 자의식을 적극적으로 드러내고 있다는 점이다. 그러한 노년의 삶을 의미있는 예술가적 삶으로 승화하고 싶은 욕망은 시집에 강하게 드러난다. 그것이 의도했던 의도하지 않았던 간에 그러한 욕망은 삶의 가치로 보았을 때 긍정적인 것이다. 예술가적 삶에 대한 시인의 인식은 삶에 대한 숙명을 인정하는 것에서부터 출발한다.

> 세상에는
> 여러 퇴물들이 산다
> 칠순에 도착한 퇴물들
> 가지 쳐버린 늙은 퇴물도 있듯
> 떵떵거리며 살든
> 죽 쑤며 살든 모두 똑같은 거야
> 모두 똑같은 거야
> (피고 지고 피고 지고 연극 대사)
> 모두 똑같은 거야
>
> —「퇴물들」 전문

    퇴물로 전락해 버렸다는 생각이 씁쓸한 기분을 들게 하지만 "떵떵거리며 살든/죽 쑤며 살든 모두 똑같은 거야"라는 구절에 이르면 통쾌한 느낌마저 들게 한다. 어떻게 살든 모두 똑같이 왔다 가는 게 인생이라는 평범한 진리 속에 시인의 인식은 있다. 마치 꽃이 "피고 지고 피고 지는" 것처럼 모두 똑같은 삶을 소비하는 게 인간인 것이다. 이러한 인식을 가진 시인은 다음의 시에서 더욱 구체적으로 드러나고 있다.

> 갈 데가 없어
> 흘러 흘러서
> 여기까지 와 있는
> 화상이 訥人인데
> 아무도 쳐다보지 않았다
> 六甲이라는 말은
> 혼자 중얼거려도
> 좋다
> 가지고 갈 짐도 많지 않고
> (다 버렸으니)
> 처자 새끼들도 없다
> 잔디 머리 허공에 도망간다
> 빈 그릇 하나 아주 비어도 괜찮으니
>
> ―「다 버렸으니」 부분

위의 시에서는 다 버렸고 비었고 그것도 모두 괜찮다고 자족의 경지로 얘기하고 있다. 이러한 시인의 입장은 예술가적인 삶을 더욱 공고히 하겠다는 내적 결의의 결과로 생각할 수 있다. "六甲이라는 말은/혼자 중얼거려도/좋다"는 자신의 삶에 대한 긍정적 시선을 넘어 긍정 부정을 떠난 예술가적 삶에 대한 태도로 보아도 좋다. 시 「정적」에서 "너도 나도 인간들이/제 이름을 지키기 위해/양지로 나가는 것도 좋지만/음지에 남는 것도 괜찮다"라는 말은 스스로를 '음지'의 영역에 남김으로써 고독한 예술가의 초상을 그려내고 있는 것이다. 또한 「5인조 밴드」에서 "찢어진 헝겊 나/관객은 없어도/음악을 연주하는/(듣거나 말거나)"라고 말하고 있다. 무명 밴드인 듯한 5인조 예술가들이 관객과 상관없이 음악을 연주하고 있다. 듣거나 말거나 연주하는 예술가들은 대중이 원하는 목적과 상관없이 자신의 예술을 위해 연주를 하는 것이다. 이 시의 첫 행은 "늘그막에"라고 하고 있다.(이 시집 속에는 「늘그막에」라는 제목의 시도 있다) 즉 이제와서 스스로 예술가적 삶을 자유롭게 누리겠다는 의사표현이다. 이제부터 하는 예술은 관객도, 어떤 다른 이데올로기도 침범하지 않은 순수한 예술을 할 수 있게 되었다는 말로 이해할 수 있다.

예술가적 삶이란 어떤 의미인가. 순수한 예술을 위해 그 어떤 잡티도 원하지 않는다는 신념의 표출이라고 충분하진 않지만 짐작해 본다. 문자 언어를 먹고 사는 시인들이 가지고 있는 장인으로서의 자의식은 김영태의 시집을 통해 더욱 공고히 될 것이다. 이전 것의 시인이라는 자의식을 모두 버리고 김영태의 시처럼 아무 것도 바라지 않는 무욕의 태도에서 더욱 크고 무서운 예술가적 욕망이 도사리고 있음을 간파해야 한다. 아래의 시를 읽으면서 문명(文名)으로서 자신의 이름이 어떤 의미인지를 생각해 볼 수 있을 것이다.

어느 날
춤 잡지에서
내 이름이 사라졌다
팔십 老人도 그대로 있고
주위 글쟁이들도 그대로 있다
날아간 건 개떡뿐이다
(오백 원어치 천 원어치 원고지 한 장에)
글 팔던 깨진 이마에

반창고 붙였다
세상은 아무 일 없었다
조용하다

-「조용하다」 전문

야성의 회복과 상생의 세계를 위하여

— 이윤택 시집 『나는 차라리 황야이고 싶다』

1.

이윤택이 다시 시를 쓰기 시작한다고 한다. 최근 『시인세계』 2007년 봄호에 시를 발표하는 등 주변에서 이윤택이 시를 쓴다는 이야기가 심심찮게 들려오고 있다. 그의 시발표가 단발성에 그칠 수도 있겠으나 어쨌든 다른 장르가 아닌 시단에서 그의 이름이 다시 호명되는 것은 나름대로 의미가 될 수 있다. 그것은 이윤택이 새로운 시적 화두나 앞으로의 길을 제시할 수도 있다는 전망으로서의 말은 아니다. 이윤택이 그간 극 장르에서 생산해냈던 엄청난 업적을 생각한다면 그는 극 장르에서 그만큼 할 일이 많은 작가이기도 하다. 또한 그는 이미 우리나라를 대표하는 극작가이자 연출가이며 또한 영화감독, 시나리오, 문화기획자에까지 활동영역을 넓혔다. 그만큼 이미 그는 시에 에너지를 쏟을만한 여력이 없을 것이다. 그럼에도 불구하고 그의 출현이 반가운 것은 그의 시가 내장하고 있는 격렬한 에너지 때문이다. 그 에너지는 시적 운동력이라든가 대사회적 발언의 형태로 드러난다. 하지만 이러한 차원에서의 시적 에너지를 위해 굳이 80년대의 이윤택을 떠올릴 필요는 없다. 더 중요한 것은 그 표피적인 형상보다 이윤택 시인의 태도 혹은 지향점이라 생각한다.

그를 가리켜 소위 '문화게릴라'라는 말을 자주한다. 또한 그 말을 실천적으로 보여준 가장 비근한 예가 바로 이윤택이다. '게릴라'라는 말이 예술 방면에서 쓰일 때 흔히 등장하는 전복적 상상력, 일탈, 시적 갱신, 해체 등의 개념어는 이윤택에게 가장 잘 어울리는 표현일 것이다. 그만큼 이윤택의 언어는 강한 꿈틀거림과 술렁대는 에너지를 가지고 있다. 가령

얼굴에 반점이 불거진 아이들은 허수아비 탈을 쓰고 놀아야 했다
곧 죽어갔지만 아이들은 최후까지 놓았다

—「時間」 부분

같은 구절을 보면 이윤택 미학의 지향점을 짐작할 수 있다. 이미 시인은 어린 화자를 통해 불행을 일찌감치 알아버린다. 불행을 확인한 시인은 놀이를 할 수밖에 없다. 허수아비 탈을 쓰고 죽을 때까지 하는 놀이는 그냥 처참하기만한 삶의 모습은 아니다. 그 속엔 오기와 무언가 전복하고 싶은 강한 에너지가 숨어 있다. 물론 시에서의 죽음이 자발적이지는 않다. 그 죽음의 이유는 철저히 안이 아니라 밖에 있다. 죽어가면서도 최후까지 놀았다는 말이 가지는 진폭은 끝끝내 사회적 통념과 화해하지 않겠다는 다짐이다. 그 놀이는 시간이라는 그물에 포획된 문명의 시민들이 할 수 있는 마지막 보루와도 같다.

또한 이윤택은 역동적인 언어 뒤에 쓸쓸한 정서도 함께 존재해 있다. 이윤택의 시를 다시 기억하는 것을 통해 우리는 반성적 자각을 할 기회가 되리라 생각한다.

2.

　이번에 새로 엮는 시선집은 그의 첫 시집『시민』에서부터 마지막 시집인『밥의 사랑』에 이르기까지 총 네 권의 시집에서 발췌한 작품들이다. 그러므로 80년대 왕성하게 활동했던 이윤택 시인의 시 전반을 감상할 기회가 될 것이다. 필자에게도 그러한 점에서는 참 반가운 시 읽기였다. 나는 오래전 청하에서 출간된 이윤택의 첫 시집『시민』초간본을 헌책방에서 구입하여 열심히 읽었던 기억이 있다. 그 시집의 뒤쪽엔 시인이 직접 쓴 평론도 함께 실려 있었다. 그 평론은 80년대 시 동인 운동의 양상에 관한 글이었는데 각 동인의 시인들을 모두 소개하면서 아주 꼼꼼하게 해석한 비평문이었다. 그 글을 통해 이윤택의 시에 대한 애정을 느낄 수 있었다. 아무튼 그 이후로 이윤택의 다른 시집들도 구해서 읽었던 기억이 새삼 떠오른다.

　이윤택은 1979년『현대시학』으로 등단했다. 그의 네 번째 시집인『밥의 사랑』은 1994년에 출간되었는데 그 이후로 시작활동이 뜸한 것으로 볼 수 있다. 그러므로 이윤택의 시작활동은 대개 80년대를 중심으로 이루어졌다고 볼 수 있다.

　우리 시단이 80년대에 거둬들인 시적 자산 중에서도 이윤택은 해체로 대표되는 방법론적 측면과 노동으로 대표되는 주제적 측면을 모두 소화한 시인에 해당한다. 자주 그의 시적 지향점 때문에 그의 시에 대한 오해도 많지만, 그의 시는 대부분 이 사회에 대한 울분과 당대를 살아가는 한 사회적 개체로서의 자의식을 솔직히 드러낸다는 점에서는 대부분 동의하고 있다.

　거울을 보면서 머리칼을 한 움큼 건져 낸다 쇠 냄새가 난다 아랫
도리에 곰팡이가 하얗게 슬어 있다 지하철을 탄다 신경 툭 잘라 호

주머니에 넣고 색안경을 낀다 길들지 않으면 외롭다

　육교를 오르면서 마라의 웃음소리를 들었다 어젯밤 통금에 쫓긴
발자국을 미행한 것일까 금가는 아파트 벽 사이 새어 들어와 잠든
이마 한가운데 면도날 쓰윽, 끼워 넣던 웃음소리 웃음소리 끝에 묻
어온 그녀의 저주가 출근길을 망칠지 모른다 천만에, 마라의 웃음
소리는 환청이다 22,000V 고압전류로 차단된 하늘 속을 그녀는 날
수 없다 도시의 절반을 뒤덮고 있는 소문과 함께 마라는 살 섞고 살
수 없는 것이다 밀림을 떠나 도시 가장 어두운 곳을 향하는 기차표
를 끊을 때 투명한 눈물 끝에 터뜨린 웃음소리, 웃음소리 끝에 묻어
온 그녀의 저주 밤마다 생생이 자라나 病이 되고 나는 매일 색깔 고
운 알약 한 움큼씩 삼킨다 항상 미열과 편두통을 동반한 출근길 곳
곳 그녀의 조소는 잠복해 있다 지금쯤 마라는 울울한 삼림에 누워
내 늑골 속에 찔러 넣은 저주의 전파와 교신하고 있는 것인가

　…(중략)…

　끝없이 푸른 담배연기 속으로 잠입하는 얼굴 한쪽 소리 없이 갈
라진다 절개된 틈 사이 열리는 밤 그는 劍을 닦고 있다 칼끝 세워
알전등 불빛에 비춰보면서 금속 강도를 확인한 후 끝없이 푸른 담
배연기 속으로 잠입했던 얼굴 한쪽 소리 없이 닫는다 가자 날 세운
劍 눈빛 속에 묻고 우리들 男根 무력하게 만드는 도시의 질 깊숙이
암행하면서 한탕 질펀하게 벌이는 피의 숙청 집과 집 사이 목숨과
목숨 사이 도사린 복면 짓쳐 나가며 싱싱한 비명 거두어들일 것
―「市民」 부분

　자본화된 문명사회의 시민으로 살아가는 도시인은 길들어야만 살아갈
수 있다. 길들지 않으면 외로운 현실이 바로 도시의 시민이다. 위의 시는
문명에 길들어야만 하는 도시 시민의 운명과 그것을 극복하려는 자의식
에 대한 초상이다. 시민은 "육교를 오르면서 마라의 웃음소리를" 들어야

하는 환청을 경험하며 살아간다. 마라는 밀림의 세계에서 이송된 여자이다. 마라의 웃음소리는 자주 끔찍한 경험으로 화자에게 다가온다. 그것은 미행하는 것처럼 화자의 발자국을 따라다니고, "금가는 아파트의 벽 사이"에서도 "면도날"처럼 새어 들어온다. 또한 그 웃음소리는 "저주"이며 "조소"이다. 웃음의 이면에 고통이 서려 있다는 점을 새삼 일깨워준다. 우리는 모두 밀림의 자식들이다. 우리는 그 사실을 그녀를 통해 자각한다. "밀림을 떠나 도시 가장 어두운 곳을 향하는 기차표를 끊을 때 투명한 눈물 끝에 터뜨린 웃음소리"의 힘으로, 혹은 그 웃음소리가 내장한 저주와 조소의 힘으로 살고 있다.

시민들의 눈물은 이미 농도가 묽어져 버렸으며 우리는 그 사실을 일깨우고자 무엇이라도 해야 한다. 그렇기에 시에서 화자는 "매일 녀석의 허리춤을 안고 넘어" 지기도 한다. 그리곤 劍을 닦기 시작한다. 그 검은 "우리의 男根을 무력하게 만드는" 도시로 향해질 칼이다. 잘 세워진 문명의 파괴자나 도시의 불청객이 되겠지만 우리의 본성을 자각하게 하고 다시 우리의 남근을 찾는 방법은 "한탕 질펀하게 벌이는 피의 숙청"뿐인 것이다.

위의 시는 아직 문명에 길들지 않은 야성의 인간에 대한 그리움이며, 새로운 도시를 건설한 시민들의 초상이다.

> 그녀는 비밀을 지킬 것이다
> 매혹적인 사이프러스나무 밑으로 사라진
> 그녀는 지금쯤 남편의 저녁식탁을 마련했을 것이고
> 아이들에게 프뢰벨의 그림책을 읽혀주고 있을 것이다, 지금쯤
> 나의 정액은 그렇게 소화되었을 것이다
> 그렇게 예방 접종된 나의 사랑은
> 저 사이프러스나무 그늘도 잊었을까
> 나는 그녀의 취향에 맞는 풍경

남편은 그녀의 취향에 맞는 풍경
아이들도 그녀의 취향에 맞는 풍경일까
생각하며 그녀를 품을 때
우리에게 남겨진 유일한 이브의 얼굴을 내보이지만
그녀는 가슴 속에 두 마리의 새를 키울 뿐
나는 그녀의 자궁에 닿지 못한다
아이들은 클수록 그녀의 자궁을 잊는다
불안한 표정일랑 지울 것
그녀는 비밀을 지킬 것이다
결 고른 치아 내비치고 총총 사라지는 뒷모습 향해
언뜻 가슴을 더치는 나의 슬픔보다
그녀의 살 끝없이 투명하다

—「투명한 살」 부분

새로운 시민들의 삶은 위의 시에서처럼 비밀을 지켜야 살아갈 수 있다. '사랑'이라는 고귀한 감정은 "예방 접종"되는 것처럼 주입된다. 시에서 화자는 그녀와 살을 맞댄 바 있는 관계이다. 그녀는 남편과 아이들이 있는 유부녀이다. 화자는 그녀가 "비밀을 지킬 것"을 안다. 비밀을 지키는 것은 이 시대를 살아가는 방법이기 때문이다. "그녀의 취향"에 맞게 나도, 남편도, 아이들도 모두 훈육된다. 그렇기 때문에 시의 화자는 "그녀의 자궁에 닿지 못"하는 것이다. 자궁에 닿는다는 것은 그녀의 근원이나 본질에 닿고 싶다는 의미이다. 근원이나 본질에 다가갈 수 있는 경로가 차단된 관계, 즉 "총총 사라지는 뒷모습"을 바라보는 화자의 내면이 떠오를 수밖에 없는 관계가 바로 이 시대를 살아가는 시민들의 모습이다.

3.

　그러면 새로운 시민들은 어떤 시대에 살고 있는가. 문명화된 자본주의의 사회가 바로 그들의 터전이며, 마당이다. 그런 시대에서 이전의 가치는 부정되며 새로운 가치가 대접받는다. 그러나 그 새로운 가치는 물질문명이 이룩해낸 반인간적인 가치이며 인간의 존엄을 위협하는 가치다. 돈과 권력이 지배하는 새로운 가치관이 팽배하는 사회 속에서 시인이 할 수 있는 일은 춤을 추는 일이다. 깽판을 치는 일이다. 그래서 시인은 "지금 여기서/내가 할 일은 깽판을 치는 일/이것이 우리에게 주어진 식량이라면/죽을 쑤는 일"(「깽판」)이라고 말한다. '춤꾼'으로써 깽판을 치는 일이 이 시대에 할 수 있는 일이라고 말한 이유에는 이미 이 시대 '게임의 규칙'은 무너졌기 때문이다. 시인은 길들지 않은 야성의 힘으로 시를 쓴다. 본질과 근원에 대한 그리움으로 시를 쓴다. "우리는 길들여져 있다고 믿는 자들을 위해"(「개꿈」) 한바탕 깽판을 치며 놀 수 있는 꿈을 꾸는 것이다. 이런 꿈의 기록은 시의 곳곳에 등장한다.

　　　오늘은 일금 삼천 원을 지불하고
　　　백 년 쯤 후 도시로 입장해 본다
　　　수소폭탄으로 고철더미가 된 거리
　　　레이저광선이 번쩍번쩍 날고
　　　쇠붙이들이 파란 눈을 깜박거리며 사람행세를 하는 지구
　　　나는 결코 죽지 않았는데
　　　내가 없다

　　　　　　　　　　　　　　　　　－「사람냄새」 부분

　　　전쟁이 여기를 지날 때

우리는 헤엄치는 한 마리 정충이었으므로
빛이 없다 우리는 상처가 없다
상처가 없음에 대해 유감을 표시할 수밖에 없지만
우리는 스케일링 할 필요가 없는 순백의 치아
우리의 턱은 하루 10시간 정도 풀가동될 수 있다
우리는 유언비어로 혹은 선언문 정도로 참여하지 않는다
定言 삼단논법과 소프트웨어 기술로 여기를 교통정리할 것
우리에겐 지금 흰 와이셔츠 단색 넥타이, 그리고
한 벌 제일모직 기성복이면 족하다, 아
잘 닳지 않는 금강제화 구두 한 켤레도 마련해야지
이외 모든 것은 우리들 두개골에 고스란히 이전된 學舍 속에 있다
가슴에 정밀하게 그려 넣은 설계도 속에
책상 위 열려 있는 성서 속에
새로이 배수로 파고 자유도시 권리장전 만들어
누구도 눈치 채지 못하는 위장된 평화 속에서
우리들의 사랑을 건설하는 일
　　　　　　－「우리들의 學舍 위에 세울 새로운 도시」 부분

「사람냄새」에 등장하는 문명화된 인간 시민의 초상은 시의 도처에서 등장한다. 물론 위의 가정(假定)은 백 년 후의 도시이지만 지금의 현실에서 보았을 때 달라질 것은 아무것도 없다. 인간이 아닌 새로운 종족이 이 땅의 시민이 될 수도 있다는 암시는 이미 오래된 상상력이지만, 그것이 막연한 상상이 아니라 현실의 연장선상에서 이루어질 때는 끔찍한 것이다. 그렇기에 "나는 결코 죽지 않았는데/내가 없다"라고 하는 것이다.

　이런 상황에서 시인은 새로운 도시를 건설하고 싶은 꿈의 지도를 그릴 수 있다. 이미 세상에 대해서는 "우리는 여기를 떠나지 않기로 했다"라고 발언한다. '우리'는 바로 80년대 대한민국을 살아가는 도시 시민들일 것

이다. 그 시민들인 우리는 노동하기 위한 일꾼들로 태어났다. 역사에 대한 빚이 없고 상처가 없는 시민들은 기술과 삼단논법을 통해 현실을 극복한다고 한다. 그러나 그것은 모두 위장된 평화 속에서 이루어진다. 결국, 가고 싶은 지향점은 "우리들의 사랑을 건설하는 일"이다.

이윤택의 시는 전통적인 방법론에 기대지 않는다. 즉 보편적인 시적 대상을 내재화하여 새로운 존재 의미를 표출해내는 방법은 시에 그다지 크게 쓰이지 않는다. 그의 시는 시적 자아에 대한 성찰로 출발하여 시에서의 타자와 이 세계가 관계 맺고 있는 관계에 대한 성찰에 기반을 두고 있다. 그 성찰을 통해 열정적인 목소리가 크게 울릴 수 있다. 시인은 "마침내 너는 이 낡은 세계에 진력이 났구나"(「강철 흑인」)라고 한다. 이 세계에 진력이 나게 된 것은 "가공할 식욕/끝없는 체력 소모전/그렇게 생체리듬을 타다가/발전기가 노후 되어 툴툴거릴 때쯤이면/만세! 그는 너무 지쳐 죽는 줄도 모르고 상쾌하게/숨이 끊어질 것이다"(「ing」)는 삶의 종말이 눈에 보이기 때문이다. 그래서 시인은 방안에만 머물 수 없다. "이제 책을 덮고 거리로 내려오라"(「청바지를 입은 파우스트」)고 외치고 싶은 것이다. 안에서 밖으로 열려 있는 시선은 격정적인 모습을 띠며 큰 목소리로 발언하기 시작한다. "나는 벌거벗은 인간의 모습으로/발언하기 시작한 것이"(「가출」)라는 이제 세상 속으로 가출하여 세상과 일전을 벌이고 싶다는 욕구가 강하게 숨겨져 있는 것이다.

이러한 욕구는 대사회적인 발언으로 표출되는 데 그 방법은 언어에 대한 예민한 감수성으로 표출된다. 「막연한 기대와 몽상에 대한 반역」의 시편은 그러한 점을 잘 보여주는 예에 해당한다. 그 몽상을 통한 반역은 무엇 때문인가. "세상을 바로 잡겠다는 거냐 칼날 위에서 춤추는 세상 제 밥그릇 찾아 먹을 궁리는 하지 않고 도대체 무얼 하겠다는 거니"라고 묻는 자문과 그 물음에 대한 자신의 응전의 태도를 집약적으로 보여주고 있다. 이윤택의 세 번째 시집에서는 세상에 대한 발언과 함께 시적인 언어에 대한 실험과 탐구를 함께 보여주고 있다.

4.

　이윤택의 시는 '나'로부터 출발하여 '우리'에게로 다시 '사회'로 시선이 옮아간다. 나로 출발한 시는 반성적 자각을 통해 스스로의 정체성을 되짚고 다시 그 정체성을 우리의 차원으로 옮아간다. 또한 우리와 사회로 옮아간 시선은 문명사회에 대한 신랄한 비판과 '있는 현실'을 그려내는 데 주목함으로써 우리 시대와 문명사회가 나아가야 할 길을 생각하게 해준다. 고통을 직접적으로 그려내는 데 주목하기보다는 고통의 원인을 생각하게 한다는 점에서 그의 시는 매력이 있는 것이다. 그리고 이 모든 것들이 사랑으로 가려는 몸짓이라는 점을 또한 생각하게 한다. 불화에서 화해로 이행하면서도 그의 시는 문명 도시의 가장 중심에 서 있었다. 문명 도시를 살아가면서 욕하고 부정하고 짓밟고 때론 감싸 안으면서 함께 사유의 지난한 도정을 함께 했다. 어쩌면 이 모든 것들이 「밥의 사랑」에 등장하는 '姬'에 대한 사랑을 깨닫게 되는 과정인지도 모른다.

　　　아침잠이 유난히 많은 '姬'는
　　　내 사랑을 받지 못했다.

　　　언제 훌쩍 새벽길이 될지 모를 남자에게
　　　아침밥을 먹이려고
　　　잠이 덜 깬 얼굴로 몇 번 이부자리에 앉았다가 꼬꾸라졌다가
　　　아침 밥 아침 밥 하면서
　　　도수 높은 졸보기안경 주섬주섬 걸쳐 끼고 부엌으로 나가는가

싶더니
　아이고 아파라 싱크대에 이마를 들이받으면서
　쏴아~내 머리맡에 냅다 쏟는 물소리
　姬는 지금 변기통에 궁둥이를 까고 앉은 채
　돌아온 남자의 아침 밥상을 꿈꾼다

　십 년이 넘는 새벽 출정
　휘파람처럼 지나쳤던 여인들
　내가 경험했던 싸움과 도박판에서 예언은 발견 되었는가
　희망은 준비 되었는가
　한 줄의 느낌도 구하지 못하고
　뻘밭의 개 행색으로 찾아든 집구석

　姬가 쌀을 씻고 있다
　눈 화장을 지우고 콘택트렌즈로 뽑아내버린 부스스한 얼굴로
　끓는 밥솥을 확인 한다
　잠에 취해 비칠비칠 방문 안으로 걸어 들어와
　잠든 체 하는 남자 머리통 꼭 끌어안고
　다시 엎어져 잠드는 여자
－「밥의 사랑」 전문

　내 사랑을 받지 못한 '姬'는 도시화가 진행되는 동안 겪어야 했던 우리 여인들의 초상이다. 일밖에 모르는 남자의 새벽 출정에 아침밥을 먹이려고 노력하는 여인의 일상이 위의 시에서 감동적으로 그려내고 있다. 아침 잠이 유난히 많은 그 여자를 통해 우리는 아련한 사랑의 끝자락을 잡게 된다. 세상에 대해 발언하며 새로운 세계를 꿈꿀 때 우리는 사랑을 잊고 있었는지도 모른다. 다시 그토록 절망했던 현실 속에서 사랑을 찾는 것은 기

쁘고 행복한 일이다. 그리고 그 사랑이 다름 아닌 '밥의 사랑'인 것이다.

이윤택의 예술가적 기질은 시 장르를 떠나 지금도 계속해서 진화하고 있다. 최근에는 정치를 풍자하기 위해 정조의 이야기를 소재로 한 뮤지컬「화성에서 꿈꾸다」를 개막한다고 한다. 그가 말하는 대사회적인 발언은 시의 적절하게 계속되고 있으며 많은 작품이 대중들에게 사랑을 받고 있다.

기억 그 자체가 의식의 중심체라고 말한 사람은 베르그송이지만 내게도 이러한 기억술이 통용된다고 할 수 있다. 기억은 과거 중에서도 선택된 시간의 일부분이지만 그 일부분은 현재에 와서 풍부해진다. 혹은 완성된다. 이윤택의 시가 내게는 그런 기억이었다. 그의 시를 읽으며 철 지난 유행가가 가슴에 맺힐 때처럼 그런 뜨거움이 차오르곤 했다. 그것으로 詩가 지금의 이윤택을 있게 한 필연적인 세계가 아니었을까 하는 생각을 해본다.

비밀정원을 향한 영혼의 모험

- 김백겸의 시세계

중세 수많은 모험 이야기들은 '영혼의 되찾음'이라는 거대한 주제를 중심으로 형성된 것이다. 트루아의『성배 이야기』, 리바르의『마차 탄 기사』, 로리스의『장미 이야기』등은 도달할 수 없는 진리 혹은 영혼의 거처를 꿈꾸는 이야기이다. 그렇기에 미완의 이야기이다. 영혼의 도정을 담고 있는 이야기들은 도달점에 깃을 꼽고 정복의 쾌감을 느낄 수 있는 화소와는 거리가 멀다. 대신 영원히 도달할 수 없는 비밀의 길로 가는 수런거림이 풍성한 이야깃거리가 된다. 이 자리에서 중세 모험 이야기를 거론하는 이유는 김백겸의 시에 드러나는 영혼의 지난한 길목에 대해 이야기하기 위해서이다.

김백겸 시인은 독특한 이력을 가지고 있다. 이 말은 삶의 규모와 형태가 독특하다는 얘기가 아니다. 오히려 가장 시적인 삶을 산 시인이라고 얘기하고 싶다. 김백겸 시인은 끊임없이 진리의 완성을 향한 구도자적 자세로 삶을 살아내었기 때문이다. 그는 유년시절 독서광으로서 문학에 대한 기초를 다진 후 대학에서 경영학을 전공하고 원자력연구소에 입사하여 현재까지 일하고 있다. 특이한 점은 그가 대학에서 학생운동을 하고 학보사 일을 하고 문학동인 활동을 한 점이 아니다. 대개의 문인들이 대학에서 치르는 필수 문학수업을 다 거치고도 그는 끊임없이 자신의 인식적 발전을 위해 노력했다는 점이다.

김백겸 시인은 직장생활을 하면서도 동서양의 다양한 철학과 미학, 심리학을 공부하였고 다수의 사상가들을 탐독했다. 그는 10년 동안의 문학 공백기 속에서도 명상과 수행서를 통한 비의(秘儀) 찾기에 골몰했다. 또한 현대에는 낯선 학문이라 할 수 있는 명리학을 공부하여 常數周易과 陰陽五行 四柱追命學 紫薇頭數 등을 섭렵했다.

이와 같은 김백겸의 인문학적 관심은 시를 통해서도 적극적으로 드러난다. 그의 연보에 따르면 젊은 시절 에릭 프롬이나 마르쿠제를 읽으면서도 사상적으로는 엘리아데나 레비스트로스 등에 경도되었다고 말한다. 이것은 그의 관심이 사회학적, 역사적 상상력보다는 신화적 상상력 쪽에 더 무게중심이 쏠렸으리라는 추측이 가능하다. 또한 당대의 지식사회나 문학적 풍토가 이념 이데올로기의 지반 하에 이루어졌음을 생각할 때 그가 문학을 하며 느낄 수 있었던 괴로움을 막연하게나마 짐작할 수 있다.

김백겸의 시는 긴 사유의 길을 순례하는 시적 자아의 내면 풍경을 보여준다. 개연성을 가진 서사가 아니라 어떤 정신적 지점으로 이르는 인식의 서사 속에 시의 맥락이 담겨있다. 실체적 개연성의 세계에서는 환상으로 보일 수도 있으나 시인의 인식의 서사에서는 바로 절박한 사유의 도구가 바로 김백겸 시의 서사와 이미지이다.

화살표가 불타는 창처럼 그어진 이정표를 보고 자작나무 숲으로 갔다
검은 말이 끄는 바람마차를 타고 소리 여왕을 만나러 갔다
사천왕처럼 눈을 부릅뜨고 황혼과 새벽이 같이 사는 성으로 갔다

전생의 기억을 박쥐 떼로 불러와 빛보다 빠르게 날아갔다

침묵의 호수에서 메마른 바닥의 돌들이 유혹의 노래를 불렀다
물에 빠져 죽은 수천의 처녀귀신들이 능수버들 이파리처럼 피어
났다
라디오파장처럼 산과 강을 적시고 구름까지 날아가는 검은 노래가
적외선보다 투명해진 내 눈에 보였다

물러가라
어둠과 고통을 마시고 사는 검은 노래들아
자작나무 씨앗 속에 얼음으로 누워있는 빛의 노래를 만나야 해
내 심장의 혼이 용암의 불을 토하며 소리를 질렀다
끊어진 노래들이 불타는 가죽채찍처럼 땅의 한가운데로 돌아갔다

백일몽 속에서 숲의 침묵에 갇혀 있는 소리 여왕을 만나러갔다
숲의 자작나무들이 금단(禁斷)의 마약환자처럼 신음하는 벌판
으로 갔다
내 혼 바깥에 있었을 때는 자작나무 숲이었으나
내 혼 안에서 황금불꽃으로 피어나는 소리여왕과 키스했다
−「소리 여왕」 전문

위의 시는 이러한 인식의 서사를 잘 보여주고 있는 작품이다. 시적 자아
는 '소리 여왕'을 만나러 가는 여정의 길목에 있다. 중요한 점은 도달하기
위한 '소리 여왕'의 정체가 "백일몽 속에서 숲의 침묵에 갇혀 있는" 존재
라는 점이다. 소리 여왕은 "검은 말이 끄는 바람마차를 타고" 다니는 존재
이다. 여왕이 사는 성은 "사천왕처럼 눈을 부릅뜨고 황혼과 새벽이 같이
사는 성"이며 그곳은 "전생의 기억을 박쥐 떼로 불러와 빛보다 빠르게 날

아"가고 있는 공간이다. 이러한 공간으로 유추할 수 있는 점은 소리 여왕
의 정체가 확실성의 존재가 아니라 비의적인 존재라는 점이다. 비의적 존
재자를 둘러싸고 있는 공간도 마찬가지로 현상적 공간과는 거리가 있는
곳이다. 비의적 존재자와 교통하기 위해서 시적 자아는 비의적 언어를 익
히고 이를 통해 서로 소통을 해야 한다.

비밀의 언어를 익히기 위해서는 '소리 여왕'으로 가기 위한 길목을 알아
야 한다. 시적 자아는 "침묵의 호수"와 "수천의 처녀귀신들"과 "검은 노래"
를 만난다. 검은 노래를 만나러 가기 위해서는 어쩔 수 없이 고통과 마주하
게 된다. "물러가라"고 자아는 말한다. "검은 노래"를 버리고 "빛의 노래"
를 만나기 위해 "심장의 혼이 용암의 불을 토하며 소리를" 지르는 것이다.
그리고 결국 나 바깥이 아니라 내 안의 소리 여왕을 만난다. 그냥 만나는
것이 아니라 "키스"를 통한 육체적 감각으로 느낄 만큼 생생히 만난다.

김백겸의 시는 사물을 대상화하여 동화나 투사하는 일반적인 시작방법
과는 조금 다르다. 그는 자신의 시의식 혹은 철학을 전달하기 위해 이미지
나 대상물을 사용한다. 김백겸에게 있어 진술과 그 진술을 구체적 감각으
로 표현해줄 수 있는 이미지는 아주 중요한 시적 장치이다.

> 정원의 입구가 드러났다
> 입구 안에는 황금사과가 새벽의 어둠 속에서 빛났다
> 곧 사라질 신비를 향해 심장이 두근거렸고
> 발걸음을 멈춘 내 자아를
> 늙은 역사가 호기심으로 쳐다보았다
> 늙은 역사가 내 뒤를 따르면 비밀은 새 이름을 지울 것이 분명했다
> 정원의 입구를 그냥 지나쳤다
>
> 정원으로 가는 길을 찾기 위해

나는 얼마나 많은 이정표를 들여다보았던가
정원에 대한 소문과 단서를 찾아 도서관과 밀렵꾼들의 시장을
돌아다닌 구두의 낡음은 무엇으로 보상할 것인가
왕궁과 부자들의 울타리에서부터 은자들의 고졸古拙한 뜰에 이
르기까지
정원의 설계도를 들여다 본 눈의 피로는
또 얼마인가

그 정원의 입구가 내 앞에 순간적으로 드러났다
나는 그 앞을 그냥 지나쳤다
황금사과에의 유혹이 여신을 향한 욕망처럼 갈증을 불러일으켰다
입구는 안개처럼 왔다가 안개처럼 스러지는 새 이름이었는데
늙은 역사가 담배를 피우며 죽음의 냄새를 풍겼으므로
나는 눈을 내리 깔은 채 정원의 입구를 지나쳤다

그 정원의 아름다움
비늘구름이 노을을 받아 거대한 붕새의 날개로 불타오르는 변신
이나
들판의 잡초였던 풀이 구절초의 꽃을 피워 올리는 둔갑의 순간
에서
잠깐 동안 모습을 드러내었던 비밀정원을 놓쳐버렸다
지식과 경험의 울타리에서 문지기로 사는 늙은 역사의 간섭 때
문에
내 심장이 황금사과처럼 빛이 나는 피안을 질투한
죽음의 훼방 때문에
―「비밀정원」 전문

비밀정원은 현실의 공간 속에서는 존재하지 않는 정원이다. 위의 시는 아름다운 비밀정원으로 가기 위한 도정을 보여준다. 그 길목에서 비밀정원의 신비한 이미지가 가득 펼쳐진다. 정원의 입구는 "황금사과가 새벽의 어둠 속에서 빛"나는 곳이다. 그곳을 가기 위해 "얼마나 많은 이정표를 들여다보았던가"하는 자문을 시인은 한다. 그러면 정원은 어떠한 공간인가. 도달하고 싶은 진리의 공간, 구원의 성소인 공간인가. 이 모든 것들을 포괄하는 상징이 바로 비밀정원일 것이다.

비밀정원은 순간적으로 나타났다가 사라진다. 잠깐 동안 모습을 드러내다가 감추는 것이 비밀정원이다. 시적 자아는 비밀정원을 보면서도 그냥 지나쳤음을 고백한다. 그냥 지나칠 수밖에 없는 것이 또한 자아의 운명인 것이다. 비밀을 놓쳐버린 이유 중 하나가 '변신'과 '둔갑'의 시간이라고 은밀히 말한다. 그것은 비밀의 진리를 향해 가는 육체에 대한 인식 때문이다. 변신이나 둔갑은 동서양을 막론하고 이상적인 곳을 갈망하는 자아에게 덧입혀지는 육체적 인식이다. 가녀린 영혼에게 갑옷을 입히거나 신비한 지팡이와 구름을 몰고 다니는 등의 일들은 이와 같은 점을 잘 전달해준다.

말 한 마리가 내게 선물로 주어졌지
말을 타고 바벨탑처럼 높은 언어의 천산산맥으로부터
벌판으로 내려 가야했네
백척간두를 피해서가는 곡예사처럼 등에 땀을 흘렸네
천산산맥은 가시덤불로 우거져 있고
천산산맥은 모서리가 날카로운 바위함정으로 굳어있기도 하고
천산산맥은 길이 끊어진 협곡을 보여 주었네
번개가 쳐서 언어들이 사원의 폐허처럼 무너져 내리기 전에
숲과 강이 펼쳐진 대평원으로 내려와야 했네

고비마다 매복한 언어는 마왕과 요괴였네
언어의 사원에는 왕국과 미인과 부귀가 있었고
언어의 사원에는 지식과 명예와 신분이 있었네
언어를 내 우상으로 받아들이라고 뱃심이 유혹 했네
언어가 상형문자로 구부러지더니 신탁을 토했네
언어가 날카로워져서 내 머리에 칼금을 그으려 했네
마왕과 요괴의 망치에 늘어나고 구부러지는 쇠 그물처럼
언어의 새장 안에 내 영혼을 가두려 했네
물러가라 언어들아
광야의 예수처럼 나는 소리쳤지
유니콘처럼 몸이 빛나는 말 한 마리가 내 심장이었으므로
언어가 펼친 기문둔갑을 황금말발굽으로 깨뜨려버리는
뿔이 난 말 한 마리가 내 미래였으므로

―「천산산맥」 전문

천산산맥은 중국 신장웨이우얼[新疆維吾爾] 자치구에서 키르기스스탄에 걸쳐 동서로 뻗은 산맥이다. 실크로드에 있는 산맥으로 초원과 가파른 봉우리가 함께 있는 절경이 많은 곳이다. 시에서는 현재 전하는 산맥의 풍경을 그대로 묘사하지 않는다. 산맥의 풍경을 토대로 자신의 정신적 모험을 보여준다. 즉 언어의 탄생과 운명을 설화적 서사 속에 녹여 넣는 작업을 위의 시에서 하고 있다. '천산산맥'은 고유한 정신적 세계를 말한다. 천산산맥의 아래에 넓게 존재하는 그와 대치되는 벌판의 공간은 인간적 세계와도 같다. 산맥으로 가는 도정은 "가시덤불로 우거져 있고" "모서리가 날카로운 바위함정으로 굳어 있기도 하고" "길이 끊어진 협곡"을 만나기도 한다. 그곳에 이르는 과정은 험란하기만 하다.

시에서 시적 자아는 '언어'에 대한 예민한 감각과 인지적 반응을 보여

준다. '언어'는 '마왕'과 '요괴'와 동일시되는 차원에 있기도 하며, '언어의 사원'은 "왕국과 미인과 부귀가 있"고 "지식과 명예와 신분이 있"다. 언어를 우상으로 받아들이라는 유혹에 시달린다. 언어는 자아를 옥죄는 대상이면서 자아가 벗어날 수 없는 존재이다. 언어는 신탁을 토해내는 존재이기도 하다. 자아는 "물러가라 언어들아"라고 주술적인 외침을 한다. 자신의 심장과 동급인 말 한 마리는 언어를 깨뜨려버리는 존재이다. 그 존재는 결국 시적 자아의 미래이기도 하다.

위처럼 김백겸의 시에서는 일정한 영혼의 서사가 드러난다. 서사 속에는 자아가 갈망하는 이상적 세계의 탐험이 고스란히 전개되고, 그 길목을 순례하며 겪는 영혼의 지난한 도정을 보여준다. 이때 주목할 점은 자아가 겪는 공간이 현실세계가 아닌 상징세계라는 점이다. 또한 현실세계라 하더라도 자신의 방식대로 인식의 모험을 감행한다. 현실적 공간도 시인의 인식적 그물망 속에 들어오면 그 공간은 현실에서 꿈꿀 수 없는 새로운 공간으로 재구성된다. 우리는 「운주사」라는 시에서 그 예를 확인할 수 있다. 시에서 보이는 것처럼 시인이 탐색하는 세계는 구체적인 대상물이기보다 안개처럼 뿌연 비밀의 세계이다. 어쩌면 '운주사'는 하나의 기표에 불과할지도 모른다.

천의 영혼을 품은 당신과 술래잡기를 한다
당신은 꿩이었고
나는 막대기를 들고 쫓아간다
당신은 검은 숲을 향해 뛰었고
나는 푸른 잔디밭을 벗어나려는 당신의 등에
매 자국을 시퍼렇게 남긴다
막대기에 눌린 당신은 숨막힌 어린 짐승의 얼굴
나는 가엾은 생각으로 심장이 두근거리는데

대지의 여신 같은 어머니가 칼을 가지고 와서
당신의 목을 자른다
당신의 선홍빛 피가 푸른 풀밭 위에 시퍼렇게 번진다
그 어린 짐승이 내 가엾은 영혼이었는지
막대기를 든 내가 옷만 바꿔 입은 당신의 다른 모습이었는지
나를 낳았던 어머니는 죽음의 다른 이름이었는지
두렵고 슬픈 이야기 속에서

천의 가면을 쓴 당신과 연극무대에 오른다

당신은 참새 떼로 나락이 익은 가을 벌판에 내려온다
나는 공포탄을 쏘아 당신의 귀를 마비시킨다
당신은 날아가는 그림자처럼 단풍나무 숲으로 사라졌는데
숲의 어둠이 끝나는 길가에 내 키를 넘은 코스모스 숲이
시간마저 정지시킬 듯한 무거운 침묵으로 피어있다
당신은 참새 떼에서 진홍과 분홍의 꽃들로 둔갑을 했다
그 아름다움이 활을 든 다이아나처럼 무서워서
나는 감히 근처에 갈 엄두도 내지 못한다
참새 떼와 코스모스가 당신이 순간에 부른 내 이름이었는지
운명을 감지한 내 무거운 영혼이 소리쳐 부른 당신의 이름이었
는지
꿈 속의 꿈 같은 이야기 속에서

천의 이름을 가진 당신과 사랑놀이를 한다
—「가면놀이」 전문

김백겸의 시에서는 '당신'이라는 대명사가 타자의 역할을 수행하며 등

장한다. 3인칭의, 미지의 '당신'은 그 대상으로 하여금 '천의 이름'을 가지게끔 하는 존재자이다. 그것은 영혼의 도정을 함께 하는 타자이며 때로는 보이지 않는 존재이며 가늠할 수 없는 절대자이다. 당신이라는 타자와 자아와의 관계는 늘 학대하고 죽이는 관계였다가 어쩔 수 없는 운명으로 다시 마주하게 되는 관계이다. 그러므로 당신은 나에게 천형과도 같은 관계이다. 당신을 만나기 위해 나또한 변신을 시도한다. 그 변신의 놀이는 나와 타자인 당신이 서로 번갈아가며 벌인다. 자아와 타자는 서로 혼용되며 엇갈리는 존재이다. 변신을 통해 자아의 분신을 만들어가는 과정과도 같다.

신화에서 '변신'과 '분신'은 중요한 개념이다. 위의 시에서도 '천의 영혼'은 천 개의 영혼이며, 그 천 개의 영혼은 신화학에서 얘기하는 '천 개의 얼굴을 가진 영혼', 즉 모든 신화의 절대적 상징인 원형으로서의 존재자를 지향하는 것과 같은 맥락이다. 시적 자아는 "당신과 술래잡기를 하"고, "당신과 연극무대에 오르"며, "당신과 사랑놀이"를 한다. 여기서 당신은 "천의 영혼을 품은 당신"이며, "천의 가면을 쓴 당신"이며, "천의 이름을 가진 당신"이다.

자아는 방황과 모험을 통해 당신을 만나고 싶어한다. 당신은 이상적 세계의 절대자이며, 또한 나와 또다른 가면을 쓴 나의 분신이기도 하고, 우리 역사의 전형성이기도 하며, 쇠약한 영혼을 가진 현대인의 초상이기도 하다.

현실에서 일차로 금욕을 마신다
이차를 위해 영혼이 꿈으로 내려가 도의 위치를 묻는다

선생님도
제가 바로 길잡이이어요

나무들의 네온사인이 화려한 숲의 밤거리에서
도화기가 가득한 계룡산 귀신들이 눈웃음을 치며 팔을 붙들더니
푸른 금강 속에 무거운 목숨은 훨훨 벗어놓고 질탕하게 놀자 한다

끝내줄 거야?
어떻게?
호탕하게 웃으며 심심한 환상이 수작을 받는다

화장을 요염하게 한 들꽃 향기가 가을 숲을 불타는 비로 적신다
장군봉 절벽 아래 걸린 달은
둥근 언덕과 은밀한 계곡을 보여주며 계산을 하라 한다
귀신이 허공에 걸린 집으로 가서 침대에 같이 눕자고 유혹한다

미안하지만
금욕만 하다 온 백수야
신용카드도 쓸 수 없는 파산선고자라서 말이지
얼굴이 일그러진 안개가 모든 벌판의 길을 지운다
사천왕상 모습의 바위들이 오더니 사정없이 주먹을 올린다
잠시 한눈을 판 먼 길의 순례가
새벽닭이 우는 새벽에 현실로 내동댕이쳐진다
―「귀신과의 연애」 전문

　　귀신은 환상의 사제이다. 현실에서 꿈으로 인도하는 길잡이인 '귀신'은
질탕한 연애의 수작을 건다. 현실의 그는 금욕의 인간이다. 윤리적 자아가
느낀 현실의 답답함을 귀신을 통해 위무받는다. 현실 속에서의 영혼은 파
산선고를 받은 백수이지만, 그의 또 다른 열망은 道를 묻고자 하는 진리에
의 탐구이다. 귀신이 안내하는 곳은 현실과 크게 무관하지 않다. 그에겐

오히려 현실이 영혼의 수련장인 것이다. 그는 귀신과의 연애가 잠시 한눈 파는 일임을 안다. 새벽닭이 울면 다시 현실로 내동댕이쳐진다는 것을 알기 때문이다. 그의 순례는 시종(始終)을 예감하지만, 그가 지나가는 순례의 길목엔 환상도, 꿈도, 현실도 모두 그가 누리는 연애인 것이다.

시인이 경험한 영혼의 모험은 '비밀정원'으로 가기 위해서이다. 그 '비밀정원'은 무릉도원의 세계가 아니다. 하나의 완벽한 세계를 만나기 위해 벌이는 잔치를 의미있게 해주는 상징적 공간이다. 세계의 배꼽을 찾아 끊임없이 벌이는 인식적 탐색은 시인에게 귀중한 덕목이다. 영혼의 모험을 가진 시적 세계는 우리 시단에서 드문 세계이다. 신념을 가진 출발에서 어려운 시련과 관문을 통과하고 새로운 만남의 길을 여는 서사는 읽는 재미를 충분히 주고 있다. 그 길목의 열쇠를 푸는 방법은 읽는 독자들의 몫일 것이다. 대신 그 길목으로 우리는 안내하는 것은 시인이다. 우리는 김백겸의 시를 통해 지난한 영혼의 길을 걷고 있는 고독한 수행자의 그림자를 서툴게 따라갈 수 있었다. 그리고 그 멀고 험난한 영혼의 길 위에 용기의 박수를 쳐주고 싶다.

성찰의 시학

－김정희 시집 『세상을 닦고 있다』

시인은 자신의 내면을 들여다봄으로써 자아정체성의 의미를 탐색한다. 반성 혹은 성찰의 인식은 시인이 행하는 가장 일차적인 사유일 것이다. 시적 자아는 대상과의 거리를 통해 사상을 자연스럽게 드러내고 미학적 틀을 마련하게 된다. 반성적 사고는 미적 거리의 원근작용 사이에서 생기는 자아와 대상과의 교감에서 발생하는 사유이다. 김정희는 도시의 일상적 삶을 토대로 하여 자신의 정서를 표출하고 있다. 도시와 이국을 넘나드는 큰 공간적 보폭 속에서도 성찰과 관조의 시선을 놓지 않는다. 그는 '마음 닦기'로 대표되는 '성찰'의 시선 속에 사유의 그림자를 옮겨놓는다. 또한 다양한 자연적 대상들과의 내밀한 교감을 통해 사물의 새로운 이면을 발견하고 세상의 이곳저곳을 관람하고 풍자하면서 자신으로 향한 시선을 바깥으로 확대시키기도 한다.

김정희의 시집 『세상을 닦고 있다』는 시인의 다양한 정서를 여러 가지 어법과 시적 대상을 통해 의욕적으로 보여준다. 김정희 시의 결을 따라가다 보면 성찰과 관조를 통해 어떤 선명한 결구에 이르는 것보다 그 과정 속에서의 다양한 감정의 변주가 더 소중하다는 것을 느낄 수 있다.

시인이 다양한 대상을 통해 감각적으로 체득한 정서의 촉수는 자아의 본질을 생각하게 한다. 또한 자성의 시간을 견딘 자아의 눈을 통해 타자로 향하는 인식의 확산을 보여준다. 마음을 닦고 있는 시간은 '바로 그때', 지금 여기, 즉 현재의 시간이다. 현재의 시간은 삶의 유희가 가득한 오락의 세계이다. 시적 자아는 이러한 문명의 공간을 부유하다 또다시 먼 이국의 땅으로 유람한다. 길의 여정 속에서 신생을 꿈꾸는 자아의 모습이 또한 오롯하게 시집 속에 새겨져 있다. 그러므로 이 시집은 삶의 세태와 여러 문명의 공간을 다루고 있으면서도 '시간'이라는 계기적 일상성을 함께 사유하고 있다. 공간을 통해 자아가 가진 안팎의 시간을 함께 사유하고 있다.

먼저 슬픔으로 상처난 마음을 어떠한 양상으로 성찰하고 치유하는지를 보자.

<blockquote>

낡은 쇠창살을 마당 구석에 떼어 놓고
그 동안 뱉어낸 불만 같은 녹을 긁는다
불만 속에는 만족이 숨죽이고 숨어 있는지
그 창살은 사포砂布를 물어뜯을망정
새파란 속마음을 보여주지 않는다
한 번 생긴 상처는 지워지지 않는가
그 아픔 위에 무광 페인트를 세월처럼 칠한다
덧칠할수록 그 슬픔은 자꾸 머리를 들고
붓에서 떨어지는 신나 냄새가 추억처럼 흩날린다

</blockquote>

―「칠하기」 전문

시인은 낡은 쇠창살을 통해 자신의 마음을 닦으려 하고 있다. 마음을 닦는다는 행위는 치유의 희망을 가지고 있다는 말이다. 그러나 마음을 닦으면 닦을수록 "새파란 속마음"은 보이지도 않는다. 오히려 상처만 더 긁어 슬픔이 자꾸 머리를 들고 나온다. 이러한 이유는 마음을 닦는 도구로 낡은 쇠창살을 사용하기 때문이다. 그렇기에 "그 창살은 사포(砂布)를 물어뜯을망정" 진정한 마음을 보여주지 않는다. 그러나 시인은 그 아픔을 치유하고 극복하기 위해 "무광 페인트를 세월처럼" 칠한다. 물론 시인은 덧칠할수록 "슬픔은 자꾸 머리를" 든다는 사실을 알고 있다. 그러나 성찰은 추억을 섬세하게 만지며 그 슬픔까지 끌어안는 것이다. 신나 냄새는 그 슬픈 추억의 흔적이다. 위의 시가 슬픔으로 상처난 마음을 칠하기의 행위로 치환되어 나타났다면 다음의 시는 유리 닦는 행위를 통해 드러난다.

괘종시계 긴 추처럼 밧줄에 매달려
사내 하나 고층 건물 유리를 닦는다
창문을 열지 않고도 깨끗해진 유리로
바깥세상이 성큼 빌딩 안으로 들어간다
그 사내 얼룩진 마음도 피눈물로 닦을 때
몸을 열고 밖으로 나올까
운명에 매달려 바람을 흔들며
그 사내는 걸레가 되어 세상을 닦고 있다
—「세상을 닦고 있다」 전문

세상을 닦는 것은 자신의 마음을 닦는 것으로부터 시작한다. 그런 일면을 '사내 하나'가 행하는 노동을 통해 엿볼 수 있다. 사내는 "고층 건물의 유리를 닦는" 평범한 노동자이다. 그가 닦은 유리를 통해 세상은 안과 밖을 관통하며 서로 교감한다. 유리 닦는 행위는 사내의 마음 닦는 행위와 동일시되어 나타난다. 즉 "사내의 얼룩진 마음"을 "피눈물로 닦는" 행위 말이다. 우리는 사내의 일상적 모습을 통해 성찰의 행위가 가지는 애상적

모습을 확인할 수 있다. 그것은 사내의 노동을 '운명'이라고 바라보는 화자의 시각에 의해 생성된다. 사람들은 제각각의 운명을 떠메고 살아간다. 그러나 그 운명을 짊어지고 고요히 마음을 닦는 행위는 스스로 걸레가 되는 일처럼 어려운 일이다. 그리고 이러한 일이 바로 세상을 닦는 일이다.

> 바람이 불지 않아도 제멋대로 흔들리며
>
> 으쓱으쓱 세상이 춤을 추고 있네요
>
> 나무들은 저마다 다른 빛깔 탈을 썼고
>
> 빌딩들은 표정 잃은 회색빛 탈을 썼네요
>
> 탈을 벗어 버리면 타고난 얼굴이 드러날까 봐
>
> 세상은 탈 속에 또 다른 탈을 쓰지 않았을까요
>
> — 「탈춤놀이」 부분

마음을 닦는 행위의 주체는 맨얼굴로 자신을 드러내지 않는다. 아무도 모르게 고요한 가운데 스스로를 되돌아보는 것이다. 속된 현실 속에서 자신의 시간을 지키는 방법은 바로 탈을 쓰는 일이다. 그것은 자신의 본래 얼굴을 감추고 싶은 무참한 감정이며 수줍음이 많은 화자의 성정이 보이는 감정이기도 하다. 또한 이러한 탈을 쓴 모습은 인간뿐 아니라 '나무'와 '빌딩'들도 함께 동참한다. 탈을 쓰고 성찰의 고요한 시간을 견디는 행위는 모든 사물이 함께 느끼는 감정임을 말하고 있다.

이러한 성찰의 마음 닦기는 기억을 위안으로 삼는다. 그 기억 속에는

"어머니가 태워준 자전거 페달"(「자전거 타기」)의 느낌이 있고 "바퀴자국
처럼 늘어놓은 많은 날들"이 존재하고 있다.

겨울 철새 떼인 눈송이가 까맣게 날아오른다
떨어지는 눈송이를 되받아 하늘이 수류탄처럼 던진다
파편 조각들이 하얗게 쏟아진다

송이눈에 얻어터진 땅은 퉁퉁 부어오른다
거친 피부에 하얀 딱지가 두껍게 덮인다
갈라 터진 딱지에서 흐르는 피가 땅 위에 질펀히 고인다

밤새도록 얻어맞아도 깨지지 않는 땅
아침에도 솜덩이를 불호령으로 내던지는 하늘
꽉 찼는지 텅 비었는지
땅이 움츠리고 몰매 맞는 소리 하얗게 깔린다
─「눈 오는 날」 부분

마음 닦기는 대상과의 내밀한 조우를 통해서도 이루어진다. 눈 오는 풍
경을 묘사하고 있는 위의 시는 모든 시적 대상들이 한데 어우러져 있다.
그 어우러짐은 의인화를 통해 이루어진다. 시의 첫머리는 "하늘이 눈을
가늘게 뜨고" 눈송이를 내려 뿌리는 모습을 묘사한다. 그것을 "주먹만한
눈송이를 드높이 팔매질"한다고 표현한다. 의인화의 방법은 시의 마지막
까지 표출되고 있다. 즉 눈송이가 날아오른다든지, 눈송이를 되받아 하늘
이 수류탄처럼 던진다든지, 땅이 퉁퉁 부어오른다든지, 불호령으로 내던
지는 하늘 등의 표현은 의인화의 방법을 잘 드러내주는 표현들이다. 시인
은 의인화를 통해 시적 대상과 그것을 바라보는 화자와의 거리를 좁히고

있다. 눈 오는 날의 풍경 속에 화자가 직접 동참하여 교감하고 있다.

자연과의 조우를 통해 이루어지는 성찰은 "나무"를 통해서도 마찬가지로 이어진다. "기둥뿌리 털뿌리로 땅을 힘껏 끌어안은 나무"(「나무」)와 그 나무를 둘러싸고 있는 "바람"과 "땅"과 "하늘"이 모두 어우러져 있는 풍경을 그리고 있다. 자연 속에서의 만남은 꽃을 찾아가기도 한다. "동백꽃", "할미꽃", "냉이꽃"을 만나고 "가을숲"에까지 이른다. "뒷산에서 쪼그리고 있"(「가을숲」)던 가을숲을 호흡하면서 느끼는 시적화자의 애상적 정서가 "단풍나무", "굴참나무", "은행나무", "강아지풀", "억새풀", "감잎" 등과 어우러지고 있다.

자연을 향한 시인의 시선은 다시 세상의 세태로 눈길이 옮겨진다. 도시에서의 일상적 삶은 "바로 그때"를 인식하게 하는 공간이다.

바지 주머니를 더듬던 그의 손이
백 원짜리 동전 세 개를 그 바구니에 던진다
그물에 걸린 물고기처럼 동전이 푸드득 몸서리친다
그 사내는 눈꺼풀을 몇 번 꿈적거리면서
목에 매단 라디오 스위치를 검지로 꾸욱 누른다
개업 인사하듯 찬송가가 불쑥 일어서서
연달아 하품하는 객차 안을 좌우로 나눈다
그 눈 먼 사내는 노래 소리를 조심조심 밟으며
당당하게 앞으로 발길을 가져간다
음악 소리가 받쳐주는 플라스틱 바구니가
앉아 있는 승객들 사이로 그를 끌고 간다
오래 기른 강아지처럼 지팡이가 그를 따라간다
다음 객차에서 또 다시 신장개업하려고

—「신장개업」 부분

시적 화자는 지하철에서 동냥을 하는 맹인을 관찰한다. 맹인은 목에 라디오를 매달고 객차 사이를 왕래하며 동냥을 한다. 맹인의 입장에서 보면 새로운 객차로 이동할 때가 바로 신장개업의 순간이다. 맹인에게는 객차가 노동의 공간이며 승객들이 고객인 셈이다. 빠르게 변화하는 현실의 모습과 자신의 본면을 은폐하려는 현대인의 모습은 맹인이라는 가면을 통해 우리에게 전달된다.

시인은 도시의 일상적 삶을 통해 현재의 문명에 대한 비판적 사유를 하고 있다. 그것은 '바로 그때'의 시간을 사유하는 것이다. "청계천 복원 공사현장에서 쉬고 있던 굴삭기가/삼태기로 시꺼멓게 썩은 냄새를 수북 건저 올리던 그때"(「바로 그때」)는 "소나기", "물거품", "자동차", "신호등", "비"도 함께 도시 속에서 영위하던 때이다. 시인은 바로 그때의 시간을 놓치지 않는다. 그때는 현재의 시간, 즉 문명이 빠른 속도로 발전해나가는 시간이다. 새로운 변화와 개발은 "물방울이 앞선 물방울을 묵묵히" 따라줄 때에 가능하다.

시인의 시선은 걸쭉하게 사람 냄새 풍기는 "시장 뒷골목"(「끼리끼리 모여」)이나 "부활하는 청계천"과 "고시원 사람들" 사이를 오고 가며 "쇠토막과 시멘트 덩어리에 끼인 시간들"(「고가도로 철거」)을 사유한다. 도시의 삶은 문명이 생성되면서 반대로 육체는 병들어간다. 병든 육체는 치료해야 하고 급기야 "수술이란 죽는 연습"이라고 말한다. 시인은 "MRI검사", "정형외과" 등에서의 체험을 시적 소재로 삼아 병든 육체에 대해 말하고 "장의차", "장례식장", "하관"의 체험을 통해 삶과 죽음 사이의 운명에 대해서도 사유한다.

문명의 이기는 편리함과 함께 유희를 준다. 시인은 게임을 통해 문명의 유희성을 직설적으로 드러낸다. 컴퓨터 게임이 주는 의미는 "삶은 오락이다"는 점이다. 벽돌쌓기(테트리스), 카드놀이, 운전연습, 격투기 등의 컴퓨터 게임을 시적 소재로 형상화하면서 문명이 가져다주는 유희의 허망함을 일깨워주고 있다.

> 나를 부르는 소리가 가늘게 들려온다
> 그 소리를 찾아 허둥지둥 나는 집을 나선다
> …(중략)…
> 테크노 음악 같은 파도 소리에 맞추어
> 흰 구두를 신고 스포츠댄스를 신나게 추는 물결 위로
> 바다 바람 타고 온 햇살이 미끄러진다
> 나를 부르는 소리가 점점 크게 들린다
>
> ―「그 소리를 찾아」 부분

시인은 새로운 시적 공간을 찾아 유랑한다. 여행을 통한 풍경과의 만남은 집을 떠나는 순간부터 시작한다. 위의 시에서처럼 "나를 부르는 소리"를 찾아 떠나는 것이다. 새로운 풍경이 나를 부르면 떠날 준비를 한다. 떠남과 만남을 통해 자아의 진실과 마주하게 된다. 풍경을 통해 자아와 맞닥뜨리는 일은 긍정적인 성찰의 방법이다. 시인은 자아를 찾는 소리와 만나기 위해 길을 떠난다. 유람선을 오르기도 하며, 격포, 청령포, 임진강, 수몰지구 단양, 대청댐, 파고다공원, 도라산역 등을 찾아간다. 또한 여행은 국내를 넘어 이국의 땅에까지 이어진다. 홍콩, 미국, 캄보디아, 중국 등을 유람하며 낯선 공간과 삶의 모습들을 담아내고 있다.

김정희 시인은 문명과 자연을 오고가는 공간 속에서 끊임없이 성찰의 태도를 보여주고 있다. 자신을 바라보는 일뿐 아니라 타인의 삶에 대해서도 성찰의 시선을 놓지 않는다. 시인이 가진 인간과 사물에 대한 깊은 애정은 우리가 김정희 시에 갖는 믿음임을 다시 한 번 느끼며 글을 마친다.

치유와 구원의 시학

—이원로 시집 『모자이크』

근대 이후 우리는 개인 주체의 발견을 중요한 시적 덕목으로 삼아 왔다. 절대적인 신념과 가치관은 이미 봉건적 구습으로 여기면서 이전에 없던 개성적인 이종(異種)의 자아찾기에 골몰했다. 그러나 절대적인 신념이 없는 상황은 근대 주체의 불안과 병적 관념을 낳았다. 그것을 극복할 수 있는 것은 인간이 가진 이성적 힘의 한계를 직시하는 것이다. 이원로는 종교적 상상력을 통해 그 한계를 고백하고 스스로를 연단(鍊鍛)하고 있다.

이원로 시인은 1989년 등단하여 다섯 권의 시집을 상재한 바 있는 시인이다. 또한 이원로 시인은 심장분야의 세계적인 명성을 얻은 전문의이자 의학박사이기도 하다. 이원로가 전문의이면서 시인이라는 점은 두 가지 측면에서 숙고할 여지를 마련해 준다.

하나는 인간의 생명과 직결되어 있는 심장전문의로서 그의 일상이 죽음을 목도해야 하는 실존적 정황 속에 노출되어 있다는 점이다. 또 하나는 실존적 체험의 내적 상흔을 어떠한 방식으로 치유하고 극복했을까 하는 문제이다.

결론적으로 말하면 이원로의 시는 기독교 신앙을 통해 인간이 가진 한 계상황을 극복해내고 있다. 시를 쓰는 행위는 실존적 체험의 극복과 무관하지 않은 내적 치유의 과정이라고 생각할 수 있다. 시를 통해 그가 꿈꾸고 얻고자 하는 것은 바로 이 치유의 과정을 거쳐 이루어진다. 이원로는 연작시의 형태로 인간의 영혼이 치유되어 가는 과정을 세밀하게 보여주고 있다.

오월은 새 옷을 입고
풀과 꽃이 입 맞춘다

강줄기가 황사를 씻고
지평 위로 알몸이 된다

새 심장을 얻은 얼굴이
화사한 빛깔로 활짝 핀다

시들고 바랬던 꽃잎들이
화사한 빛깔로 살아난다

새 심장이 새 주인 속에서
맑고 밝은 미래를 꾸민다
―「환희의 나라 ; 화사한 빛깔」 부분

주목해야 할 것은 이원로는 '심장'을 다루는 의술을 펼치고 있다는 점이다. 이 점은 그가 항상 '생명'의 존귀함과 덧없음 속에 자신의 의식이 노출되어 있으며, 이것으로 번민이 생성될 수 있으리라는 짐작을 가능케 한다. 그러나 삶이 번민의 연속으로만 점철된다면 오래 지속하기 힘들 것이다.

이원로는 오히려 존재 자체의 덧없음보다 생명을 살리고 회복하는 데 중요한 인식의 거점을 마련한다. 치유와 회복의 과정을 지켜보면서 그것이 의사로서 할 수 있는 최대의 사명이라고 생각하는 것이다.

위의 시에서도 "새 심장을 얻은 얼굴"을 바라보며 꽃이 활짝 피는 생명의 순간을 비유하고 있다. 심장을 얻은 얼굴은 원래 "시들고 바랬던 꽃잎"이었다. 시든 꽃잎이 "화사한 빛깔로 살아"나는 경이로운 과정에 함께 참여했다는 것은 놀라운 기쁨이지 않을 수 없다. 그 새 심장은 "새 주인 속에서/밝고 밝은 미래를" 꿈꿀 권리를 비로소 갖는 것이다.

시인은 의사로서 한 인간에게 새로운 심장을 만들어주는 역할의 소명을 가지고 있다. 이원로는 소명을 단순히 개인의 자질이나 재능으로 판단하지 않는다. 이미 인간의 나약함과 한계를 직시하고 있다.

우리 인간의 삶은 "꿀에 빠져 잠시 즐기는/꽃 속의 꿀벌"(「숨은 질서 ; 꽃 속의 꿀벌」)과 같은 삶이다. "억울하지 않은 죽음"이 없는 우리네 삶, "공평한 인생이 없는"(「숨은 질서 ; 광대들의 세상」) 우리네 삶을 이미 알고 있는 것이다. 우리의 눈은 "어리석은 눈"이다.

서로가 마주칠 때마다
눈짓과 몸짓으로 넌지시
속삭이고 두드려 보았건만
못 알아채는 어리석은 눈

강 건너 이곳에 와서
지평을 넘을 때까지
수많은 멋진 날들이
얼마나 헛되게 지났는가
못 알아채는 어리석은 눈

―「환희의 나라 ; 어리석은 눈」 부분

빗방울 소리는 나뭇가지에 내리면서 나뭇가지의 몸을 흔들어댄다. 시인은 빗방울이 내리면서 새로운 사물과 만나고, 이 만남을 통해 빗방울이 이전까지는 인식하지 못했던 삶의 비밀들을 발견할 수 있으리라 생각했다. 서로가 만나고 마주칠 때마다 "눈짓과 몸짓"으로 소통의 가능성을 타진해 보았지만 결국 우리의 눈은 알아채지 못한다. 그것이 바로 "어리석은 눈"을 가진 우리의 모습이다.

어리석은 눈을 가진 인간은 하루하루가 얼마나 아름답고 찬란한 것인지 또한 모른다. 그렇기에 "수많은 멋진 날들"을 헛되이 보내게 되는 것이다. 그러한 "어리석은 눈"을 가진 우리의 삶은 헛됨의 전철을 고스란히 밟고 있다. 솔로몬이 "헛되고 헛되며 헛되고 헛되니 모든 것이 헛되도다"(전도서 1장 2절)라고 고백한 것처럼 인간의 헛됨은 시인의 삶의 규모와 성격에서 더욱 선명하게 와닿는 일이다.

앞에서 말한 바와 같이 실존의 극박한 체험 속에서 느끼는 인간사의 헛됨은 내적인 힘 없이는 감당하기 힘들다. 그 힘은 바로 우리가 익히 알고 있는 권력과 지식과 명예와 부에서 비롯되지 않는다. 그 힘은 영혼 속에서 우러나온다. 영적인 힘이야말로 나약해진 인간 삶에 가장 큰 자양분이 되며 그것을 지키고 이끌어갈 수 있는 내적 동력이다.

어리석은 삶을 살아가는 것이 인간의 본질일텐데 그것을 인내하고 극복하며, 때로는 행복을 가져다 줄 수 있는 힘은 과연 무엇인가. 그것은 바로 아무도 모르는 "숨은 질서"를 깨달을 때에만 가능한 일이다.

피는 대로
지는 대로
세상은 돌아간다

받아들이던지
물리치던지

태풍이 부는 대로
해일이 이는 대로
지구는 돌아간다
기다리던지
조바심하던지

생겨나는 질서
사라지는 질서
슬프지만
절묘하다

혼돈 속에
숨은 질서

―「숨은 질서 ; 혼돈 속의 질서」 부분

위의 시에서 시인은 세상의 질서를 이미 알고 있는 자이다. "피는 대로/지는 대로/세상은 돌아간다"는 점을 시인은 안다. 그것을 "받아들이던지 물리치던지"는 인간 개개인이 알아서 하는 것밖에 다른 도리가 없다. 또한 같은 의미 맥락을 점층적으로 보여준다. "태풍"과 "해일"의 자연현상을 통해서 "기다리던지/조바심치던지" 하는 세상의 이치에 대한 상황을 만든다. 시인은 이러한 "생겨나는 질서"로 인해 슬프다고 얘기한다. 그렇지만 이 슬픈 감정은 슬픔 속에만 빠져 있는 감정이 아니다. 슬픈 감정은 "절묘한" 감정과 섞여 있는 모호한 감정이다. 모호한 감정을 인식하게 되는 결정적인 이유는 바로 "혼돈 속에"서 "숨은 질서"를 발견하였기 때문

이다. 이제 그 "숨은 질서"는 무엇인지를 따라가보는 것이 이원로의 시세
계를 더 깊게 확인하는 길이다.

> 비 오는 날
> 강가에 서면
> 바람에 흩어지는
> 빗발 속에
> 그리움은
> 치솟는 날개를 편다
> 아쉬움이
> 애틋한 선율을 켤 때
> 끝은 시작을 찾아
> 길을 서둔다
>
> 눈 오는 날
> 강가에 서면
> 바람에 흩날리는
> 눈발 속으로
> 놀라운 우주가
> 밀려 들어온다
> 안 보이는 것이
> 보이는 것들을
> 다스리는
> 환희의 나라가 열린다
>
> —「환희의 나라 ; 서시」 부분

위의 시는 잘 완성된 구조를 가지고 있으면서 이원로 시의 핵심을 보여

주는 시이다. 시인은 먼저 우리의 일상에서 자주 마주하는 자연적 일상과 마주한다. 그 자연 현상을 통해 인식의 촉발을 시작한다. "비 오는 날"에 "강가"를 마주하면 시인은 "그리움"을 느끼게 된다. 그리움은 우리가 익히 느낄 수 있는 인간의 감정이다. 그렇기에 "아쉬움"이 있고 "애틋함"이 공존해 있다. "비 오는 날"과 마찬가지로 "눈 오는 날"에도 강가에 선다. 그러나 이 날 시적 자아가 느낀 것은 "아쉬움"을 넘는 어떤 "나라"였다.

"바람에 흩날리는/눈발 속으로" 보이는 "놀라운 우주"를 발견한 것이다. 그 놀라운 우주는 "안 보이는 것이/보이는 것들을/다스리는" 세계이다. 안 보이는 것은 무엇인가. 바로 영혼의 세계, 영적인 세계를 의미한다. 보이는 세계는 우리가 직접 가시적으로 보고 느끼는 일상의 체험들이다. 우리 삶은 일상적 체험보다 훨씬 많은 기적과 영혼의 체험을 한다. 그런 체험을 통해 얻은 세계는 "환희의 나라"이다. 환희의 나라를 발견하는 힘은 바로 영적인 세계를 체험하고 느낀 경험을 통해서이다. 시인은 바로 그 체험을 신앙을 통해서 보여준다.

인간의 감정을 뛰어 넘는 존귀한 세계, 환희의 나라는 믿음을 가진 신앙인으로서만 가질 수 있는 나라이다. 즉 안 보이는 것을 볼 수 있는 힘은 '믿음'을 통해서만 나올 수 있다.

"믿음은 바라는 것들의 실상이요. 보지 못하는 것들의 증거다"(히브리서 11장 1절)라는 성경 구절은 이를 잘 설명해 준다. 우리가 마시고 있는 '공기'나 우리가 느낄 수 있는 '사랑'은 눈에 보이지 않는다. 그러나 우리는 공기나 사랑이 있다는 것을 아무도 의심치 않으며 믿고 있다. 눈에 보이지는 않으나 우리는 믿는다. 보지 못하는 것들의 증거가 바로 믿음이다. 또한 우리가 바라고, 구하고, 원하는 것들의 실체가 바로 믿음이다. 이러한 믿음이 수반되었을 때에 이원로의 시편들을 더욱 깊게 읽을 수가 있다. 그러면 그 믿음은 어디에서 연유하는 것일까.

기쁨의 파도 속에
두려움을 묻는다

땅의 기쁨 속에
하늘의 슬픔을 섞는다

승리가 머리를 숙이고
거룩이 문을 열게 한다

신의 음성을 듣게 한다
신의 미소를 보게 한다

―「흰희의 나라 ; 바다는」 부분

예전에는
못 보던 것을
바람 속에서
물결 속에서
보아서리라

물 위로 솟구치는
물고기의 기쁨이다
퍼덕이는 생명이다

―「환희의 나라 ; 생명」 부분

상처를 아물리고
죽음을 깨워
다시 살리는 신비!

슬픈 가슴속으로
잔잔히 스며드는
지극한 기쁨의 비밀!

방황하더니
평강을 찾는다

멀고도 가까운 하늘나라
그 가장자리에 와 섰다

피는 듯 지는
오월의 하루

—「오월의 하루」 부분

시인은 '바다'를 통해 신의 음성을 듣는다. 이원로는 어떤 시적 대상을 통해서도 그 대상으로 하여금 새로운 소리를 듣는 귀를 가졌다. 그의 이 신비한 능력은 오감이 열려 모든 사물에 자신의 영혼을 투사하여 일체화시켰을 때에만 가능하다. '바다'를 보며 시인이 느꼈던 것은 "가슴을 열어주고/마음을 채워주"는 것이다. 또한 "겸허를 돋게 하며" "두려움을 묻"는 것이다. 이러한 것들은 인간의 감정적 욕망을 충족시켜주는 것이다. 이보다 더 크고 비밀한 일들을 보여주는 것은 신의 음성을 들었을 때이다. 시인은 "땅의 기쁨"과 "승리"와 "거룩"의 문 앞을 경험한다. 경험을 통해 이루어진 것은 바로 "신의 음성"과 "신의 미소"이다.

"너는 내게 부르짖으라. 그리하면 더 크고 비밀한 일을 네게 보이리라(예레미야 33장 3절)"는 말씀은 이를 예증한다. 시인은 신을 찾고 부르짖었을 것이다. 신의 음성과 미소를 볼 수 있는 귀와 눈을 달라고 기도했을 것이다.

시인은 "물결치는 날"에도 그런 현상을 경험한다. "예전에는/못 보던 것을/바람 속에서/물결 속에서" 보았다고 고백하고 있다. 새롭게 보이는 것은 영혼의 눈이 틔었기 때문이다. 새롭게 개안한 영혼의 눈으로 본 것은 바로 생명이며 기쁨이다.

예전에는 못보던 것을 이제는 볼 수 있는 그 세계는 어떤 세계일까. 그 세계는 "상처를 아물고" "죽음을 깨워/다시 살리는 신비"의 세계이다. 상처를 아물게 하고 죽음을 깨우는 것은 의사의 의술을 통해서이지만 그 한계를 넘어서는 생명의 주관은 신의 역할이다. 그것은 "지극한 기쁨의 비밀"이며 방황하다가 다시금 "평강을 찾는" 오월의 일상적 하루와 같은 날들이다.

> 얼마나 멀리 보이나
> 얼마나 가까이 들리나
> 지평에 갇힌 왕국
> 헛되이 쌓아올린 벽돌더미
> 원자보다 비좁은 나라
> 덧없는 되풀이의 무대
>
> 땅이 갈라지고
> 천정이 무너진다
> 주춧돌이 날아간다
> 시간의 잔해들이
> 삶의 흔적들과 뒹군다
> 왕국이 붕궤된다
>
> ―「왕국의 붕궤」 부분

놀랍고 정교한 솜씨로
축軸을 그려주십니다

보이지 않는 축軸을 따라
별들의 궤도를 잡으십니다

우주의 끝없는 물결 속으로
빛을 뿌려 어둠을 거두십니다
찬란한 계절을 약속하십니다

…(중략)…

우연이 필연이 되어갑니다
일상이 기적으로 변합니다

―「숨은 질서 ; 보이지 않는 축」 부분

왕국은 지금 현재, 우리 삶의 초상이다. "헛되이 쌓아올린 벽돌"이 만들어낸 문명의 공간이다. 이 왕국이 붕괴한다는 것은 또다른 창조가 준비되어 있음을 의미한다. 붕괴된 이 땅의 역사를 새롭게 그려주실 분은 바로 神의 능력으로서만 가능하다. "놀랍고 정교한 솜씨로/축을 그려"주실 수 있는 분이 바로 신이다. 만물의 주관자이신 신에 대한 믿음은 「보이지 않는 축」이라는 시를 통해 확연하게 살필 수 있다. 그 믿음은 일상이 기적으로 변하는 순간에 펼쳐진다.

믿음은 "언제인가 가슴속/어디인가 깊은 곳"에 "신비로운 씨앗"(「태어나는 날」)이 심어진 것이다. 그렇기에 어떤 신앙인들은 자신이 신을 체험하고 변화된 날을 새로운 생일로 기념하는 사람도 있다. 그 뒤로 신앙은 "싱그러운 풀과 꽃"이 되어 자라난다. 그 신앙의 힘이 점점 커져서 "빛살

이 온통 눈부신" "온 우주"(「눈부신 광채」)를 발견해 낸다. 그것은 "한량없
는 신비"이며 "놀라운 기쁨"이다.

      경이로운 것들은 모두
      모자이크로 되어 있다
      조각들이 짜 맞추어져
      신비한 조화를 이룬다

      사람도 땅도 하늘도
      모두 모자이크 그림이다
      우주의 모자이크 지도 속에
      무수한 성좌와 운하가 있다
      너와 나를 깊이 들여다 보아라
      유전자들의 멋진 모자이크 아닌가

      위대한 모든 것은 언제나
      조각들이 모여서 이루어 진다
      보잘 것 없는 자투리가 아니라
      함께하는 매력의 조각들 이다

      가장 거룩한 작품은
      방울방울 다른 색깔로
      눈물이 서로 어우러져
      커다란 하나가 되어가는
      모자이크 그림이다

―「모자이크 ; 서시」 부분

　모자이크는 작은 것들이 조합되어 큰 그림을 그려내는 기법이다. 그것을 시인은 "신비한 조화"라고 명명한다. 작은 개체, 작은 존재들의 소중함을 말하고 있다. 그 작은 존재가 또 하나의 우주임을 보여준다. "사람도 땅도 하늘도 모두 모자이크 그림"의 하나이다. 모자이크 속에는 사람뿐 아니라 "성좌와 운하"도 있으며 "유전자들"도 있다. 그리고 "위대한 모든 것은 언제나/조각들이 모여서" 이루어진다고 한다. 작은 것들의 연대가 위대한 존재의 본질이라고 말한다. 작은 것은 한 알의 밀알이 땅에 떨어지면 옥토에 맺히는 열매가 되는 것과 같은 이치이다.

　그의 시는 복잡한 수사나 장식없이 시적 진술을 사용한다. 이미지 또한 낯설게하기를 느낄 수 있는 환기의 이미지가 아니라 우리가 일상적으로 보고 느낄 수 있는 이미지를 사용한다. 그만큼 시적 자아의 사유가 독자들에게 직접 가 닿는다. 아무런 방해물 없이 직접 가기에 그만큼 사유의 느낌도 실질적으로 느껴진다.

　이원로는 치유와 영성의 시인이다. 이원로는 인간의 병든 육신을 고치면서 또한 인간의 영혼을 치유하려는 손을 가지고 있다. 인간의 영혼을 치유하는 것은 쉬운 일이 아니다. 그 손길은 자신을 먼저 고백하는 것으로 시작한다. 인간 이성의 한계를 세상만물의 일상을 통해 생사의 덧없음을 깨닫는다. 이 모든 것을 가능하게 하는 힘은 바로 신앙의 힘이다. 신과 마주한 인간의 영혼이야말로 가장 큰 위안과 평안을 준다. 이번 시집은 다양한 영혼의 무늬를 모자이크를 하듯 보여준다. 그 영혼의 모자이크는 하나의 신념으로 수렴된다. 하나의 절대적인 영혼의 안식처로 우리를 인도한다. 그 세계는 "환희의 나라"이며 아무도 몰랐거나 알면서도 간과했었던 "숨은 질서"의 나라이다. 그 나라는 생명과 기쁨이 충만한 곳이다. 또한 그 환희의 나라는 우리의 마음속에 지금 존재해 있는 나라이다.

꽃과 신(神)의 기호 찾기

─전길자 시집 『꽃의 기호』

전길자의 시에서는 꽃의 향기가 난다. 꽃이 지닌 작고 여린 형상뿐 아니라 꽃에서 풍겨나오는 은밀한 향내까지도 맡아진다. 시에서 향기가 나는 이유는 꽃을 묘사하는 데 그치는 것이 아니라 꽃을 통해 자신의 내면까지 더듬는 시선 때문이다. 또한 시인은 인간의 품성에서도 밝게 웃는 꽃의 이미지가 떠오른다. 전길자 시인을 생각하면, 밝고 환한 웃음이 먼저 떠오르기 때문이다. 전길자 시인은 『나무는 아파도 서서 앓는다』는 시집을 시작으로 여섯 권의 시집을 낸 바 있는 중견 시인이다. 또한 독실한 크리스천 문인으로서 기독교문학상을 받기도 했다. 생물학적인 연령을 넘어 아직도 순수한 웃음을 간직하고 산다는 이유만으로도 전길자의 시작(詩作)은 의미가 있으리라.

전길자는 먼저 꽃의 기호에 대해 말한다. 기호는 세계를 지배하는 법칙과의 관계를 탐구한다. 하나의 기호가 가진 상징은 오랫동안 질서화된 규율 속에서 스스로 숨을 쉰다. 꽃이라고 발음하거나 꽃이라고 썼을 때 우리는 '꽃'이 거느리고 있는 수많은 내포적 의미를 떠올리게 된다. 물론 이러한 상황은 詩라는 특정한 정황 속에서 더욱 그 의미의 진폭이 넓다. 우리가 떠올리거나 알고 있는 꽃의 기호가 시라는 장(場) 안으로 들어오면 새로운 의미를 생성하게 된다.

영어로 Cosmos는 우주
그리스어로 Kosmos는 장식품
한국어로 코스모스는 꽃이다
같은 기호이지만
너무 먼 그들
누가 코스모스라고 불렀을까
저 가녀린 꽃 위에
새 한 마리도 앉지 못하는데
누가 우주라고 했을까
잠자리 날갯짓에도 한들거리는
그렇게 흔들리는 것이 우주였다니
숨결 같은 바람결에도 흔들리고 있는
코스모스
호수공원 장미정원에 앉아 바라보며
무염의 가벼운 삶에 모조품 목걸이를 하고
나도 우주라고 우겨본다.

－「기호」 전문

　꽃이라는 상징은 아름다움의 표상이다. 또한 각각의 꽃말을 가진 사연들의 집합체이다. 전길자는 꽃이 지닌 기호에 우선 주목한다. 코스모스가 지닌 기표(시니피앙)와 기의(시니피에) 사이의 거리를 따져 묻고 골몰한다.
　우주와 장식품과 꽃이라는 대상은 유사성을 거의 찾아볼 수 없는 기표들이다. "같은 기호이지만/너무 먼 그들"은 전혀 다른 세계에 안착한다.

코스모스는 가녀린 존재이다. 새 한 마리 앉지 못하는 몸을 가진 존재이다. 시인은 이러한 여리고 약한 존재를 '우주'라는 새로운 기표와 맞대응해 본다. 그리고 "잠자리 날갯짓에도 한들거리는/그렇게 흔들리는 것이 우주였다"고 깨닫는다. '우주'와 '코스모스'를 통해 '흔들림'이라는 동일성을 찾아낸다. 결국 대상과의 동일성을 다시 시적 자아에게 환급되어 자신도 '우주'라고 말해보는 것이다. 흔들림은 일상 속에서 작은 존재들의 떨림으로 발견된다.

> 거대한 빌딩 앞 노상에서
> 작은 포트에 앉아 이사를 꿈꾸는 눈꽃송이들
>
> 욕심도 희망도
> 작아지면 아름다울까
>
> 지나간 시간들은 가르쳐 주지 않는다.
>
> —「눈꽃」 부분

> 꽃샘바람 뚫고 올라온
> 네 가냘픈 꽃잎에서
> 왜 지나간 시간 보이는지
> 자꾸 돌아보게 되는지
>
> 살얼음 딛고 건너온 내 생애
> 말없이 마중하니
> 더 알싸하구나.
>
> —「얼레지꽃」 부분

손톱만한 너에게서
봄바람은 일렁이고
꽃샘추위도 얼음을 깬다

바람아 불어라
흔들리지 않으려 몸 곧추세워도
앉은뱅이 행려병자처럼
비틀거리는 생애

—「바람꽃」 부분

　위의 시편들에서 꽃이 가진 작고 여린 속성을 통해 존재에 대한 애정을 표출하고 있다. 「눈꽃」에서는 거대한 빌딩 앞 도로에 떨어지는 '눈꽃'을 보며 이사를 꿈꾸는 존재를 바라본다. 작은 존재들에 대한 애정을 "욕심도 희망도/작아지면 아름다울까"라는 진술을 통해 표출하고 있다. 작은 존재들에 대한 애정은 지나간 시간들을 체험하고 되새기는 경험을 통해 더욱 가깝게 와닿는다. 「얼레지꽃」에서는 그러한 사실을 증언하고 있다. "꽃샘바람을 뚫고 올라온" 존재는 가냘프지만, 시인의 눈에는 그 꽃을 통해 지나간 시간이 중첩되어 보인다. 4~5월에 피는 얼레지꽃은 봄 끝자락까지 인고의 생애를 견뎌 알싸한 꽃망울을 터트린다. 「바람꽃」 또한 예외는 아니다. 손톱만하게 작은 꽃은 바람꽃은 봄의 초입에 들녘에서 피는 야생화이다. 바람꽃은 작아서 부는 바람에도 자주 넘어진다. 그 넘어짐의 행위는 "앉은뱅이 행려병자처럼/비틀거리는 생애"로 표현된다.
　꽃으로 표상한 작고 여린 존재들의 공통점은 바로 인내의 시간을 견뎌내어 생명의 숨을 틔운다는 사실이다.

　추위쯤은 꿋꿋이 참아내며

번식하는 힘
그 힘으로 암을 막아준다니
가슴 그득했던 내 슬픔이
나무의 숨통 조여도
떼어낼 생각 전혀 없다
가끔씩 졸음 속에서
겨우살이에게 영양제를 꼽고 있다.

ㅡ「겨우살이」 부분

겨울 호수공원 장미원은
검은 막으로 단단하게 몸을 사리고 있다

거리에서 상자 하나 덮고 추위를 견디는 노숙자들
사람보다 대접받는 장미꽃

여름 내내 시선 모으던 알몸의 장미원은
커다란 면회 사절 막을 두르고
침묵 수행중이다

ㅡ「장미원은 수행중」 부분

겨우살이는 겨울내 다른 참나무·물오리나무·밤나무 등에 기생하다가 봄이 되어서 피는 꽃이다. 추위를 이기는 힘은 번식하는 생명의 힘으로서만 가능하다. 그 힘이 암까지도 막아줄 수 있는 힘이 된다. 또한 생명을 품고 인고의 시간을 견딘 슬픔은 나무에게 천형처럼 박혀 있다. 천형의 슬픔은 겨우살이에게도 시의 화자 자신에게도 함께 자생하는 인내의 열매이다. 「장미원은 수행중」에서 시인의 시선은 호수공원의 장미원으로 향한다. "검은 막으로 단단하게 몸을" 사리고 있는 장미원의 꽃들을 보며 주위의 소외된 인간들을 함께 떠올린다. 거리의 노숙자들은 인권의 사각지대에 놓인 소외된 사람들의 전형이다. 노숙자들에 비해 장미원의 장미는 사람보다 더 대접받는 존재이다. 꽃의 개화는 인내의 시간을 견딘 결과로 그 위대함으로 노래할 수 있으면서 동시에 인위적인 개화로 기계적인 생명의 탄생을 보기도 하는 경우이다.

꽃이라는 기호를 통해 생의 본질에 대한 탐구를 지속적으로 보여준 시인이 이제는 생의 표면 속으로 들어가, 그 실체와 맞닥뜨린 체험으로부터 시는 시작한다. 그곳엔 고통에 대한 감각을 대상화하여 보편적인 감성으로 이끌어내는 사유의 힘을 가지고 있다.

> 길게 이어진
> 몇 겹의 고통이
> 덕장에 걸려 있다
> 내장 다 빼버리고
> 얼었다 녹아내리기를 반복하지 않고는
> 제 값을 받을 수 없다
> 살얼음 품어야만 제 맛을 내는
> 빳빳하게 긴장한 삶이어야 깊은 맛 우려내는 생애
> 한 번쯤 덕장을 빠져나가
> 겨울바람 피하고 싶었을까
> 한 번쯤 사랑에 녹아
> 허물어지고 싶었을까
> 하얗게 쏟아지는 눈발 끌어안고
> 곧추서서 기다리는
> 먼 날
> 아버지의 아버지가 그렇듯.

—「생애」 전문

　우리가 알고 있는 누구나 공감하는 보편적 선과 가치, 신념은 보편적으로 내재화되어 있다. 그것을 전달하여 깨닫게 하는 것은 쉽지 않다. 위의 시는 生이라는 보편적 시간을 구체적 이미지로 표출함으로써 '생애'가 지닌 인내의 운명을 형상화한다. 또한 그것이 한 개인의 단절된 삶이 아니라 아버지의 아버지로서 연속되고 있는 내력과 순환을 보여준다. 덕장에 걸려진 생선은 "몇 겹의 고통"을 겪고 나서야 깊은 맛을 보장할 수 있다. 이러한 생선의 운명은 우리 인간의 삶과 비슷한 고통의 길을 열어 보인다. 살얼음 품고 긴장한 삶을 견딘 세월을 통해 삶의 진실에 도달할 수 있다.

　전길자의 시선은 덕장에 걸린 생선의 인내뿐 아니라 일상의 체험을 통해서도 삶의 지혜를 발견해 낸다. 「0순위」라는 시에서 "집 장만한다고 함께 살고 있는 딸아이"의 아들과 보낸 체험을 한다. 어린 네 살박이 손자에게 계속해서 책을 읽어주는 딸을 보며 무슨 소용있을까를 생각한다. 그러나 손자와 호수공원을 산책하면서 책값의 무게를 체험한다. 손자가 불어오는 바람을 느끼며 "봄이 오려고 그러나봐요"라고 말하는 것이다. 즉 미친 듯이 읽어주던 책값이 집값보다 우선순위라는 사실을 일상의 체험을 통해 발견한 것이다.

"하나도 변하지 않았네 그 녹색"
그랬습니다
블라우스에서 투피스
만년필 잉크색까지
물론 편지지도 녹색이었습니다
가끔은 브라운색과 검정색을 넘보기도 하지만
녹색이 편했지요
전혀 갇혔다는 생각 없이 지내다가
오랜만에 뵙는 스승님이 던지시는

"그 녹색"이라는 말씀이
오늘 나를 돌아보게 합니다

…(중략)…

녹색만 보면 기억난다는,
기억해 주는, 사람들 있어
조금은 행복하기도 한 바보
오늘도 녹색 테 안경 쓰고
녹음 속을 걸어갑니다.

—「녹색에 관하여」 부분

위의 시에서 '녹색'은 기억으로 가는 하나의 매개물이다. 녹색이라는 이미지는 그 사람을 생각하게 하는 관계망이며 인연의 끈이다. 그 속에서 집착하며 살아온 자신의 삶을 성찰한다. 또한 그것이 상처와 욕구불만에서 기인한 것임을 깨닫는다. 시인은 "뭔가에 집착하게 되는 것은/많은 상처 때문"이라고 얘기한다. 상처 없는 사람이 없으며 모든 것을 다 만족하고 사는 사람이 없다는 시인의 말처럼 상처는 개별적인 것이다. 녹색은 시인이 수십 년을 변하지 않고 이어간 자신의 삶의 도정을 얘기한다.

그렇게 외곬으로 살아온 생애는 녹색만 보면 기억난다는 사람들을 통해 기억된다. 그것이 시인에게는 "행복하기도 한 바보"라는 스스로의 멍에를 덧씌우는 것이다.

일상의 사건을 통하여 삶의 윤리와 깨달음을 얻은 시인의 눈은 믿음직스럽다.

어디서부터 시작된 길일까

모든 길은 늘 내 앞에 있는데
길을 찾아 맴도는 나

끝없이 펼쳐지는 초원
어디를 달려도 전부 길인 것을
몽골에 와서야 알았다

엔진 소리 들끓는 미니버스를 타고
아무도 말이 없었다
하얗게
밤하늘 별 내려앉는 녹색 평원

수평선은 언제나 시야를 가득 채우기에
지평선도 바라볼 수 있다고 생각했다
그러나 시야를 벗어나는 초원

가끔 두메 양귀비와 물망초가
언뜻언뜻 나를 쉬게 했지만
시선 닿을 곳 없다.

비라도 내리면
모든 초원이
여울 길을 건넌다.

— 「게르 앞에서」 전문

시인의 시선은 내면으로부터 시작하여 자신의 삶의 주변을 돌아본 후 또 다른 먼 풍경을 만나러 길을 떠난다. 길 떠남 속에서 만난 여러 사연과 풍속과 낯선 풍경들은 시인의 시선을 더욱 넓어지게 한다. 세계를 바라보는 더 멀고 깊은 시선을 가진 눈으로 그곳의 감회를 나지막히 읊조리고 있다.

게르 앞에선 시인은 길을 찾아 헤매는 시적 자아의 내면을 증언한다. 모든 길이 자신 앞에 있는데 길을 찾아 맴돌기만 하는 자신의 우매함을 토로한다. 몽골의 집이라 할 수 있는 게르는 유목민들의 주된 주거형태이다 게르는 떠나고 유랑하는 삶의 상징이며, 곧 그 자체가 새로운 길을 만들어내는 길의 시작점이다.

시인은 몽골뿐 아니라 '가네꼬 미스즈 문학관', '다랭이 마을', 파주 '헤이리', '세미원', '두바이', '코페르니쿠스 무덤', '땅끝마을 까보다로까', '자카르타 반다아크' 등을 다니며 삶의 다양한 무늬들을 더듬는다. 그러한 과정을 통해 어머니와 신에게로 이르는 깊고 넓은 품에 안착한다.

4부의 첫머리 시에서 어머니 연작 4편은 어머니에 대한 시인의 감정을 여과없이 토로하고 있다. 어머니는 인내와 희생의 상징이다. 시인에게 있어 어머니 또한 눈물의 결정체인 것 같다. 그것은 시인의 어머니뿐만 아니라 우리 모두의 어머니에 대한 마음이다. 시인은 어머니에게 바치는 사모곡을 시를 통해 간절히 부르고 싶었으리라. 시인은 "괜찮다, 괜찮다시는/어머니 영정 앞에서/우는 바보"(「어머니 3」)일 뿐이다.

　　　이렇게 빈손입니다
　　　이렇게 빈 가슴 입니다
　　　아무리 귀 두드려도
　　　이명으로 들린다네요
　　　아무리 마음 두드려도
　　　부담으로 누른다네요

　　　일용할 양식 위해

밤이 맞도록 사무실을 지키고
아이들을 위하여
아이들을
시간의 감옥에 가두어야 하는
폼페이의 저주 같은 이 땅에서
소돔 같은 이 땅에서

언제쯤이면
말씀이 꿀 송이보다 달아서
머루포도보다 달아서
건강 보조 식품 다 버리고

낙타 무릎으로
가지 휜 나무 곁에 설 수 있을까요

언제 다시
앉을 자리 넘쳐
뒷자리 가득 서서
영원한 영혼 눈 뜨는
뜨거운 눈물
같이 흘릴 수 있을까요,
오병이어의
기적 같은 시간 드릴 수 있을까요

─「빈 손」 부분

시인에게 남겨진 자리는 자신을 고백하고 신에게 존재 전체를 의탁하
는 일이다. 전길자는 마지막 시편들에서 일련의 신앙시를 보여준다. 이 땅

은 이미 "소돔 같은" 타락한 땅이며 "폼페이의 저주" 같은 땅이다. 타락한 땅에서 신앙인으로서 시인이 할 수 있는 일이란 "말씀이 꿀송이보다 달" 때까지 읽어가는 일이다. 무릎을 꿇고 회개하고 고백하는 일이다. 그러므로 "낙타 무릎으로 가지 휜 나무 곁에 설 수 있을까"를 생각하게 한다. 또한 "영원한 영혼 눈 뜨는/뜨거운 눈물/같이 흘릴 수 있을까"를 소망하고 있다. 이어 물고기 두 마리와 보리떡 다섯 개로 오천 명을 먹인 기적의 일을 함께 체험하고 싶은 종교적 소망의 꿈을 말한다.

전길자 시인의 시 속에는 삶의 상처와 애환을 모두 포용하는 넓은 품을 가지고 있다. 이것이 전길자 시의 가장 큰 특질이다. 전길자의 시는 서정의 토대 위에서 지어지지만 실제 얹혀지는 벽돌은 존재에 대한 탐구로 버무려진 재료이다. 기호의 세계와 존재에 대한 내밀한 자아탐구를 거쳐 사랑과 종교의 세계로 이르기까지 그 고된 시적 역정 속에서 따뜻함을 잃지 않는 시세계를 가지고 있다. 봄을 기다리는 꽃의 몸은 고통스럽지만 그 고통의 이면엔 탄생을 기다리는 기쁨이 함께 있지 않을까. 독자들은 전길자의 시를 통해 신열의 기쁨을 함께 나눌 수 있을 것이다.

자연의 전사록(轉寫錄)

-유승도 시집 『차가운 웃음』

　　자연과 인간과의 관계를 생각하는 것은 현재 가장 중요한 시적 담론 중의 하나이다. 그것은 우리 삶에서 가장 중요한 필수 존재조건 중의 하나이다. 자연과 관계 맺는 인간의 본질을 성찰하고 탐색하는 것은 한 개인의 실존적 차원을 넘어서서 전 인류의 공동체적 인식으로까지 확산될 수 있는 주제이다. 이른바 생태학적 상상력은 황폐화되고 파괴된 자연을 치유하고 상생(相生)하려는 '극복'의 관점에 놓여져 있다. 자연과 인간을 공존하여 살아가는 동반자로 인식하려는 것이다. 아르네 네스의 근본생태론이나 머레이 북친의 사회생태론, 에코페미니즘 등도 모두 이러한 맥락의 그늘 속에서 이루어져 있다. 이런 경우 자연은 인간의 욕망과 지향점을 대변하는 기능으로 쓰여진다. 즉, 자아와 자연(대상)을 동일시하는 가운데 자연스럽게 자아의 욕망이 자연에 투사된다. 이러한 자아와 밀착된 '관계'의 언어를 다루는 자연의 모습과는 다른 경우가 있다. 자연을 있는 그대로의 세계로 용인하고 받아들이는 시적 태도이다.

　　유승도의 시는 자연 그대로의 세계를 받아 적는 데 언어를 쓰고 있다.

그는 대상에게 아무런 질문이나 요구를 하지 않는다. "다 받아들인다/다 인정한다/다 이해한다/다 다 다 모든 것 다"라고 시집의 첫 머리에서 말한다. '보름달빛'을 보며 그 형상과 본질을 은유의 방식으로 말하는 것이 아니라, 아무런 꾸밈도 없는 '날것'의 말로 드러낸다. 시집의 첫 시는 모든 것을 받아들이는 너그러움의 품을 드러내는 것으로 출발한다. 이것은 시인이 자연에 대해 아무런 해석이나 비판을 가하지 않겠다는 무의식적 발로이기도 하다. 자연을 있는 그대로 인식하는 것이 자신에게 가능한 미학적 방법인 것이다.

알려진 바대로 유승도 시인은 도시생활을 접고 강원도 영월 망경대산 중턱의 외진 산골에서 자급자족의 농사를 지으며 생활하고 있다. 바깥에서 바라보는 자연은 보존하고 가꾸어야 할 대안의 목초지이지만, 직접 부딪히고 사는 사람들에게 자연은 있는 그대로를 받아들이고 어우러져야 할 공간이다. 시인은 자연을 인간의 인식과 감정으로 해석하는 규정의 오류를 경계한다. 그렇기 때문에 시인은 자연을 받아 적는 전사자가 되고, 시집은 자연의 소리와 모습을 받아 적은 전사록인 것이다.

시집에 넘쳐나는 청각적 이미지들은 자연을 있는 그대로 받아적으며 소통하려는 노고의 부산물들이다.

> 아 삐여 삐요 삐요 삐요 삐
> …(중략)…
> 쌔쌔쌔쌔
> 쌔쓰 쌔쓰 쌔쓰 쌔쓰
> 삐에 삐에 삐에 삐에
> 삐에 삐에 삐에 삐에
>
> ―「일출」 부분

째째 삐어 삐어 삐억
나에게 와주실 수 있으세요
째째 삐어 삐어 삐억

― 「새는 말한다」 부분

쯔읏 쯔읏 쯔읏 쯔읏 쯔읏
쓰ㅇㅇ 쓰ㅇㅇ 쓰ㅇㅇ 쓰ㅇㅇ
자자자자자자자자자
루루루루루루루루루루루루루루
풀벌레 소리 가득한 밤,

― 「흔들지 않고 흐른다」 부분

대표적으로 시집 전반부 세 편의 시에서 청각적 이미지를 뽑았다. 「일출」에서는 한 마리의 새와 바람이 서로 어우러져 자아내는 소리를 묘사한다. 해가 떠오르는 아침의 풍경을 새들의 노래가 풍경 속에 녹아들어가는 모습으로 표출한다. 「새는 말한다」에서는 새의 소리를 "나에게 와주실 수 있으세요"라는 의미로 듣는다. 그 말은 시적 자아의 심리상황에 따라 각각 다른 의미로 받아들일 수 있다. 이때 시인은 동물의 소리를 대화하듯 들을 수 있는 귀를 가지고 있다. 「흔들지 않고 흐른다」 또한 밤의 정황을 요란하고 날카롭게 들리는 풀벌레 소리로 표출하고 있다. 위의 세 시에서 보이듯 시인은 내면의 복잡한 정서를 대상에 덧씌워 표출하기 보다는 있는 그대로의 소리를 받아 적는 데 더 시적 에너지를 쏟고 있다.

「내 세상」에서는 '검은 새'의 소리를 받아 적는다. 시에서는 친절하게 소리의 지연과 동작까지도 설명하고 있다. 이를테면 "깨깨깨깨깩―깨깨깨깨깩―('깨' 소리를 내는 동안은 날개를 연달아 치다 '깩' 소리와 함께 몸에 붙이는 동작을 반복하면서" 라는 시행에서 두드러지게 나타난다. 「세상과 모든 것이고 싶어라」에서는 시적 대상과 자아는 합일과 동화의 세상을 원한다. "박새들이 가시덤불 여기저기에 앉아 너나없이 떠드"는 소리를 "찌직찍찌지지직찌작"으로 표현하며, 이 소리의 즐거움을 "우리도 이렇게 모여 재잘대니 세상이 울리네 아유 참 재밌어아 찍찌지직직찍찍찍찌지지직"이라고 말한다. 이렇게 소리를 내는 박새들의 무리도, 그 소리를 듣고 있는 시적 자아도 모두 하나임을 마지막 행에서 말해주고 있다. "세상 끝과 시작이 찌지지지지지직 너와 나의 부리에서" 나온다는 표현을 통해 보여준다.

어떠한 시는 의미의 의장을 완전히 걷은 채 의성어의 묘사만으로 한 편의 시를 완성하는 경우도 있다. 「숲가에 서서」는 "구구 구구 구구 구구"처럼 산비둘기 소리가 울려퍼지는 소리의 모습만 보여준다. 마지막 행에서 "깊은 잠에 빠지고 싶다"는 표현으로 화자의 심적 정황을 모두 대변해준다. 「풀벌레에게 기울다」는 풀벌레 소리가 방안에 있는 '나'에게 쏟아져 들어오는 소리를 묘사한다. 그것은 폭우가 내리다 그쳐서 계곡의 물소리로부터 시작한다. "우파파파파파파파파파"는 계곡물소리로부터 시작하여 "또르르 또르르 또르 또르 또르"라는 풀벌레 소리로까지 번진다. 「복잡한 그러나 단순한」은 소리의 표현뿐 아니라 형태적으로도 소리가 퍼져나가는 모습을 보여준다. 매미가 우는 소리를 그대로 우리말 음성어로 받아 적는다.

이러한 의성어가 시의 전편에 걸쳐 때론 전면적으로 때론 부분적으로 표출한다. 즉 이번 시집 『차가운 웃음』은 소리로 가득한 시집이다. 또한 소리를 받아 적은 시집이다.

가급적 의미를 걷어버리고 소리로 가득한 시들을 생산한 이유는 시인이 의미의 충만함으로부터 인위적으로 회피하려는 욕구에서 비롯된 것으로 볼 수 있다. 시인은 하나의 대상이 주어지면 그 대상을 통해 시인의 세계관이나 개성적인 정서를 투영한다. 그러나 유승도에게 대상은 주체에 의해 변화되어지지 않는 있는 그대로의 사물이다. 그 사물이 내는 소리와 모습을 충실하게 옮기는 것이 시인에게 덧씌워진 시적 방법이다. 이러한 점은 사물에게 가해진 의미로부터 탈출하여 빈 곳에 이르려는 시적 열망 때문이다.

> 산도 지우며 눈이 내린다
> 개의 짖음도 흑염소의 울음소리도 지우며 눈이 내린다
> 돌담도 지우며 눈이 내린다
> 날아가는 까치도 까치가 앉았던 살구나무도 지우며 눈이 내린다
> 방 밖으로 나서는, 아이의 목소리도 지우며 눈이 내린다
>
> 하늘도 지우며 눈이 내린다
> 방금 내린 눈까지 지우며 눈이 내린다
>
> —「가득하다」 전문

위의 시는 지우는 여백의 풍경을 보여준다. 눈이 내리는 자연현상이 모든 풍경을 지워버리는 과정을 담담히 묘사하고 있다. 눈은 자연의 이치대로 평소처럼 내리지만, 풍경은 눈을 받아들임으로써 자신의 모습을 눈의 모습으로 바꾸어버린다. 자신의 존재가 다른 대상에게 덧씌워지고, 다른 대상의 외피를 입고 나설 때, 시인은 "지운다"라고 표현하고 있다. 이 시는 다른 시들과 다르게 청각적 이미지가 아니라 시각적 이미지가 승한 시이다.

시 속에서의 소리는 침묵에 가깝다. 왜냐하면 "방 밖으로 나서는, 아이의 목소리"까지도 지우기 때문이다. 모든 소리도 지우고, 풍경도 지우고 나면 남는 것은 온통 흰 풍경뿐이다. 하얀 풍경을 통해 아무 것도 남지 않은 여백의 풍경을 보여주고 있다. 하지만 결국 시인이 말하고자 하는 것은 모든 것을 지우고 나면 남는 것이 빈 공허가 아니라 가득한 충만함이라는

점이다. 그래서 시인은 시제를 "가득하다"라고 적고 있다.

> 갓 나온 상사화 새싹을 아들이 밟았다 둥그스름하게 커나오던
> 잎이 꺾여 제 모양새를 잃었다
> 어쩌냐 이왕 이렇게 된 것 아프더라도 원망 말고 자라라
> 나는 손으로 금이 간 잎을 쓰다듬으며 말했다
> 괜히 가슴 아픈 척 좀 하지 마세요 그렇게 하지 않아도 나는 자라
> 날 겁니다 제발 그런 눈길로 보지 마세요 밟힌 것도 나고 그걸 이기
> 고 자라든지 아니면 죽든지 그것도 아니면 불구의 모습으로 살아
> 가든지 그 모든 것이 다 내 몫이니까요 그런 안타까움으로 날 대하
> 지만 말아주세요
> 나는 말없이 자리에서 일어나 방으로 들어왔다 은근슬쩍 측은한
> 마음을 잠시나마 품었던 내 모습이 스스로 역겹다
> —「나」 전문

　시인이 대상의 소리만을 듣거나 비우는 풍경의 묘사에 시적 에너지를 지출하는 것은 자연에 대한 자신의 태도 때문이다. 시인은 훼손한 자연에 대한 인간적인 마음을 진솔하게 얘기한다. 그러나 자연은 그러한 태도를 비판한다. 자연에게 아픈 척, 그런 눈길로 바라보는 것은 하등의 도움이 안 된다. 상사화 새싹은 시인에게 작은 깨달음을 주는 존재이다. 새싹은 자신에게 연민의 시선을 주는 시적 화자에게 "아픈 척", "그런 눈길", "안타까움"으로 대하지 말아 달라고 말한다. 그러한 새싹의 말을 통해 '나'는 스스로 역겹다고 생각한다. 그 역겨움은 자연을 바라보는 태도 속에 측은함이 들어가 있는 자신을 발견하면서부터이다. 자연에 대한 측은함은 자신의 이기심을 역설적으로 드러내는 것일 수도 있다.

　이제 시인은 자연과 무욕의 하나됨을 이루고자 노력한다. 「가뭄 끝에

빗소리」를 들어보면 빗소리는 "고개를 숙였던 것들이 일어"서는 소리이다. 이 소리는 빗줄기를 타고 올라가는데 소리만 올라가는 것이 아니라 "가만히 바라보고 있는 나도" 함께 올라간다. 나뿐 아니라 "딛고 선 땅도 함께" 올라간다. 즉 소리와 나와 발 딛는 땅이 모두 하나가 되어 일어나 올라가는 것이다.

> 골짜기는 얼음으로 덮였다 얼음이 내려다보이는 산등성이엔 생각나무 꽃망울이 터질 참이다
> 저 길고도 허옇고 우툴투둘 힘도 좋게 생긴 겨울 짐승이야 어찌되든, 꽃망울은 아침 햇살처럼 몸을 열어젖힐 준비로 뜨겁다
>
> 그러지 말아라 그대로, 눈을 뜨지 말아라
> 바람 따라 하늘하늘 자신의 몸 위로 오가는 꽃봉오리 바라보며
> 녹아 흐르는 얼음의 울음소리 낮게 들린다
>
> 나는 해가 되고 말 거야, 봉오리의 터질 듯한 미소는 차갑다
> ―「차가운 웃음」 전문

시에서 '차가운 웃음'을 내는 주체는 이제 막 싹을 틔울 봉오리의 터질 듯한 미소를 의미한다. 그 미소는 "나는 해가 되고 말 거야"라고 말하는 봉오리의 소망이나 다짐을 은유적으로 표현한 말이다. 그러나 웃음은 차갑다. 차가운 웃음이라는 의미 속에는 이중적인 맥락이 담겨 있다. 즉 생명을 바라보는 인간의 심정으로는 모든 숨 쉬는 것들이 아름답다. 그렇기 때문에 자연의 흐름에 대해서 따뜻한 미소로 바라볼 수 있다. 또한 그 따뜻한 미소 속에는 새롭게 태어나는 생명에 대한 걱정이 함께 스며들어가 있는 것이다. 이것을 논리의 말로 풀어내는 것보다 '차가운 웃음' 한 번으

로 자신의 정서를 표출하려는 것이다. 시에서 모든 대상들은 새로운 생명을 터트릴 준비를 하고 있다. 이것은 자연의 이치이다. 모든 자연의 대상물들은 자신 바깥의 일들과 관계없이 새로운 세계와 새로운 생명을 준비하고 꿈꾼다. 시인은 웃음 속의 차가운 심정을 "그러지 말아라 그대로, 눈을 뜨지 말아라"고 속엣말을 한다. 그렇지만 새로움으로 향한 작은 봉오리의 생명을 향한 힘은 어찌할 수 없는 것이다.

시인은 시집의 후반부에서 많은 수의 이야기 시편을 남기고 있다. 이러한 시의 대부분은 동물과 얽혔던 일상이나 동물의 생태를 통한 삶의 지혜를 말하고 있다. 그것은 "살아가면서 내 품이 이만큼만 컸으면 좋겠다"(「품」)고 하는 시인의 말 속에서 더욱 신뢰감을 갖게 한다.

세상의 복잡한 일들과는 절연된 삶의 모습 속에서 오히려 자연의 세서한 일상과 더욱 분주하게 사는 것이 시인의 삶이다. 그 속에서 비움을 통한 가득함의 세계, 넓은 품으로 큰 산을 한 아름에 안을 수 있는 세계가 더욱 넓어지기를 바라본다.

유폐된 원형의 꿈과 그리움의 시학

─윤지영 시집『물고기의 방』

　인간에게 시원(始原)에 대한 향수나 갈망은 본성적으로 잠재된 인식이다. 이러한 인식은 일상을 영위할 때는 은폐되어 있다가 스스로를 되비쳐볼 때 은연중 발견된다. 문제는 어떤 대상을 되비쳐보느냐에 있을 것이다. 모든 대상의 근원은 자아의 분신으로 집약될 것이지만, 그 양상은 시인들마다 각기 다르다. 크게 보자면 외재적으로 가능할 수 있는 모든 대상들을 통해 이루어질 때도 있으며, 스스로에게 가면을 덧씌움으로써 가능할 때도 있을 것이다. 윤지영의 시는 후자에 가깝지만, 자아를 직접적으로 드러내면서도 자아를 대상화한다는 측면에서 좀 다른 면이 있다.

　먼저 윤지영의 시는 반성적 사고의 지반 위에서 자신의 신열과도 같은 감성적 세목들을 표출해낸다. 자기반영적인 시쓰기에서 꿈꾸는 것은 '지금 여기'에서의 자아가 불편한 자아임을 고백하고 다시 시원을 향한 목마름으로 향하도록 진행된다. 윤지영의 시 전체를 관통하는 이 '그리움'의 정서는 이러한 갈급함에서 연유된 듯 보인다. 그러나 윤지영이 깨닫는, 혹은 느끼는 시적 정서는 '발견'이 아니라 '운명'임을 스스로 말하고 있다.

시집의 서시(序詩)격인 「그 여자 이야기」에서 이렇게 말하고 있다.

> 이 불은
> 이제 막
> 하늘을 찢고 떠오르려는
> 그믐달의 날렵한 끄트머리와
> 언덕 위의 마른 나뭇가지가
> 단 한 번
> 부딪혀 시작된 것이다
>
>
> 좁은 길을 따라 내게 번져 온 것이다

위 시의 마지막 연에서 "내게 번져 온 것이"라고 시인은 말한다. 그 불은 자신이 낸 것이라기보다는 내게 번져온 것이라는 말에 주목할 수 있다. 이 말은 자신의 시적 방향이 어쩔 수 없는 '운명'의 길에 놓여져 있음을 의미한다. 그렇기 때문에 운명적 자아의 자세는 유랑이나 습속에서의 구도자가 아니라 자신의 운명과 싸워야 하는 내적 방황에 그 기반을 둔다. 좀 과장된 해석일지는 모르겠으나, 윤지영 시 전반이 대상에 대한 관조보다는 대상을 자신 안으로 끌어들이는 동화(同化)의 측면이 지배적이라는 점을 감안한다면 이해의 폭이 좁아질 수 있을 것이다. 즉 그녀의 시는 길가의 꽃을 관조하기보다 꽃을 내재화하여 다시 자신의 운명과 조우하는 새로운 존재로 재확인하는 테제로 쓰이고 있다.

또한 자신의 존재에 대한 긍정과 부정을 통한 확인이 새로운 세계에 대한 갈망으로 점쳐지기도 한다. 그녀의 청춘 수첩에는 "눈발이 날리고"(이하 「12.31. 눈보라」) "오한이 밀려드"는 겨울 풍경이 그대로 재현되고 있다. 그 세계는 "하나의 세계와 또 하나의 세계가 교차하는 곳"이며, 혹은

"아무리 애써도 발 들여놓을 수 없는 세계"이다. 그리고 "하나의 세계를 마감하고 또 다른 세계로 넘어가"고 싶은 갈망의 공간이 청춘 수첩에 등장하는 "눈보라" 들이치는 겨울풍경이다.

이러한 비상에의 갈망을 가장 집약적으로 보여주고 있는 시가 「물고기의 방」 연작이다.

물 속에 갇힌 물고기를 보셨나요?
나의 방은 물이 아니랍니다.
나를 하늘가에 매달아 주세요.
동그란 나의 방도 같이
봄이 맴도는 가지 끝
목련꽃 봉오리 옆에 나란히

나의 방은 물이 아니랍니다.
너무나 말개서 아무나 들여다보는 나의 방은
물이 아니었으면 좋겠어요.
나를 누구의 손도 닿지 않는
높고 높은 하늘가에 매달아 주세요.

햇볕이 나의 방을 동그랗게 데우기 시작하면
가장자리부터 한숨 한숨 증발하는
내 방의 투명한 잔해들을 바라보며
나는(飛) 연습을 할거예요.

돌돌돌 말려 있던 목련 꽃잎이
올올이 펼쳐질 날을 기다리며
아무도 볼 수 없는 그곳에서

  시인이 생각하고 꿈꾸는 공간은 지금 현재의 '유폐'된 곳이지만, 그 유폐의 공간은 어둡고 침침하고 습기많은 공간이 아니라 투명한 공간이다. 그것을 '투명한 유폐'라고 부를 수 있다면, 그 투명한 유폐의 공간은 비상을 꿈꾸는 꿈의 공작소이다. 물 속에 갇힌 물고기는 선명하고 아름다운 이미지를 가지고 있다. 하지만 물고기의 호흡소리는 우리와 단절되어 있으며 그 단절로 더욱 매혹적인 이미지를 가진다. 시에서의 자아는 물로 둘러쌓인 방에 있지만, 물고기의 방처럼 "너무나 맑개서 아무나 들여다보는" 방이다. 시인은 물고기의 가면을 빌려 자아의 유폐된 꿈과 비상에의 꿈을 역설적으로 그리고 있다.

  이렇게 시의 화자는 동일화된 시적 분신으로 나타난다. 이 정황은 물 속에 갇힌 물고기의 이미지와 자신의 방(내면) 속에 갇힌 시적 자아의 이미지가 자주 일치되는 지점에서 더욱 확연해진다. 물고기의 삶의 공간은 물이다. 물 속에 갇힌 물고기란 일상을 유폐의 공간으로 인식하는 불구의 물고기와 다름 아니다. 이러한 물고기는 자신의 방이 물이 아니라고 말한다. 아름다운 이미지를 가지고 있으나 건강한 숨소리는 탈각된 불구의 풍경이 바로 윤지영의 내면 풍경이다.

  윤지영이 마련한 물고기의 방은 갑자기 생겨난 공간이 아니다. "가장자리부터 한숨 한숨 증발하는" 것처럼 "가장자리부터 얼어간다./깨어질 듯 위태로"운(「물고기의 방 3」) 모습으로 비춰진다. 그곳은 "견고하지는 않으나 투명한"(「물고기의 방 4」) 공간이며 "심해로 내려가는 계단"처럼 은밀한 공간이다.

  물고기의 방으로 표상되는 자아의 유폐된 정황을 통해 일련의 몸짓을 발견할 수 있다. 그것을 하늘로 날으려는 비상에의 욕구라고 말할 수 있다. 이는 "하늘가에 매달아" 달라는 자아의 반복된 요구나 "나는(飛) 연습"을 한다는 자아의 각오를 통해서도 드러나며, "눈을 뜨고 꿈을 꾸는 물고기"(「물고기의 방 2」)의 표정이나 "하늘로 올라가"(「물고기의 방 3」) "노래를" 하는 물고기의 행동을 통해 짐작할 수 있다. 또한 이러한 욕망은 겨울이라는 계절을 견디고 봄을 기다리는 시간의 순환원리 속에 존재해 있다. 방 밖에는 눈이 내리는 풍경(「물고기의 방 2」)을 지나 "우수와 경칩 사이"(「물고기의 방 3」) 혹은 목련이 피고 "봄이 맴도는" 계절 속에서 비상의 뜻을 품는다.

　시인이 비상을 꿈꾸는 자기만의 방을 갖게 된 연유가 막연한 인식에서 출발하지는 않을 것이다. 그가 생각하는 관념적 공간은 비교적 생생한 삶의 증언으로 먼저 표출되고 있다. '담장 밑의 아이들'의 부제를 단 일련의 시편들을 통해 유년 시절의 흑백 풍경을 잘 묘사해내고 있다.

　　반지하, 아침은 늘 반쯤만 찾아 왔다.
　　…(중략)…
　　반지하의 시계는 언제나 반 박자씩 늦게 갔고, 주인집의 시계는
　　반 박자씩 앞서 갔다. 시계 바늘과 시계 바늘이 만든 공터에서 반지
　　하의 아이가 반쯤 졸다 반쯤 깨는 사이 저무는 반나절, 누렇게 뜬
　　어느 봄날

　　어느덧
　　반지하에도 밤이,
　　밤만은 온전히
　　찾아오곤 했다. 반쯤 흐릿한
　　형광등을 켜도 바퀴벌레가
　　도망가지 않는 방이었다.
　　　　－「반지하 생활자의 아이－담장 밑의 아이들 1」 부분

유년 시절 시적 화자의 일상은 '반지하'에서의 생활로 시작된다. 시어에서 확인할 수 있듯이 반지하라는 공간적 체험이 모든 사물들을 반쪽의 형상으로 이해하고 반쪽의 감수성을 갖게 만드는 요인이 된다. "아침은 늘 반쯤만 찾아 왔"고 시간에 대한 인식도 마찬가지로 "반 박자씩 늦게" 가거나 "반 박자씩 앞서" 갔다. 또한 "반쯤 졸고" "반쯤 깨고" 하루의 날도 "반나절" 저무는 풍경 속에 있다. 그러나 모든 것들이 반쪽인 결핍의 세계에서 유일하게 온전한 시간은 "밤"의 시간이다. 시인에게 "밤"은 자신을 들여다보는 자기만의 시간이며, 이 시간만큼은 "물고기의 방"을 가질 수 있는 시간인 것이다. 이러한 경계에 선 의식이 시인에게 유년의 체험을 통해 서서히 싹터온 것이다.

그의 체험 속에서 내재된 비상에의 욕망은 자기만의 방을 확보하여 자신의 비밀한 언어를 매만지는 내적 경험을 통해 이루어진다. 그렇기 때문에 윤지영 시의 언어는 대사회적인 발언보다 저만의 고유한 공간 속에서 아무도 짐작하지 못하는 비밀의 언어를 간직하는 언어이다.

오늘도 나는 꿈속으로 들어간다
푸르른 꿈속은 언제나 비
넓게 드리워진 바오밥나무 위에
하늘이 내려와 조용히 깃을 접는다. 모두 젖고 있다.

오늘도 나는 내 꿈 속 바오밥나무 아래 잠든 그를 찾아 간다

그는 백만 년째 꿈을 꾸는 사람
떨어진 바오밥나무 잎사귀처럼 돌아누워
백만 년째 내리는 빗줄기에 백만 년째 지워지는 줄도 모르고
꿈을 꾸는 사람, 오늘은 가늘게 떨리는 어깨가 지워지고 있는 중

이미 지워진 그의 거친 발뒤꿈치를 어루만지다 하염없이 발걸음
을 돌리는
나는 그의 꿈 밖을 백만 년째 서성이는 사람, 지루한 사람

그의 어깨가 마침내 다 지워진 아침
백만 한 번째 비가 내리는 아침

—「꿈꾸는 사람, 둘」 부분

시인은 유일하게 온전한 시간을 맞이한다. 그 시간을 맞이하는 공간은
물고기의 방이다. 그리고 꿈속으로 들어간다. 그 꿈속은 "모두 젖고 있는"
"언제나 비"였다. 그리고 자아는 "내 꿈 속 바오밥나무 아래 잠든 그를 찾
아 간다". 그는 누구인가. 내 꿈 속의 등장인물일 뿐이지만 윤지영의 시에
서 '그'는 자주 시적 자아와 겹쳐진다. '그'는 구체적 인칭대명사라기보다
화자의 또다른 자아처럼 느껴지는 연유는 무엇일까.

그것은 윤지영의 시적 화자가 환몽으로 완전히 잠입해 있지 않고 이성
적 자아와의 사이에 놓여져 있기 때문이다. 윤지영의 시에는 물고기의 방
에서 꿈속을 몽상하는 자아가 등장하지만 그 자아는 꿈속에 몰입하기보다
는 꿈속에 존재해있는 자아를 지켜보거나 확인하는 모습으로 나타난다.
"나는 그의 꿈 밖을 백만 년째 서성이는 사람, 지루한 사람"이 바로 "나"이
면서 "그"이다. 즉 윤지영의 자아는 꿈속의 몽환 속을 걷고 있다가 그것을
지켜보는 이성적 자아가 늘 또다른 시선으로 지켜보고 있는 것이다. 시적
자아와 함께 하는 인물의 정황 또한 자아와 전혀 다른 타자가 아니라 자아
가 마련해놓은 분신일 경우가 많다. "아무 데도 가지 못하는 벤치에 나란
히 앉"아(「상상」) 있는 풍경은 "각자의 바람"이며 각자의 떠날 곳을 예비하

는 모습으로 비춰지지만 "우리"라는 공동의식은 "꼭 잡은 두 손은 기다릴
것이"라는 다짐을 하게 한다.

1
그리움의 끝에 네가 맺혀 있다

소리 없이 흘러 한 방울이 된,

그 동그랗고 촉촉한 구체(球體)에 나의 시간을 뿌리내렸다.

자랄수록 짧아지는 시간의 줄기

2
백만분의 일초마다 꽃을 피우는 내 방의 시계
벚꽃 같은, 능소화 같은, 유도화 같은
시간이 자란다. 아프게 아프게 뿌리내리며
몸서리치다가도 시간이 되면 만발하는
치자꽃, 라일락, 감귤꽃 같은 계절
속에 완강하게 등 돌리고 앉아 있는 너

내 방의 시계는 시간을 키우고
동그랗고 촉촉한 원형질은 마르지 않는다.

3
뿌리 끝으로 내려가 겨울잠을 청한다.
—「그리움의 원형」 전문

윤지영 시의 감성적 원형은 그리움일 것이다. 그 그리움이 담장 밑 유년 시절의 기억에게도 닿고 자아의 맨머리에도 닿으며 먼 시원을 향한 인식의 촉수에까지도 닿는다. 시집 후반부에 아슬하게 놓여진 "초경, 벚꽃 같은" 아릿한 감상들도 이 그리움의 너울로 인해 흘러간다. 윤지영은 그리움의 힘으로 시를 쓴다. "그리움의 끝"을 완성하려는, 아니 도달하려는 그리움의 물방울 끝에 자신의 시간이 바쳐진다. 그 "동그랗고 촉촉한" 그리움의 원형이 마르지 않는 시의 원천일 것이다. 그 샘에서 언어의 물을 기르기 위해 "뿌리 끝으로 내려가 겨울잠을 청"할 것이지만, 그 몸짓이 또 다른 세계로 이행하는 꿈의 흔적이며 비상이 될 것을 기대해본다.

'흥'의 시학

― 김영남 시집『푸른 밤의 여로』

　　문명사회에 소속된 한 개체로 살아가기 위해서 인간의 고독은 필수불
가결한 것처럼 보인다. 핵가족화가 사회에 고착되면서 공동체가 주는 보
편적 신념과 공동의 정서는 점점 희박해져 가고 있다. 이러한 사정은 시에
서도 마찬가지여서 보편적인 정서와 언어보다는 단독자로서의 개별적 언
어가 더 가치있게 평가되고 있다. 물론 문학의 본래 가치는 개성이 가장
중요한 덕목으로 꼽힌다. 그럼에도 불구하고 이 개성이 자신의 내면으로
만 편파적으로 향할 때, 우리는 더욱 우울한 감정적 결말을 얻곤 한다.

　　이러한 시대에 시가 대중에게 주는 문학적 역할에 대해 또다시 생각하
게 된다. 문학의 역할이 한두 가지가 아니라 여러 가지이며 또한 시를 쓰는
창작자 개개인마다 각기 다른 관(觀)과 지향성을 가진다는 것은 당연한 사
실이다. 하지만 문학의 역할이 한 곳에만 쏠려 있는 현상도 생각해봐야 할
점이다. 그런 의미에서 김영남의 시가 우리에게 시사하는 바가 있다. 그것
은 시가 대중에게 다가서기 위한 것으로 먼저 문학성이 담보되어야 한다
는 점이다. 또한 그러기 위해서 고도의 시적 전략이 필요하다는 점이다.

김영남은 앞서 출간한 두 권의 시집을 통해 다양한 시적 방법론으로 주목받아 왔다. 그 방법은 무거운 시적 주제를 흥미로운 시적 전개로 치환하면서 독자들에게 보편적인 감동을 주는 방식으로 이루어졌다. 다양한 오브제를 가지고 모든 감각들을 동원한 폭넓은 상상력을 보여주었다. 이러한 독특한 방법론을 시인 스스로 '경제 경영학적 시 쓰기'라는 시관으로 정립해 놓은 것도 인상깊은 일이다.

> 비가 내린다. 비가
> 떠난 그녀가 좋아하던 봄비가 내린다
> 삼각지에 내리고, 노량진에 내리고, 내 창에도 내린다.
>
> 내 창에 내리는 비는 지금
> 고년! 미운 년! 몸쓸 년! 하면서 내린다.
> 머리끄덩이를 잡고 끌면서…… 길게 내린다.
> 비가 욕을 하면서 저렇게 길게 내리는 것은
> 또 처음 본다.
>
> 비가 내린다 비가
> 을랑이 엄마, 내 유리창에만 유독 저주스럽게 내리는 이유를 아느냐?
> 모른다면 아는 척이라도 하며 저 내리는 비에게 박수를 쳐라.
> 박수 칠 기분이 아니라면 커튼이라도 좀 쳐라.
> 비가 내린다 비가.
> 불 켜고 있기에 좋은 비가 내린다.
> 내소사에서 사온 촛불에 내리고, 모항 '호랑가시나무 찻집'에 내린다.
>
> —「고년! 하면서 비가 내린다」 부분

위의 시에서 보듯 비가 내리는 속성, 즉 청각적 이미지를 '고년!'이라고 듣는 치환을 통해 감정의 변화를 전달하고 있다. 또한 비가 내리는 것에서 "고년! 미운 년! 몹쓸 년!"으로 "길게 내리"는 것으로 "욕을 하면서" 내리는 모습을 통해 대상과의 유사성이 파생된다. 주목할 점은 이러한 유사성이 쉽고 재미있는 비유를 통해 이루어진다는 점이며, 시적 전개는 사물에서 인간으로 옮겨간다. 즉 이 시에서 자아는 사물에 자아의 감정이 개입되어 있는 상황으로 출발하며 그런 방법으로 사물을 의인화시키고 있다. 더불어 사물을 인식하는 자아의 독특한 감각적 체험은 자아와 관계 맺고 있는 다른 타자와 관계를 맺기 위한 체험이다. "을랑이 엄마"는 자아와 직접적인 혈연관계에 위치해 있는 대상이다. 그리고 마지막 연에서 비가 내리는 장면을 통한 감각이 다시 자아에게로 되돌아온다. 시인은 "이제 비는 더 이상 내리지 않고/내 가슴속에서만 내린다."라고 말한다.

위의 시처럼 고정관념을 깨는 제목과 내용을 바탕으로 독자들에게 흥미와 삶의 진실을 깨우치게 하는 시적 방법론은 앞의 시집 『정동진역』, 『모슬포 사랑』에서 다양한 변주를 통해 소개되었다. 또한 이러한 시적 방법론은 많은 평자들에 의해 주목되었다. 김영남의 세 번째 시집 『푸른 밤의 여로』는 이러한 시적 방법론의 특성보다 첫 번째 시집부터 지금까지 이어져 오고 있는 세계관의 여정을 파악하는 지점에서 더 의미있는 시읽기가 되리라 생각한다. 특히 그의 시 전편에 '풍류(風流)'와 '흥'의 한국적 미학이 잠재되어 있다고 판단하고 이에 근거하여 시를 읽어보고자 한다.

원래 '풍류'라는 말은 동양을 아우르는 미학적 특성이다. 또한 '풍류'는 식자 계층의 유유자적에서 나온 한량의 의미가 아니라 전 계층을 아우르는 삶의 태도이다. 신은경은 그의 저서 『풍류』(보고사, 1999)에서 한·중·일 삼국에서 쓰고 있는 풍류라는 말은 대체로 멋스럽고 품격이 높고 속세를 떠나 있는 것, 미적인 것에 관계된 의미범주를 지칭하는 개념으로 인식되어 왔다고 말한다.[1] '풍류'란 용어를 처음 사용한 중국에서는 '바람(처럼)

이 흐르다'의 의미로 쓰였고 우리나라에서는 고려시대에 놀이적·예술적 요소가 부각된 말로 쓰였다. 이것이 조선시대에 이르러서는 종교성이나 선풍적(仙風的) 의미는 상실된 채 연락적(宴樂的) 개념으로 일반화되었으며 한량들의 잡스런 놀이라는 식으로 의미의 타락이 이루어져 가는 것도 보이게 된다.

본래 풍류의 본질은 놀이적 요소를 강하게 지니고 있다. 이 놀이는 서구 시학의 유희 개념과 흡사하면서도 다른 면이 있다. 풍류에서 놀이란 속박됨이 없이 무한의 세계에서 노니는 것을 의미한다.

일단 무겁고 뚱뚱하게 들린다.
아무 옷이나 색깔이 잘 어울리고
치마에 밥풀이 묻어 있어도 어색하지 않다.

그래서 젊은 여자들은 낯설어 하지만
골목에서 아이들이 '아줌마' 하고 부르면
낯익은 얼굴이 뒤돌아본다. 그런 얼굴들이
매일매일 시장, 식당, 미장원에서 부산히 움직이다가
어두워지면 집으로 돌아가 저녁을 짓는다

그렇다고 그 얼굴들을 함부로 다루면 안 된다.
함부로 다루면 요즘에는 집을 팽 나가버린다.
나갔다 하면 언제 터질 줄 모르는 폭탄이 된다.
유도탄처럼 자유롭게 날아다니지 못하겠지만
뭉툭한 모습을 하고도 터지면 엄청난 파괴력을 갖는다.
이웃 아저씨도 그걸 드럼통으로 여기고 두드리다가

---

1) 이하 풍류, 흥 등의 개념과 인식방법에 대한 내용은 신은경의 저서를 참고했음.

집이 완전히 날아가버린 적 있다

우리 집에서도 아버지가 고렇게 두드린 적 있다.
그러나 우리 집에서는 한 번도 터지지 않았다.
아무리 두들겨도 이 세상까지 모두 흡수해버리는
포용력 큰 불발탄이었다. 나의 어머니는.
ㅡ「'아줌마'라는 말은」 전문

일반적으로 아줌마라는 말에 대한 잡설과 유머들이 흔히 존재한다. 이런 말들은 아줌마를 비하하거나 조롱하면서 흥미를 유발한다. 일단 위의 시는 제목에서부터 흥미를 유발하도록 하고 있다. 우리가 흔히 알고 있는 '아줌마'라는 말과 무언가 다른 이야기가 있지 않을까 짐작해보는 것이다. 1연과 2연에서는 흔히 알고 있는 아줌마를 묘사하고 있다. 그러나 3연에 들어오면 아줌마가 함부로 다루면 안 되는 불발탄이라고 말한다. 그러한 이유가 삶의 사연을 통해 소개된다. "이웃 아저씨"는 타자가 아니라 바로 나, 혹은 우리들의 모습이다. 이러한 아줌마는 어느 집에나 있기 마련이다. 바로 우리의 어머니인 것이다.

아줌마가 어머니로 변할 때 그때는 같은 아줌마라 하더라도 달라진다. 어머니는 "아무리 두들겨도 이 세상까지 모두 흡수해버리는/포용력 큰 불발탄"인 것이다.

위의 시는 첫 번째 소개한 「고년! 하면서 비가 내린다」처럼 흥미로운 관점으로 대상을 이리저리 살피고 관조하다가 삶의 중요한 의미를 깨닫게 하는 방법론을 가지고 있다. 또한 위의 시는 '놀이'라는 관점에서 시작하고 있다.

문학이 놀이의 관점으로만 치우치게 될 때는 문제시 된다. 놀이는 지치게 마련이고 놀이를 통해 저절로 얻어지는 어떤 의미망들이 존재해야 한다.

여기에서 '미적 요소'는 중요한 점으로 부각된다. 시에서도 마찬가지다. 시가 미적 요소를 담보해내지 못한다면 그 시는 많은 독자들에게 유희를 전달해 준다 할지라도 가슴에 오래 남는 작품이 되지 못한다. 시에서의 미적 관점은 여러 각도에서 의미있는 미학적 특성을 보여주는데 김영남의 시는 우리가 흔히 말하는 전통적인 시론의 방법론을 뛰어나게 잘 구현한 시들을 선보이고 있다.

> 느티나무 집
> 부엌 아궁이에서 불 지피던 아낙이
> 우는 아이 달래러 방에 들어갔군요.
>
> 느티나무 지붕 굴뚝에서
> 긴 손이 포근하게 나오는 걸 보니
>
> 그 손 또 높은 곳으로 올라가
> 아직 태어나지 않은 나라 아이들
> 기저귀까지 갈아주고 있는 걸 보니
>
> 이윽고 온 하늘 메우는
> 저 향기로운 파우더, 파우더……
>
> 예쁜 개울 토닥이가 아낙도
> 함께 잠들었군요.
>
> —「개울가 눈 오는 풍경」 전문

동화적 상상력이 돋보이는 작품이다. 요즘 동화적 상상력은 광고나 영화 등의 영상매체에서 많이 사용되고 있다. 시는 모든 사물을 의인화시키

고 있다. 사물을 의인화시키는 것은 자아와 대상간의 거리가 작고 자아가
대상을 바라보는 시선에 인간적인 감정이 들어가 있음을 의미한다. 지붕
굴뚝에서 연기가 나오는 이미지를 "긴 손이 포근하게 나오"는 것으로 묘
사한다. 또한 연기가 하늘로 풀풀 날리는 모습을 "아직 태어나지 않은 나
라 아이들/기저귀까지 갈아주고 있"다고 표현한다. 이러한 정황은 마지막
행까지 이어진다. 연기는 "파우더"로 온 하늘을 메우다가 "예쁜 개울 토닥
이다"다가 "아낙도 함께 잠드는" 모습으로 끝이 난다. 위의 시가 아름답고
환상적인 이미지로 머리에 각인되는 것은 연기를 의인화시켜 바라보고
있으며, 그러한 상황이 동화적 상상력을 통해 이루어지고 있기 때문이다.
또한 이러한 상상력이 공간 이동을 통해 상상력의 폭을 넓히고 있다.

골목이 시작되고, 골목 옆구리
파도 출렁대는 곳에 환한 창이 있다.
그 창에선 초저녁부터 김칫국 냄새가 번지고
가끔 웃음소리도 들리곤 한다. 그런데 빠져나온
웃음소리 하나가 창을 부풀게 한다.
자꾸만 부푸는 게 커다란 분홍 풍선이다.
쪼그리고 앉아 그 풍선 잡고 있으니 내가 질질 끌려간다.
끌려가 감나무에 걸려 대롱대다
바다에 빠져 죽을 것 같아 안간힘으로 버티어본다.
그러자, 갑자기 내 어머니가 나타나고 쓸쓸한 우리 집 식탁이 보
인다.
식탁 너머 내 이른 귀가를 기도해 주던 상도교회 구역장님이 지
나가고
복슬 강아지, 검은 고양이, 군고구마 아저씨도 지나가고……
지나가지 않아야 할 것들도 지나가고 있어
난 잡고 있던 풍선을 그만 놓아 버린다.

에구머니나, 분홍 풍선이란
잠자던 것들까지 깨워 띄우는 신기한 기구.
허름한 유리창에선 더욱 높게 빛나는 밤하늘의 별,
찬 바람 불면 더욱 슬프게 펄럭이는 어선의 깃발.

난 그 풍선을 잡고 먼 나라로 가고 싶다.
항구란 배만 타는 곳이 아니라 그런 풍선을 잡고
더 따뜻하고 아늑한 나라로 출발하는 곳임을,
풍선에 바람이 빠져버리면
예서부터 흔들리는 귀환이 시작되는 곳임을
배운다, 마량항 부둣가에 고둥처럼 붙어.
―「마량항 분홍 풍선」 전문

위의 시 또한 상상력이 돋보이는 작품이다. 일상적인 저녁의 골목과 창문의 풍경에서 웃음소리가 분홍 풍선으로 바뀌면서 시의 화자는 풍선을 타고 이리저리 날아다닌다. 「개울가 눈 오는 풍경」처럼 동화적 상상력이 미학적으로 구현된 작품이다. 그 풍선은 화자를 자신의 기억속 변두리의 모습과 현재 자신의 모습을 함께 보여주면서 자아를 성찰하게 만든다. 또한 자신의 모습을 성찰하는 것에 그치지 않고 주변 타인들의 모습까지 비추면서 자신이 사회 속의 한 일원임을 자각하게 하고 그 자각은 다시 자신의 정체성을 확인하는 곳에까지 이른다. 풍선은 화자에게 "잠자던 것들까지 깨워 띄우는 신기한 기구."이며 "밤하늘의 별"이자 "어선의 깃발"인 것이다. 이러한 풍선은 화자를 "먼 나라로 가고 싶"게 만든다. 그 나라는 "더 따뜻하고 아늑한 나라"이다. 위의 시는 작은 항구의 골목길의 공간에서 웃음소리를 시작으로 풍선을 타고 기억과 가족과 이웃과 자신의 내면 풍경까지 돌보는 상상력을 보여준다. 풍경을 관람하는 상상력에 그치지 않

고 다시 새로운 세계를 희구하는 자아의 이상을 보여주는 데까지 상상력
이 진폭을 거듭하고 있다.

자연은 인간에게 가장 원초적이고 본질적인 감성을 준다. 인간에게 자-
연친화는 가장 안락한 공간에서의 쉼이며 그 쉼을 통해 본래적 면모를 회
복하고 자각하며 반성하게 된다. 그래서 자연은 인간을 둘러싸고 있는 풍
경이나 사물로 인식되지 않고 인격화된 존재 혹은 위엄을 가진 존재로 인
식하기도 한다.

김영남의 시에는 자연친화적인 세계가 돋보인다. 이러한 점은 고향의
풍광과 풍물들에 관심을 가지면서 더욱 깊은 자기세계를 만들어내고 있
다. 김영남에게 있어 「정동진역」과 「모슬포 사랑」으로 대표되는 이전의
자연은 낭만적 요소가 강하게 내포된 풍경이다. 시인은 그 자연을 통해 도
시에서 잊혀진 감성적 세목들을 하나씩 되짚어보면서 잠자던 감성을 일
깨우는 세계를 그렸다. 이러한 자연친화가 이번 시집에서는 고향의 풍물
과 공간을 바탕으로 쓰여지고 있다. 이러한 점은 낭만적 자유로움에서 자
신의 시원(始原)에 대한 회귀와 탐색으로 성격이 변화됨을 의미한다. 풍류
란, 자연만물·삼라만상과 교유하는 태도와 관련된 것이다. 단순히 자연을
배경으로 그 외관만 감상하는 것이 아니라, 그 안으로 들어가 함께 호흡하
고, 생명의 리듬을 자연의 리듬에 일치시키는 것, 그리하여 인간의 모태라
할 수 있는 자연으로 회귀해 가고자 하는 자연관이 풍류의 핵심이라 할 수
있는데 김영남의 시에서는 이러한 점이 잘 형상화되어 있다.

김영남의 시는 흥미의 요소와 미학적 요소, 자연친화적 요소가 다 내프
되어 있지만 가장 중요한 점은 자유로움을 추구한다는 데 있다. 많은 시편
들에서 삶을 구속하고 얽매이게 하는 굴레를 벗어나 낭만적 풍류를 만끽
하는 자아가 출몰한다. 현실로부터 벗어나 새로운 풍경을 만나고 그 만남
을 통해 잊혀진 감성과 감각을 깨닫는 것은 시인이 자유로움을 중요한 덕
목으로 삼고 있다는 점을 시사한다. 그렇다고 시인이 자연에 안주하여 안

빈낙도의 삶을 추구하는 것은 아니다. 은거하는 자연이 아니라 늘 꿈꾸고 찾아다니는 자연이 김영남의 풍경이다.

'흥'은 한국적인 의미에서 가장 상승되고 충만한 감정이다. 이 '흥'을 통하여 슬픔을 달래기도 하고 고조된 정서를 누르기도 하며, 즐거운 기분을 오래 누리게 한다. '흥'은 근본적으로 이 세계의 밝은 부분에 시선을 향하게 하며 긍정적이고 즐거운 감정을 갖게 한다. 김영남의 시를 읽으면 이러한 흥의 기운을 느끼게 한다. 즐겁고 따뜻해지며 밝아지는 느낌이 들게 한다. 지리멸렬한 삶의 시간들 속에서 더 지리멸렬한 시를 읽으며, 더욱 우울해지는 시읽기의 체험을 겪어본 사람이라면 김영남의 시가 자리한 '흥'의 기운이 소중한 매혹임을 실감할 것이다.

또한 흥에 내포된 즐거움의 요소는 주변의 사물이나 사람, 나아가서는 삶 자체에 대한 따뜻하고 긍정적인 시각이 담겨 있다. 조화로운 세계로 이르기 위해서는 모든 갈등과 불화의 만남을 통해서만 이루어진다. 김영남의 미학적 '흥'은 강진에서 마량까지, 정동진에서 모슬포를 거쳐 장흥으로 돌아오기까지의 여정 속에 존재해 있다. 이 여정은 삶의 한과 슬픔을 모두 껴안은 자의 넉넉한 웃음과 함께 한다. 그 웃음이 둥긂의 세계를 만들고 "둥글다는 건 슬픈 것"이라는 세계를 "푸른 밤의 끝"을 통해 우리에게 일러주는 것이다.

소멸의 자리에서 진화하는 生의 감각

– 배용제 시집 『이 달콤한 감각』

단언하건대, 나는 부패한 집이고 몽상이고 노래다.
나는 동요하지 않는다.
–「꿈의 잠언」에서

배용제가 스스로를 '부패한 집'이라고 한 연유에는 이 세계의 보편성에 대한 강한 부정이 함의되어 있다. 그의 시집 해사문에서 볼 수 있듯이 이 보편성은 "헛것들에게 최면이 걸려 있"는 것이고, 이 '헛것들'은 '만진다는 것', '본다는 것', '보편이라 것'과 등가물을 이루고 있다. 이러한 인식의 밑바탕에서 출발할 때 그의 시가 '몽상'이 되고 '노래'가 되는 것이다.

이러한 몽상의 노래가 이전 시집에 있었던 '죽음'에 대한 천착으로부터 한 발 비켜가 있게 하는 원인이 된다. 배용제는 이번 시집에서 "내 정신은 끊임없는 환각속으로 진화"(「꿈의 잠언」)하고 있다고 말하면서 '환각'과 '진화'에 인식의 머리를 집중시키고 있다. 마찬가지의 의미로 이번 시집에서 배용제의 시가 죽음의 풍문들을 거느리고 있다는 얘기는 진부한 것처럼 느껴진다. 첫 시집에서 이미 세기말이라는 끝자락에 배용제는 한 발을 들여놓았을 뿐, 그의 시는 세기말의 코드와 다른 맥락으로 읽을 때 그가 말하는 '보편'이라는 것의 헛것이 선명하게 들여다 보인다. 굳이 그가 죽음을 말한다면, 그는 타자의 죽음을 통해 공동체적 실존의 위기를 말하지 않는다. 그의 죽음은 오히려 공동체가 지금껏 잘 정돈한 인식의 화석화를 말한다. 이 화석의 실체를 스스로의 인식의 진화에 의해 묻고자 하는 것이다.

그의 시는 사물, 혹은 대상의 소멸의 자리에 시선이 가 있다. 그 소멸에서 살아있음, 꿈틀거림을 발견하는 것이다. 이 발견은 관조와 관찰의 발견이기 보다는 인식에 의한 발견이다. 인식에 의한 발견이었을 때 '환각'이 '진화'로 생장할 수 있기 때문이다. 이 소멸에 가 닿는 인식이 바로 '몽상'을 가능하게 하는 에너지원인 것이다.

사라진 것이 아니다
해가 질 때 지상의 먼지들이 붉게 타오르는 건
아직 뜨거움이 남아 있기 때문이다
먼지들의 혈맥 속에 진한 피가 돌고 있기 때문이다
소멸을 위한 춤이 아니다
무거운 형체를 꺼내놓고 잠시
한때의 가벼움을 향해서 제사를 올리는 것,
환생의 사원에 들러
아름다운 그림을 그리는 것이다

우주에서 사라진 것은 없다,고 믿는
보편적인 사람들의 종교를 나는 믿는다

–「노을」 전문

이 시에서 '노을'을 바라보는 시적 자아는 '비의'를 발견하기 위한 부정의 태도로부터 시작한다. 대개 노을이 소멸에 봉사하는 보편적인 자연 현상임에도 불구하고 그는 이 보편이라는 것을 깨버리려고 노력한다. 보편이라는 것들, 즉 그가 말한대로 헛것들에게 벗어나고자 하는 시적 자아의 열망이 사물을 바라보는 시선에 비의적 몽상이 개입하게 만드는 요건이 되는 것이다. 이러한 역행의 보폭이 관습을 깨버리려는 시적 자아의 실천과 부합되고 있다. 가령, 「홀로코스트」에서 "검고 푸석푸석한 배설물이 가득"한 자리에서 "아이들은 잘 잔다"고 한 마지막 시행에서나, 「향기에 대한 관찰」에서 "부패의 꿈으로 매몰된다/그 속에서 뿌리들 번식하는 소리"라고 말할 때에는 소멸의 자리에서 비의를 발견하는 열망을 볼 수 있다. 즉 사소한 존재들에게서 지각하지 못하는 보편적인 인식에게 생의 비밀을 풀 수 있는 열쇄를 쥐어 주는 것만 같다. 이러한 시적 자아의 태도는 "나는 느릿느릿 고정된 생의 형태를 망가뜨리며/수많은 사물들 사이에 눕는다"(「향기에 대한 관찰」)라고 하면서 보편이라는 세계와 싸울 준비가 되어 있음을 암시하고 있다.

배용제의 시집은 '백밀러'가 '눈부신 배경'이 되는 '소멸의 자리'에서 '꿈의 잠언'으로 이동한다. '꿈의 잠언'의 모두에 시인은 "웃음조차 모래로 변"(「갈증, 혹은 우울증」)하는, 또는 "흔해빠진 광경에 지상은 관심을 두지 않"(「발효된 울음에 대하여」)는 현실에 대하여 자아는 자기부정의 몸짓을 취한다.

> 사막화 현상은 순식간에 일어났다
> 쩍쩍 갈라진 생각의 밑바닥에는
> 단단한 추억이 말라붙어 있거나

창백한 여자가 굴러다닌다
지친 발자국들은 넘어진 채로 잠들었다
몇 마디 말들은 녹슨 생각의 젖꼭지에 혀를 내밀었지만
침묵의 메아리만 텅텅 울린다
뜨거운 목숨에 휩싸인 공기의 부피만 자라난다
낡은 심장이 풀썩풀썩 먼지를 일으키며 뛰어다녔다
건조한 얼굴이 화석처럼 박혀 있는 침대 속과
식탁까지 사막이 밀어닥친다
모래를 먹고 모래를 배설한다
이곳에서는 웃음조차 모래로 변한다
태양보다 더 뜨거운 시간의 열기에 몸서리친다
만나는 누구라도 적으로 간주한다
내가 나를 서서히 허물어뜨린다
내가 나를 짓이겨 분해하고
내가 나에게 모래무덤이라는 팻말을 꽂는다
하늘은 여전히 기울어지지 않는다

—「갈증, 혹은 우울증」 부분

　이러한 자기부정의 몸짓은 "모래를 씹는데 살과 **뼈**가 부서진다/나를 우걱우걱 씹"(「몸, 타클라마칸」)는 마치 '자기학대'의 모습으로까지 치닫는다. 이러한 모습을 선명하게 드러내기 위해 '사막'과 '모래'의 이미지가 많이 등장하게 된다. 그러나 자아가 실천하는 극한의 몸짓은 생각해보면 이성적 자아에 대한 불신으로부터 출발한다는 것을 알 수 있다. 위에서 말한 '몽상'의 근거가 자기 내부의 부정과 보편적 세계의 파멸로부터 파생된다는 것을 여실히 보여주고 있는 것이다. 자아의 몽상은 "아무리 기다려도 잠이 오지 않는"(「불면증, 혹은 잠의 사이보그」) 형국으로 그려진다. 잠이 오지 않으므로 "짐승의 내장을 씹어 삼키고/온갖 사물들을 망가뜨리"(앞

의 시)면서 자기의 소리를 듣기 위해 노력한다. 결국,

> 모든 소리는 잠 속에서 들리는 메아리고
> 모든 풍경은 잠이 조립한 일회용이다
> 어쩌면 이것이 내 완전한 잠의 코드인지도 몰라
> 더 무겁고 딱딱해질수록 몽롱한.

자신이 생각하고 말하는 소리가 이미 보편의 자리에서 멀찍이 물러났음을 고백한다. 이 고백이, 보편에서 멀찍이 물러난 자리에서 스스로 생장하며 진화하는 감각들이 시인에게는 '달콤한 감각'이 되는 것이다. 설령, "나는 없고 꿈만 있다, 벗겨내도 껍질뿐인 나"(「꿈속에 꿈속에 꿈속에」)라고 하여 '씁쓸한' 느낌 속에 자아의 모습이 불편하게 투영되어 있다고 생각할 수도 있겠다. 그러나 배용제의 시는 이런 씁쓸하고 사소하고 지난한 모습들 속에서 몽상하며 진화하는 생의 감각들을 길어올리는 작업을 하고 있는 것이다. 이것을 읽는 일이 바로 '달콤한 감각'을 발견하는 기쁨인 것이다.

기원(起源)과 관계의 시학

― 박강우 시집 『병든 앵무새를 먹어보렴』

인간의 내면은 늘 흐르거나 진화한다. 내면이 유동적이라거나 진화한다는 의미는 내면이 어떤 영향에서 자유로울 수 없다는 말에 속한다. 인간은 언제나 자유를 가장 완전한 갈구의 대상으로 삼는다. 이것을 다시 말하면 역설적으로 인간은 완전한 자유를 누릴 수 없다는 말에 도달한다. 안타깝게도 인간은 하나의 자유를 얻으면 또 다른 자유의 세계를 꿈꾸곤 한다. 우리는 완전한 자유의 한계를 긍정하고 있다. 언제나 완벽함 속에 있지 못하고 불완전함 속에 머무는 것. 이러한 불완전한 세계 속에서 미치도록 그리운 신념이나 감정을 토해내는 노래가 詩 아니던가.

박강우의 시는 자아가 시적 대상과 맺는 관계의 중심 속에 놓여져 있다. 그 관계는 자아와 또 다른 자아, 혹은 자아의 가면을 쓴 무수히 많은 변장들과의 퍼포먼스를 시연하며 이루어진다. 그간 우리의 시적 질서에서 이루어진 관계는 자연과 인간과의 관계, 혹은 사물과 인간 사이의 관계를 탐색하면서 인간이 가지는 관계의 일방성을 성찰하는 방식으로 이루어졌다. 이런 연유로 관계의 설정은 다분히 근원적인 깨달음을 하나씩 성취해

가는 방향으로 이루어진다. 관계는 또한 거리이기도 하다. 그 거리는 차이나 유사성의 발견에서 발생하는 것인데 박강우의 시에서 시적 자아는 불투명한 대상과의 관계 속에서 그 차이의 단절을 그리고 있다.

시집의 첫 머리에 등장하는 「진단서」는 한 자연인으로서의 인간을 서류의 방식으로 보여주고 있다. 자신을 문서의 형식으로밖에 보여줄 수 없다는, 아니 의도적으로 자신의 가장 현실적인 모습을 문서의 형식으로 보여준다는 것은 어떤 의미를 함의하고 있는가.

박강우는 실제로 '박강우 소아과의원'이라는 병원을 운영하고 있는 현직 소아과 의사이다. 스스로가 의사이면서 다시 환자의 입장으로 자신을 역할 변경하는 모습. 소아과 의사이지만 자신이 집도하여 스스로를 진단하고 있는 모습을 볼 수 있다. 이 진단서에서 우선 발견할 수 있는 점은 자신이 스스로 병들어 있다는 점을 시인하는 병든 자아의 모습이다. 이 병든 자아는 '개똥지빠귀'가 집안으로 들어옴을 통해 육체적 고통이 내면으로 이동한다. 이러한 고통의 이동은 자신이 처한 시적 질서가 육체적 고통이 아니라 내면적 고뇌라는 점을 환기하고 있다. 개똥지빠귀는 자연인데, 바깥의 자연은 무화되고 바깥의 자연이 나의 내면 속으로 들어와 대신하고 있다. 자신의 내면을 감성의 세계로 보여주는 것이 아니라 진단 서류의 형식으로 보여주는 것은 내면의 핍진함을 드러내는 동시에 이 세계가 물질화되어 가고 있다는 점을 간접적으로 보여준다.

이러한 진단은 1부의 여러 편에서 보여주고 있는 레디메이드(ready-made)를 선취한 꼴라주(collage) 형식의 시적 작업을 통해서 확인할 수 있다. 「05-0002-나는 충전되고 있는 중」은 자아의 사물화를 보여주는 단적인 예에 속한다. 또한 「05-0003-디지털 유목민의 일기장에서 발췌」 또한 핸드폰 문자메세지를 보여주는 방식으로, 「05-0004-가볼 만한 천국 76」은 관광 코스를 소개해주는 광고를 통해, 「불멸의 바이러스-6개의 숨은 그림찾기」는 로또복권을 보여주는 방식으로 자아가 상품화 혹은 물질화되어 가는 모습을 보여주고 있다.

사실 이러한 시적 실험은 이미 전통이 오래된 방법론이다. 자신의 몸을 사물화시키고 정서적 반응의 집합체인 몸을 이성적 사유의 텍스트로 자리하게 하는 방법 말이다. 그러나 지난 연대의 이러한 해체방식이 사회학적 상상력의 산물이라면, 지금의 해체는 스스로의 몸을 어떤 가능성으로 집약시키는 과정의 일부로 파악해야 한다. 그 가능성이 세계이며 시에 대한 자신의 觀인 것이다. 박강우는 이러한 실험을 통해 자아의 새로운 잉태 과정을 보여주고 있다. 이 실험 과정은 필수불가결한 것으로 보이는데 그러한 원인 중 하나는 이런 과정 이후에 지속적으로 드러나는 관심이 '기원(起源)'에 관한 문제라는 점이다. 기원의 관계를 탐하기 이전에 자신의 내면을 극도로 건조한 사물화의 방식으로 보여준다. 즉 자신의 기원에 대한 일탈적인 자의식들은 앞의 건조한 내면을 통해 설득력을 얻게 되는 것이다.

새엄마는 침실 벽에 창문을 그리고
창문을 열고
발뒤꿈치를 들어 내다 본다
새엄마의 종아리에서 피어나는 찔레꽃

창문을 기웃거리는 나의 눈을
찔레꽃이 찌르고
새엄마는 피 흘리는 나의 눈을 열고
병든 앵무새를 먹어 보렴
찔레꽃이 깔깔 웃는다

새엄마는 나의 속옷에 창문을 그리고
창문을 열고

병든 앵무새를 꺼내어
이렇게 먹는 거야
머리부터 한 입 베어 물고
찔레꽃이 깔깔 웃는다

나는 새엄마의 종아리에 창문을 그리고
창문을 열고
병든 앵무새를 꺼내어
머리부터 한 입 베어 물고
병든 앵무새의 눈물이 찔레꽃을 적신다

찔레꽃이 깔깔 웃는다
나는 찔레꽃을 한 입 베어 물고
창문을 닫는다
창문이 열린다

―「섹시한 새엄마」 전문

위의 시는 박강우가 지속적으로 관심을 가지고 전개되는 시적 이미지를 대표하는 시이다. 이 시를 보면 '새엄마'의 이미지와 '애인', '섹시함'의 의미가 복합적으로 쓰이고 있다. 이 시에서 어떤 윤리적인 관습과 잣대는 어디에도 보이지 않는다. 자기반성의 흔적도 찾을 수 없고 자신의 불안한 모습을 스스로 인정하는 사회적인 일탈의 모습도 찾을 수 없다. 자연스럽고 고요하게 혹은 더 과장되게 말하면 시적 정황을 아름답게 그리고 있다.

이런 모습에서 '새엄마'는 팜므 파탈(femme fatale)의 이미지로 다가온다. 의미상으로 팜므 파탈은 "남성을 유혹해 죽음이나 고통 등 극한의 상황으로 치닫게 만드는 '숙명의 여인'"을 뜻한다. 박강우의 시에서 지속적으로 드러나는 '가족 해체'의 상징인 '새엄마'에게서 이런 의미를 갖게 되는 이유를 몇 가지로 생각해 볼 수 있다. 먼저 시적 자아가 새엄마에 대해 불쾌하거나 적대시한 감정이 없다는 점이다. 대부분의 가족 해체 서사에서 중요시되는 게 시적 자아가 가지고 있는 분노의 질(質)이다. 어떤 사회적, 개인적 이유로 그러한 분노가 생성되었는지가 중요한 시적 기율로 판단된다. 또한 원초적 기원인 '엄마'와 '새엄마'와의 관계에 대해 상상하게 만드는 어떤 자아의 감정개입이 필요한 것이다. 하지만 박강우의 시에서 '새엄마'에 대한 자아의 태도는 담담하기 이를 데 없다. 분노가 있다 하더라도, 그 보여주는 방식은 자아가 직접 개입하지 않고 이미지 혹은 사건을 통해 보여주고 있다. 시인은 선(善)한 '엄마'에 대한 상상을 의도적으로 무시하거나 도외시하고 있다.

두 번째로 새엄마의 모습은 그로테스크한 이미지로 그려지고 있다. 시에서 보듯 "병든 앵무새를 꺼내어/이렇게 먹는 거야"라고 보여주는 엽기적인 장면은 대표적인 그 예에 속한다. 마지막으로 토속적인 시적 대상이라 할 수 있는 '찔레꽃'과 서양의 동물이라 할 수 있는 '앵무새'의 연결은 몽환적인 시적 분위기를 전달하여 준다. 이러한 정서적 분위기를 통해 시가 보여주려는 지점이 논리적으로 가능한 세계가 아니라는 점을 확인시켜 준다.

앞에서 언급했다시피 '새엄마'가 주는 의미는 '기원'에 관한 문제로 볼 수 있다. 자신의 원초적 모태인 '엄마'는 거세되고 그 자리를 '새엄마'가 차지한다. 이런 상황엔 늘 자신의 본래 기원을 그리워하거나 꿈꾸는 형태로 나타난다. 그러나 박강우에게 있어서 기원에 관한 그리움은 드러나지 않는다. 그리고 그러한 그리움은 원래 기원인 '엄마'가 아니라 '새엄마'로 향하고 있다. "남자 아이는 새엄마의 젖꼭지를 뽑아 들고/여자 아이는 머리카락을 뽑아 들고/새엄마의 배꼽 속으로 들어간다"(「애인 죽이기」)는 의미에서도 나타난다.

'새엄마'에 대한 이러한 의식은 시적 자아가 인연의 관계에 대해 회의적이라는 것을 알 수 있다. 즉 시적 화자가 주변의 인물이나 사물과 관계 맺는 것이 아니라 익명의 인물이나 불완전한 상징의 명사와 관계 맺는다는 점이다. 즉 시적 화자인 '나'와 익명의 대명사와의 관계에 주목할 수밖에 없다. 여러 시편들에서 확인할 수 있듯이 시적 화자와 관계맺는 대상은 '남자', '여자', '그', '그녀', '소녀' 등과 낯선 사물들이다.

또 하나. 자아의 목소리를 지워버리는 방식으로도 나타난다. 그 방식으로 타자를 만들고 그 타자를 인격화시켜 관계의 망으로 형성해버리는 설정으로 시는 시작하고 있다. "창문에 걸어 두었던 인형의 볼에/눈물이 맺힙니다"(「거울」)에서처럼, 그 타자를 만나는 방식에 타자는 어떤 자아를 가진 형성체가 아니라 사물도 가능한 것이다.

다음으로 자아의 의식이 가닿는 시선은 환상적 방식에 의해 나타난다는 점을 볼 수 있다. '환상'을 통해 관계의 새로운 질서 혹은 혼돈을 그리고 있다.

　　　　루주로 나비를 그렸다

　　　　나비는 장독대로 날아갔다
　　　　기다리던 고양이가 나비를 삼켰다
　　　　　　　　　　　　　　　　　　－「애인 이야기」 부분

　　　　손가락을 칼로 자른다
　　　　잘린 손가락에서 나비가 피어난다
　　　　　　　　　　　　　　　　　　－「꿈꾸는 탈출구」 부분

　　　　파도자락 끝에 나비가 앉아 있다
　　　　훅, 불어 끄면 섬이 된다

– 「孤立無援」 부분

　‘환상’은 ‘극사실’을 재현하는 세계이다. 위의 시들은 환상을 통해 더욱 그 이미지가 실감나게 체득된다. ‘나비를 그리면 나비가 날아가는 풍경’은 인과적인 세계를 넘어서 환상적 이미지를 시적 방법으로 취하는 풍경이다. 이러한 상상력은 “잘린 손가락에서 나비가 피어나”거나 앉아 있는 나비를 “훅, 불어 끄면 섬이 되”는 방식으로 드러난다.

　또한 기원을 갈망하거나 ‘없는 기원’에 대한 갈망의 세계는 퍼포먼스의 형식으로 표현되고 있다. 그 퍼포먼스는 이미지가 서로 미끌어지는 환유의 방식으로 드러난다.

　　　　생각은 폭우를 들고 들어왔다
　　　　젖은 두개골을 벗어 옷걸이에 걸었다
　　　　옷걸이는 계단이 되었다
　　　　그리고는 쓰러진 계단을 그렸고
　　　　생각은 계단에 앉아 형광등이 되었다

　　　　…(중략)…

　　　　생각은 젖은 눈알을 빼서 은쟁반에 놓았다
　　　　눈알은 벌레가 되었다
　　　　그리고는 벌레의 눈을 확대해 그렸고
　　　　벌레는 큰 소리로 울었다
　　　　형광등이 모두 꺼졌고
　　　　계단이 벌레 몰래 일어나 형광등을 켰다
　　　　벌레는 다시 울며 형광등을 껐다
　　　　그리고는 벌레의 눈을 지웠다

형광등이 다시 켜졌다
계단은 다시 일어나지 않았고
눈알이 없는 벌레가 되어
형광등을 끄고 큰 소리로 울었다
　―「나는 생각을 그리지 않는다 고로 나는 존재한다―preformance
5」 부분

　1부에서는 퍼포먼스 연작시 7편이 소개되고 있다. 어떻게 보면 박강우의 시집 전체는 거대한 실험극이자 난해한 퍼포먼스라고 가정할 수 있다. 관념과 사물이 모두 인격화되어 나타나며 또한 주체가 서로 혼화(混和)되어 주체가 객체가 되고 다시 객체가 주체가 되는 상황을 보이고 있다. 대표적으로 위의 시 또한 극적 상황들이 인접성을 띠며 환유로 미끌어지고 때로는 솟아오른다. '생각'이 '폭우'를 들고, '젖은 두개골'을 벗고, '옷걸이'는 '계단'이 되고 '생각'이 다시 '형광등'이 된다. '생각'은 '눈알'을 빼고 '눈알'은 '벌레'가 되고, '벌레'가 다시 울고, '계단'이 일어나고 등의 방식으로 계속해서 새로운 사건이 시적 소재들과의 관계 속에서 벌어지고 있다.

　여기서 중요한 점은 환유의 인접성이 결코 가깝지 않다는 것이다. 가깝지 않은 인접성으로 말미암아 환유가 상징의 형식으로 읽혀지기도 한다. "나는 생각을 그리지 않는다 고로 나는 존재한다"는 시제(詩題)가 말해 주듯 환유의 방식 속에서 주체는 환유의 틀에서 벗어나고 싶어한다. 하지간 그것이 상징이 될 수 없는 이유는 질서가 부재하기 때문이다. 환유와 상징의 질곡 사이에서 주체의 목소리가 이리저리 메아리로 울리는 모습을 우리는 목격할 수 있다. 그렇기에 위의 시가 '퍼포먼스'가 될 수 있는 것이다. 이러한 환유의 모습은 2부 이후의 시편들을 통해 더욱 적극적으로 재현하고 있다.

그녀가 젖꼭지를 환하게 내놓고 전화를 건다

　지난 밤 내내 달은 지지 않았다. 젖꼭지에 매달려 있던 도마뱀이
달을 물고 있었다 물린 자국이 점점 커져 창문이 되었다 창문을 열
자 도마뱀이 창문 밖으로 달을 뱉았다 달이 긴 꼬리를 남기며 기어
갔다 그녀가 끊어진 꼬리에 입을 맞추자 꼬리는 자라기 시작했지
만 달은 전화를 받지 않았다

　지난 밤 내내 도마뱀의 눈에 눈물이 맞혀 있었다 그녀의 젖꼭지
를 물고 있던 달이 도마뱀의 꼬리를 자르고 있었다 잘린 꼬리가 점
점 길어져 길이 되었다 그녀가 길에 흩뿌려진 눈물을 핥아먹었지
만 도망간 도마뱀은 전화를 받지 않았다 그녀의 젖꼭지가 부풀어
오르면 달과 도마뱀은 젖꼭지를 물고 빨며 자랐다

　그녀가 젖꼭지를 환하게 내놓고 전화를 건다
－「달과 도마뱀」 전문

　위의 시는 "전화를 걸고, 받지 않는다"라는 서술어를 중심으로 이미지
가 이동하며 만났다 다시 이동하고 있다. 또한 주체들끼리 서로 복잡한 관
계의 사슬을 가지면서 이미지와 사건이 비인과적 경험들을 나누고 있다.
이렇게 시적 주체는 서로 대상화되고 인격화되는 관계의 양상을 드러낸
다. 그녀－젖꼭지－도마뱀－달－창문의 관계는 어떤 상하좌우의 형성적
원리가 아니라 서로 주고 받고, 주체와 타자가 반복되는 상황에 놓인다.
여기에서 박강우의 시가 어떤 '관계' 속에 놓여져 있음을 알고 있다.
　이 '관계'는 소통의 문제이다. 「해시계」에서도 남자－그림자－나－여
자－고양이의 관계 속에 시적 맥락은 이어지고 있으며 「표본실」에서도 여
자아이와 나 사이의 관계 속에 시는 놓여져 있다. 「인형의 집」에서도 마찬

가지로 복잡한 관계의 끈으로 얽혀 있다. 그가 몸 담고 있는 '인형의 집'은 이러한 관계의 차원에 놓이게 된다. '남자 인형'과 '여자 인형'의 관계와 '여자 인형'과 '아기 인형'의 관계, '아기 인형'과 '곰 인형'의 관계 속에 시적 상황은 놓여져 있다. 이러한 관계 속에서 '남자 인형'과 '여자 인형'이 가지고 있는 관계의 절연(絶緣)을 통해 '여자 인형'이 '아기 인형'을 낳고 '아기 인형'이 '곰 인형'을 물어뜯게 된다는 의미론적 해석은 너무 단조로운 결말로 읽혀지게 된다. 또한 '남자 인형'을 '포르말린이 담긴 유리병'에 넣는다거나 '여자 인형'도 '유리병'에 넣는다는 장면을 통해 세계와의 단절로 귀결짓는 것 또한 윤리적인 시각이다. 중요한 점은 이 모든 것을 가능케 하는 관계이며, 이 관계가 규정될 수 없는 내면의 복잡한 상황을 대신 증언해 주고 있는 것이다. 어떻게 보면 박강우에게 있어 모든 대상을 의인화시켜 인격적 표지를 만들어주고 있는 시적 작업들은 이 세계가 그러한 사물과 인형의 놀이와 다를 바 없음을 보여주려는 표지일지도 모른다.

이런 내면의 정황은 정신분석학으로 생각할 수 있는 가능성을 보여주기도 한다. 그러나 프로이트가 말한 리비도와 이드의 관계에서 읽어 보면 지나치게 단순화되어 시를 읽을 소지가 다분하다. 특히 박강우의 시에서는 '젖가슴' 이미지가 많이 나온다. 이 젖가슴 이미지는 자기수난의 환유적 이미지로 미끌어지면서 아직 '입사제의'를 거치지 않은 소녀의 이미지로 발전된다. 가령 「하늘에 걸린 소나무」에서는

> 그 여자의 젖가슴이 걸려 있습니다
> 붉은 눈물이 뚝뚝 떨어집니다
> …(중략)…
>
> 그 여자의 아이는
> 그 여자의 젖가슴을 뜯어냅니다

뜯겨진 젖가슴은 손풍금입니다

와 같이 자기수난의 환유가 다시 새로운 의미를 만드는 손풍금으로 변주
되고 있다. 「창 2」에서는 "나의 손목이 잘린다/그녀의 젖가슴이 잘리다"
라고 표현하고 있다. 심지어는 「숨은 그림 찾기」에서처럼 아빠에게 나의
젖가슴을 만져도 돼, 라는 근친상간의 욕망과 "내게 어울리는 예쁜 속옷
을 찾아줘/빨란 리본으로 허리를 묶어줘"라는 욕망으로 나타난다. 이러한
수난의 이미지는 고통 받거나 고난 받는 역할을 대변하는 목소리가 아니
다. 그러한 목소리에는 반드시 고통의 목소리가 현실의 어떤 가능한 역할
자와 동일시되어 드러나게 된다. 박강우에게 있어서 수난은 정신분석학
적이다. 자아의 내면이 더욱 원초적인 리비도의 세계를 탐하고 있음을 알
수 있다. 그러한 세계에는 윤리적 덕목이나 자아가 사회의 어떤 가치, 신
념과 갈등하는 모습이 필요 없다. 오직 그냥 본성의 상상적 그물이 처지는
대로 변주되고 이어진다. 그러한 이어짐이 한 폭의 그림이 되는 것이다.
  '달'의 이미지 또한 여성의 모성적 이미지를 상징한다. '달'과 '젖가슴'
과 '도마뱀' 등의 사물들에서 우리는 박강우의 시가 탐미적 세계를 흠미
하고 있음을 짐작할 수 있다. 그의 시는 탐미적 세계가 시인의 또다른 시
적 방법론에 의해 더욱 독특한 세계를 펼쳐보이고 있다. 그의 시에서 자아
의 목소리는 거세되어 있다. 즉 자신은 모두 제거하고 어떤 이미지와 관계
만을 설정해 놓음으로써 자신의 세계가 미확정적인 것임을 말해주고 있
다. 이러한 세계는 결국 리비도의 세계, 탐미적 세계로 도취되어 열광하고
잠식하고 또한 낯선 것들과 관계한다.
  시인은 "내가 이분법으로 분열을 시작하자/그놈들은 나를 벽 속에 묻었
다//나는 벽 속에서 분열을 계속했고/방은 모래로 가득"(「겨울잠 1」) 차는
경험을 시 속에 남겨 둔다. 어쩌면 이러한 경험은 우리의 가장 가까운 곳
에서 치러지고 있는 지도 모른다. "늦게 귀가한 어느 날 밤, 냉장고 문을

열었을 때 냄비와 프라이팬이 자네의 등 뒤에 둥둥 떠다니며 자네를 부른다면"(「홈씨어터」) 과연 당신은 어떤 기분인지 묻고 싶은 것이다. 그러한 시적 감성을 '유리로 만든 방'에서 사유하고 있는 것이 박강우의 시다. 우리는 박강우의 시를 통해 내면의 복잡한 사유가 어떤 기획으로 전시되고 있는지를 감상할 수 있을 것이다. 또한 이러한 세계를 엿보는 것이 우리에게 어떤 의미인지를 진지하게 되물을 수 있을 것이다.

관통의 수사학

— 위선환 시집 『새떼를 베끼다』

시에서의 풍경은 자주 가편의 이미지로 목도된다. 그 이미지는 사물의 의미를 새롭게 인식하는 모태로 사용되기도 하고 때로는 그대로 이미지만이 살아남는 풍경이 되기도 한다. 시인의 덕목으로 풍경을 바라보는 시선이 중요한 것은 이미 오래된 역사다. 그만큼 시적 대상과 관계하는 시인의 태도는 중요하다. 그 태도를 확인하는 독법을 통해 우리는 시인의 세계관을 짐작하고 결정짓는다. 풍경에 대한 시인의 태도는 대개 동일시의 차원에서 진행된다. 풍경을 제 속으로 끌어들여 이제까지 없었던 새로운 미학적 전거를 마련하는 일이다. 그것은 풍경과 시적자아의 관계 속에서 동일시를 경험하는 과정으로 나타난다. 그것으로 시적 전개는 완미한 구조를 가지게 된다.

위선환의 시는 풍경을 해석하고, 그것을 내적 체험화시키는 과정 속에 존재한다. 하지만 위선환의 풍경은 더 느리고, 깊고, 오래된 풍경으로 우리에게 각인된다. 그 이유는 위선환이 거느린 풍경이 묘사와 정서의 투신 차원을 넘어 풍경 너머의 세계에 다다르려는 '관통의 경지'를 보여주기 때문이다. 오래된 전통인 객관화와 동일성의 그물망이 반복된 풍경을 재생산하는 시점에서 위선환의 풍경은 새로운 긴장을 낳게 한다. 그 풍경은 또다른 시간을 경험하고 넓은 인식의 품을 선사해 준다.

> 지층이 뚝, 잘려나간 해남반도 끝에다 귀를 가져다 대면 느리게
> 길게 날개 젓는 소리가 들린다. 공룡 여러 마리가 해안에 깔린 너른
> 바위 바닥에 발목이 빠지면서 물 고인 바다 속으로 걸어 들어가던,
> 그때는 새가 돌 속을 날았다.
>
> ―「화석」 전문

위의 짧은 시는 풍경을 해석하는 시인의 시선이 남다르지 않다는 사실을 여실히 보여준다. 시적 자아는 '해남반도'와 관계하여, 그 반도의 풍경과 시선을 맞추는 것으로 인식의 촉발을 시작한다. 자아가 시적 대상과 조우하는 방식은 평면적인 풍경의 관조를 넘어선다. 먼저 청각을 통한 대상과의 만남은 '지금 여기', 현재의 시간을 탈각시킨다. 귀를 가져다 댐으로써 시작되는 또 다른 시간의 경험은 이성적 계기성을 와해시키고 신화적 시간을 부활한다. "느리고 길게 날개 젓는 소리"를 듣는 행위를 통해 그대의 시간 속으로 한순간 이동한다. 그리고 그 새는 현재의 새가 아니라 공룡시대의 조류를 연상하게 한다. 또한 공룡 여러 마리가 바위에 발목이 빠지면서 바다 속으로 걸어 들어가는, 상상 속에서 가능한 중생대의 시간으로 잠수한다. 그리고 그때는 새가 지금의 돌 속을 날아다니는 것이다. 이러한 사유가 도달하기까지는 '화석'으로 촉발된 풍경에 대한 시선이 해남반도를 통해 먼 시간에의 여행을 통해 이루어진 것이다. 이 짧은 순간에 이루어진 시간의 이행은 과거의 사건을 현재의 시간으로 되돌리는 인식의 힘으로써 가능해진다.

시적 대상을 새로운 풍경으로 환치시키는 이러한 감각은 시간을 경험

의 축적으로 인식하는 과정을 생략하고 곧바로 그 이전의 시간으로 관통하는 데서 이루어진다. 이러한 통찰의 세계는 다른 여러 편의 시에서도 발견할 수 있다.

> 선운산 바위벼랑에 들어앉은 마애불좌상이 앉은자리에서 살을 벗고 있다. 벼랑 아래 벌어진 바위틈으로 손을 질러 넣으면 넓적하고 단단한 엉덩이뼈가 잡힌다.
>
> —「肉脫」 전문

제목에서 보이는 것처럼 마애불좌상의 육탈은 그대로 자연이 되는 풍경을 보여준다. 그 풍경의 과정은 중요하지 않다. 육탈의 실체가 바로 '마애불좌상'이기 때문이다. 이러한 육탈을 감각하는 결정적인 증거를 시인은 "바위틈으로 손을 질러 넣"는 행위를 통해 마감한다. 대상과 자연이 일체가 되는 풍경은 '편재(遍在)'의 모습처럼 존재의 이동으로 보여준다. 그 이동의 실현을 관념적이 아니라, 구체적인 촉각의 감각화를 통해 인지하는 것이다.

풍경은 이미지를 통해 가시적으로 드러난다. 언어의 불구성은 역설적이게도 또다른 미학적 풍경을 만들어낸다. 언어를 통해 드러내는 이미지는 개별적 세계의 취향과 감각을 통해 다르게 표현되며, 또한 그것은 새로운 상징의 수사학을 만들어낸다. 생의 깊이나 존재에 대한 자신의 의지를 이미지로 대체하는 경우, 그것은 곧 이미지가 주제가 된다. 위선환의 시는 이러한 이미지가 고도로 발달된 관찰의 힘으로 이루어진다는 것을 보여주고 있다.

> 東江의 자갈밭에 비비새가 누워 있다

주둥이가 묻혔다 자갈돌 몇 개가 바짝 틈새기를 좁혀서 비비새
의 부리를 물고 있다

꽉 다문 틈새기, 의 저 힘이

비비새 아래로 강물을 흐르게 했을 것이다 비비새를 강물 위로
날게 했을 것이다

흐르는 힘과 나는 힘이 오래 스치었고 스미어서

…(중략)…

지금은 그 주검이 부리를 내밀어 완강하게 자갈 틈새기를 물고
있다

—「자갈밭」 부분

시는 동강의 자갈밭에 비비새가 누워 있는 풍경으로 시작한다. 평범한
풍경일 수도 있는 자갈밭의 풍경을 의미있는 풍경으로 만드는 것은 오래
된 관찰의 힘이 인식의 통찰과 결합되어 가능케 한다. 풍경을 바라보는 시
인의 시선은 자갈돌이 비비새의 부리를 물고 있는 힘을 발견하는 것에서
발생한다. 그리고 강물의 흐르는 힘과 비비새의 나는 힘이 스치고 스미는
모습으로 깨우침을 주게 된다. 즉 평범한 풍경을 '흐르는 힘'과 '나는 힘'
의 교차와 스밈을 통해 관통의 인식을 보여준다. 그 이후의 시행에서는 흐
르고 나는 힘이 좀 더 확장된 모습으로 비친다. 그 힘은 강 밑바닥과 강물
속까지 이동하여 강물 스스로 소리를 내는, 혹은 소리를 듣는 모습을 보여
준다. 이러한 풍경의 전이와 확산은 풍경에 가담하는 모든 시적 대상들이
서로 스미고 관통하여 하나의 울음으로 섞이는 기이한 풍경으로 남게 한

다. 그것의 마지막 결과라 할 수 있는 풍경이 바로 "주검이 부리를 내밀어 완강하게 자갈 틈새기를 물고 있"는 순간인 것이다.

새떼가 오가는 철이라고 쓴다 새떼 하나는 날아오고 새떼 하나
는 날아간다고, 거기가 공중이다, 라고 쓴다

두 새떼가 마주보고 날아서, 곧장 맞부닥뜨려서, 부리를, 이마를,
가슴뼈를, 죽지를, 부딪친다고 쓴다

맞부딪친 새들끼리 관통해서 새가 새에게 뚫린다고 쓴다

새떼는 새떼끼리 관통한다고 쓴다 이미 뚫고 나갔다고, 날아가
는 새떼끼리는 서로 돌아다본다고 쓴다

새도 새떼도 고스란하다고, 구멍 난 새 한 마리 없고, 살점 하나,
잔뼈 한 조각, 날개깃 한 개, 떨어지지 않았다고 쓴다

공중에서는 새의 몸이 빈다고, 새떼도 큰 몸이 빈다고, 빈 몸들끼
리 뚫렸다고, 그러므로 空中이다, 라고 쓴다
—「새떼를 베끼다」 전문

새떼가 날아가는 풍경은 여러 가지 면에서 인상적이다. 가시적인 측면
에서는 새떼들의 질서가 가지고 있는 곡선과 무늬에 우선 놀랍다. 이러한
점은 새떼들이 가지고 있는 생태적 속성과 연관이 있는데, 그 생물학적인
과학성을 차치하고서라도 새떼들의 상상력은 매력적인 것이다. 위선환은
이러한 새떼의 풍경을 다른 시각으로 읽는다.
　우선 '새떼'를 집단으로 취급하지 않고 단독적으로 바라본다. 이러한

점은 기존의 몸(혹은 육체)이 가지고 있는 집단적 도구의 틀을 벗어나 개별성을 중시한다는 시선을 발견할 수 있다. '새떼'의 풍경에 대한 해석은 곧장 '공중'에 대한 해석으로 통한다. 새떼끼리 서로 관통하고 뚫려서 빈 몸이 되는 기이한 풍경을 공중이라는 의미에 집약시키면서, 공중이 가지고 있는 빈 몸의 가능성을 구체화시키고 있다.

여기서 중요한 점은 몸이 비었다는 것이다. 근대적 의미의 몸은 새로운 자아, 새로운 통각을 감지한 오감의 촉발점으로서 자리한다. 그러므로 아직까지 의미의 영양이 충만한 만삭의 몸을 이끌고 다닌다. 위선환의 새떼에서 보여주려는 몸은 이러한 만삭의 몸과는 다른 투명한, 관통하고 뚫려도 고스란한 몸을 보여준다. 그리고 그것을 바라보는 시선에 공중이 있는 것이다. 여전히 공중은 비어 있는 것. 그 비어있음에서 우리는 새떼들처럼 빈 몸들끼리 뚫린 풍경 속에 존재하는지도 모른다.

이쯤에서 주목할 점은 시인이 풍경을 새롭게 해석하면서도, 기술자의 입장에 서려고 노력한다는 점이다. 위선환은 시집 해사문에서 밝힌 바처럼 "그대로 적었다"고 말하고 있다. 돌을 관찰하며 돌과 관련하여 일어나는 정서와 현상들을 그대로 적었다고 하였다. 그렇기 때문에 위 시의 제목도 새떼의 풍경이 아닌 '새떼를 베끼다'인 것이다. 서술자의 시각과 존재를 표면에 드러냄으로써 시적 자아의 인식이 풍경에 몰입된 것이 아니고 늘 객관화의 지점에 있음을 인지한다. 이러한 시는 「속도가 허물을 벗는다」에서 "~라고 말한다", 「만월」에서 "~라 했다" 등에서 두드러지게 보인다. 완전한 동화의 입장이 아닌 객관적 서술자의 입장을 드러내면서 개인적 정서의 몰입이 가진 비약의 그늘에서 벗어나고 있다.

시 「거짓말」에서 보이듯 그것은 "그런가"라는 의문이자 의문이 아닌, 자문의 형식을 통해 인식의 완성을 거듭 경계하고 있다. 돌멩이와 나비와 새와 구름과 나뭇잎 모두 이 자연의 일부이자 또한 유동하는 개체들이다. 위선환은 대상에 대한 자신의 태도와 입장이 하나로 귀결되는, 혹은 그것으로 완성되어지거나 자기 신념으로 귀결되는 현상을 조심하고 있다. 위선환의 시각은 "그대로 적었다"이지만, 그대로 적어넣는 그 시선은 해석자의 입장이라는 점을 스스로에게 거듭 인식시키고 있다. 그러므로 "그런가"라는 자문, 혹은 물음의 형식은 상대를 설득시킬 수 있는 대답인 것이다.

위선환의 시는 풍경을 새롭게 해석하고 인식의 지평을 넓혔다는 의미에서 큰 정서적 체험을 준다. 덧붙일 것은, 이러한 위선환의 언어가 가진 수사학적 세계 이면에 더 큰 의미들이 숨어 있으리라는 점이다. 많은 평자들이 그의 문학적 이력에 한 마디씩 거드는 것은 아래와 같은 시편들 때문이라 생각한다. 삶의 연륜은 스스로를 천재에서 현자로 만드는 지혜를 가지게 한다.

어두워져도 눈은 내렸으므로 눈 내리는 소리가 들렸으므로

창유리에 이마를 대고 눈이 덧쌓이며 조금씩 기우는 겨울의 사면을 내다보았다.

저기에 죽은 이들이 누워 있는 것은 아닌지, 눈의 무게에 눌리고 있을 삼촌의 뼈들을 걱정했다.

유리창 너머에서 한 그림자가 일어섰다. 이마에 뻗친 힘줄이 퍼렇게 얼어 있었다. 안경알이 번뜩였다.

마주 서서 마주 보면서 우리는 이름을 부르지 않았다. 창유리에 얼어붙은 눈의 결정들이

그때

반짝거렸다.

친구와 신은 젊어서 죽는다 그들은 너무 일찍 죽어버린다, 라고

나는 혼잣말을 했다. 머물며 기다리며 서성대며 밟히는 돌부리들을 걷어찼다.

겨울에는 왜 눈이 내리는지 왜 내가 걷어찬 돌부리들은 내 정강

이를 때리며 떨어지는지

눈이 그쳤고, 겨울이 갔고, 다시는 눈이 내리지 않았지만

머물며 기다리며 서성대며 나를 때리고 떨어지는 돌부리들을 되밟으며

지금도 나는

돌부리를 걷어차는 짓을 그만두지 못한다. 내 정강이가 푸르다.

—「발길질」 부분

죽음에 대한 체험은 누구나가 겪는 일이다. 시인이 체험한 죽음도 마찬가지이다. 그가 체험한 죽음은 여러 가지를 생각하게 한다. 슬픔 이면의 세계, 슬픔 이후의 정서를 감각하는 시인의 비상한 내면이 이성적 자아의 혼잣말 속에 적절히 녹아 있다. 그러는 사이 시인은 망자의 그림자인 것처럼 보이는 그림자와 만난다. 그 만남이 잠깐의 환영이겠지만 그 만남을 통해 스스로 깨친 죽음에 대한 생각들을 혼잣말할 수 있게 한다. 어찌할 수 없는 이러한 이치를 담고 시간은 흐르고, 또한 "머물며 기다리며 서성대"는 자신을 되돌아보는 것이다. 그러한 인식이 돌부리를 걷어차는 행위를 통해 형상화하고 있다.

위선환의 시는 여러 각도에서의 탐색이 필요하며 또한 가능하다. 그의 시에 드러나는 체험적 삶의 표현도 주목할 만하다. 백석을 연상시키는 어법이 자신의 목소리로 체화하여 독특하게 뿜어내는 긴 호흡의 수사법도 눈여겨보게 했다. 또한 3부에 집중적으로 실린 떠남과 귀환, 새로운 만남의 테다는 시인의 삶뿐 아니라 인식의 여정을 잘 살필 수 있는 시편들이었다.

서정시는 자연을 어떻게 바라보느냐에 대한 태도를 통해 계속 진화되
어 왔다. 근대화의 반동에 따른 자연에 대한 향수나 새로운 유토피아로서
의 자연은 이미 그 역할을 다한 듯하다. 이제는 근대적 자연의 개념을 넘
어 또 다른 미학적 방향에서 풍경을 내재화하는 세계가 필요하다. 그런 의
미에서 위선환의 이번 시집은 새로운 세계를 보여준 진귀한 풍경이라고
말하고 싶다.

'검은 새'의 알과 아프락사스

— 장석원 시집 『아나키스트』

나는 기원했다
내 몸에 둥지 틀고
알을 낳아다오 검은 새여
— 「악마를 위하여」 중에서

아마도, 이 글은 사변적이 될 것이다. 비평의 언어가 시의 언어와 공모(共謀)하여 이루어내는 세계는 시의 언어가 원치 않았던 이상한 세계일 수도 있다. 그러나 정확히 말하면 애초에 시의 언어는 원함이 없었다. 그렇기에 비평의 언어가 일군 이상한 세계가 그 시의 세계로 오해받더라도 크게 응대할 일이 없다. 어떤 경우에는, 시를 읽거나 느끼거나 꼬집을 필요가 없는 시도 있다. 이때 언어는 불필요하면서도 불가피하다. 언어 없는 세상이 가장 완전한 소통의 세계일지도 모르지만, 또는 그 반대일 수도 있다. 자가당착의 모순이 시인이 가진 언어다. 시인은 언제나 노파심이 많

다. '언어' 없는 세상을 꿈꾸면서도 언어와의 불편한 동거는 지속할 것이
다. 시인의 욕망은 언어를 버리지 못하는 데 있고, 그 욕망으로 득음하려
는 데 있다.

　무정부주의자를 자처하는 시인의 시를 놓고 그 시의 정부와 신념과 이
상을 말하는 것은 실례일 수도 있다. 혹은 무정부주의자를 자처했다는 것
이 오해일 수도 있다. 자신은 무정부주의자가 아니며, 그렇기에 타인이 자
신을 무정부주의자로 오인할 수도 있다는 상황이 있을 수 있다. 그가 무정
부주의자이건 그렇지 않건간에 무정부주의자를 시집의 문패로 내걸고 손
님을 맞은 이상, 그에게 호칭되는 무정부주의자에게서는 자유롭지 못할
것이다. 그의 시적 문법이 다분히 무정부주의적이기 때문이다. 그의 시는
어떤 굴레로 꿰뚫기에 너무나 다양한 방법과 내용의 범주를 가지고 있다.
그렇기에 무정부주의자의 시를 몇 가지 개념어로 둘레치기엔 그 의미의
자장이 너무 풍성하다. 그렇다고 그 풍성한 언어의 의미를 하나씩 되짚어
내기엔 품이 많이 든다. 솔직히 말하면, 풍성한 언어의 의미를 짚어내는
것 자체가 의미있는 일인지에 대해 회의적이다. 무정부주의자의 시는 어
떠한 방식으로든 무정부주의자의 내면 풍경을 그리게 된다. 무정부주의
자는 솔직하며 에둘러가지 않기 때문이다. 스스로를 무정부주의자의 이
데올로기로 가두어놓은 그 용기를 생각해 보자. 아나키스트라는 칭호가
보여줄 수 있는 선입견에 대해 시인은 잘 알 것이다. 그 선입견이 스스로
에게 가장 멋진 가능성으로 다가왔을지도 모른다.

　　　서울헤라시보리
　　　그곳은 내가 잘 알지 못하는 곳이라서
　　　그곳은 내 품에서 빠져나가 밤하늘에 명멸하는
　　　바람 끝의 불빛이다 그곳은
　　　형체 없이 사라지거나 숨겨지기에

또한 불빛 번진 뿌연 흔적이기도 하다
가늘게 눈 뜨고 서울헤하시보리를 본다
불빛 속에 물체가 보인다
쇳덩이가 놓여 있고 기계가 있다
철과 니켈의 지구 내핵처럼
정적에 갇힌 still life

그것은 신화일지도 모른다
서울헤라시보리의 바닥에는 정방형 쇳덩이 두 개가 버림받은 인
간과 영원한 인간처럼 놓여 있다

―「내 마음의 아나키」 부분

 '헤라시보리'는 금형 부문의 용어로 선반으로 기물을 가공하는 작업을 말한다. 그러면 '서울헤라시보리'라는 것은 단순히 상호명이라고 볼 수도 있겠지만 좀 더 생각해보면 서울이라는 거대한 도시를 "철과 니켈의 지구 내핵"으로 가공된 "정적에 갇힌 still life"로 보는 것이다. 이러한 상상력은 고딕체로 소제목을 단 '정물화', '그것은 신화일지도 모른다', '細目: 진정한 남자가 되는 법', '마르크스와 벚나무', '우울할 때 발생되는 리얼리즘적 취향', '서울헤라시보리에 대한 언어학적 불만', '멜랑콜리 맨의 현대적인 사랑법'으로 이어지면서 자신의 지적 방황과 감성적 여로를 마음껏 풀어놓는다. '서울헤라시보리'에 대한 시인의 명명은 "우울할 때 발생되는 리얼리즘적 취향"으로 다음과 같이 해석된다.

 이 거리는 인과율이 무너진 공간 서울헤라시보리는 기계가 아니고 나와 그를 태어나게 한 말이 기계이고 그 말을 쓰는 우리가 기계이다 그는 살아 움직이고 노래하고 담배 피우고 침 뱉고 기침하고 하품하는데 나는 말하고 쓴다 그를 종이 위에 사장시키는 말이 두

렵다

　이뿐만 아니다. 계급의식을 연상케 하는 언술들. "그는 금속이 아니며, 그는 마르크스의 노동자가 아니며, 그는 나의 애인도 아니고 타인도 아니고, 사람 앞의 사람일 뿐인데, 나는 그를 자꾸 설명하려고 한다." 등등의 말들. 또한 의도적 감상주의라고 할 만한 부분들을 곳곳에서 만날 수 있다.

　　멜랑콜리 맨의 현대적인 사랑법
　　나는 우울한 남자, 이성주의자를 몰아내고 싶은 남자
　　나는 우울한 남자이기 때문에 다섯 사람만 사귀고 싶어
　　우울한 남자라서 다섯 손가락 펴고 다섯 세상을 꿈꾸고 있지만
　　나는
　　우울하기 때문에 눈물에 젖어 저 너머에 세워질
　　이성주의자의 묘비명을 생각하고 있어
　　　　　　　　　　　　　　　　　　ー「내 마음의 아나키」부분

　　몸 바쳐 사랑할 수 있다면 권력의 노예가 되어도 좋다

　　사랑의 노예가 되는 일이 벌 받을 일인가(사랑이 하룻밤의 꿈이라면 차라리 눈을 감고 뜨지 말 것을) 심봉사라면 눈을 뜨리라 공양미 삼백 석 그것도 자본이란 말인가
　　사랑 앞에서 눈 감는 자 나는 부속품이다 나는 기계의 일부이며 지금 녹슬고 있는 과거의 일부이다
　　　　　　　　　　　　　　　　　　ー「악마를 위하여」부분

　　사랑이 끝난 후, 후회 같은 빗방울, 고개 숙인 그의 머리 위에 빗방울, 깊이를 잃고 떨어지는 빗방울, 손놓는 한 점 꽃잎처럼, 둥근

얼굴 퍼져나간다

—「낙타에게」 부분

　장석원의 시는 여러 가지 방법론적 요소가 복합되어 있으며, 그 내용 또한 다분히 복합적이어서 그 시의 세계를 명징하게 재단하기 까다롭다. 이런 다양함 때문에 다양함의 특성을 묵과한 채 전체를 통틀어 단순한 이데올로기로 점쳐질 수도 있다. 실제로 그의 방법론이 새로운 것은 아니다. 새로운 시적 방법에 골몰할 때는 그동안 관습화된 시적 방법에 대해 언제나 회의적이 된다. 장석원의 시는 그가 누린 방법적 회의 때문에 그를 자유롭게 만들었다. 그 방법적 회의에서, 다다이즘과 김수영이 떠올랐지만 그마저도 그 방법적 틀이 가난해보였다.

　사막 하면 낙타가 걸어가고, 사막 하면 삭막한 도시가 떠오르고, 사막 하면 시가 생산된다. 오토매틱 맨 오토매틱 머쉰 오토매틱 낙타

　나는 이 自動性이 좋다

—「낙타에게」 부분

　위의 싯구 정도로 그의 방법론을 얘기하기엔 뭔가 부족한 부분이 많다. 그에게 감정을 드러내는 언어는 다른 취향으로 보여주고 있다. 그 점이 김수영의 시와 가까운 지점이다. 시 도처에 등장하는 의도적인 한자어와 영어의 사용, 문학적 용법의 언어가 아닌 낯선 용어의 사용, 영탄조의 언술, 지적 자의식의 과잉, 감상적 나르시시즘 등이 폭발적인 언어로 보여주고 있다. 관조와 명상, 묵언으로부터 간신히 한 알의 말을 품어내는 언어와 정반대편에 서 있다. 지적방황과 유토피아에 대한 그리움, 너무 많은 언어를

주체하지 못해 울부짖는다. 그러한 가운데 스스로에 대한 반성적 욕망과 새로운 세계를 보려는 의지 등이 돋보인다. 또한 「두 겹의 진실」이나 「文書庫, 순례의 끝」 같은 시에서 각주를 통해 시적 언어의 회의를 말하고 있다. 어쩌면 각주의 형식은 시적 언어로 감당할 수 없는 자신의 꿈틀거리는 언어를 해소시키기 위한 바람일지도 모른다. "문자에 갇혀 있는 우리에게 바람이 경배"한다는 순례는 그의 시가 단순히 문자에 대한 회의에서 다른 지향점을 바라본다는 얘기이다. 트리스탄 차라는 "나는 모든 체제에 대해 반기를 든다. 가장 받아들일 만한 체제는 원칙적으로 말해서 아무 체계도 갖지 않는 것이다."라고 했다. 이런 말의 의미 속에 어느 정도는 존재해 있으며 굳이 방법론을 거론하지 않더라도 다다이스트의 전복성이 그의 시적 외피이다.

로버트 프립의 말을 빌어 "나의 목표는 혼돈의 힘을 이용하여 응축된 의지를 해체하고 숨어 있는 아나키를 조직하여 평정을 획득하는 것이다" (「꿈, 이동, 속도 그리고 활주」)라는 선동적인 언사는 조지훈의 아침을 인용한 "꽃망울 속에 새로운 우주가 열리는 波動! 아 여기 太古적 바다의 소리 없는 물보라가 꽃잎을 적시"는 아나키스트의 명상으로 이해된다. 또한 스스로는 "나는 단지 실패로 규정될 뿐"(「손톱 끝의 가벼운 꽃잎 같은」)이라고 자기연민에 빠지기도 한다. 그가 진정으로 소각시키려는 것은 "슬픔"이다. 그러한 슬픔은 센티멘털로 드러나고 결국 그의 "근원적 센티멘탈"은 사랑으로 가기 위한 도정이다.

리얼 러브
그대에게 흘러내리는 모래를, 입 안의 등불 같은 태양을, 젖어 부
드러운 젖가슴을, 환장할 듯한 초록을, 초록 혓바닥으로 애무를, 사
라지지 않는 초록의 증오를……

초록은 깊으나 치명적이지 않다
사랑해선 안 될 사람을 사랑한 죄 벌 받아 마땅하다
얼굴 앞의 공포를 정면으로 응시할 수 없는 자 벌 받아 마땅하다
―「근원적 센티멘털」 부분

불가능한 꿈은 아무나 꿀 수 있는 것이지만, 그 꿈을 아무나 누리지는 못한다. '불가능'이란 말 속엔 꿈은 완성되지 않는다는 의미를 내포하기 때문이다. 꿈 때문에 아파하고, 도저한 공황과 허무와 선악과 대결한다. 그의 언술은 선언이며, 선동이며, 고백이다. 이러한 고백은 부끄러워 꺼내지 못했던 사랑을 확인시키는 그만의 방법이다. 사랑과 혁명이 그에게 "현재에서 과거로 귀환한" 시간이면서 "과거에서 현재로 귀양 온" 현재형의 시간이다. 이러한 정황을 「젊고, 어리석고, 가난했던」라는 시에서는 "토요일 밤 9시 '리바똥'에서/우리는 소진되었고. 문은 오로지/패배한 자를 위해 열려 있어./10년이 지났을 뿐인데"라고 한다. 10년이 지난 시간의 추체험 속에서 "지하철공사 노동자들"과 "옛날의 금잔디. 동산에. 아름다운 여인 메텔."을 꺼내어 놓고 "그런 아득한 날들 앞에/항복하고 싶"은 마음을 슬쩍 비춘다. 아래의 시가 그에게 의미되는 것은 그가 세상에 전시하는 시의 기획들이 전위적 몸부림이지만 그러한 격정적 태도가 나약한 '자신'을 다잡는 스스로의 결단이며 '사랑'으로 수렴되는 길이라 믿었을지도 모르기 때문이다.

크레모아 들고 적진에 뛰어드는 용기.
우리의 만남. 부자연스러운 체위. 시와 혁명.
술과 사상. 노동자와 시인.
우리와 그들의 사랑은 소도미야.
소돔 성이 소도미 때문에 망하지는 않았어.

사랑의 힘 때문이야. 서풍이 분다.

혁명이 뭐겠어. 우리 결혼할래.
헬로와 헬로와 꽃들이. 헬로와 헬로와 우리들에게.
청첩을 돌린다면. 너와 나의 결합.
오래된 진리와 형체 없는 유행의 결합.

…(중략)…

사랑은 어째서 고독하고,
나는 어쩌라고 약한가.

―「젊고, 어리석고, 가난했던」 부분

'검은 새'는 그가 자신의 몸에 둥지를 틀고 싶은 새이다. 그 새는 악마를 위하여 태어났다. 그 악마는 "번들번들한 살갗에서 시작된"(「악마를 위하여」) 감각과 감정과 지식의 산물이다. 악마로 인하여 "나를 왜곡시키고 나를 해석한다". 심지어 "나는 노예이므로 굴종에 쾌감을 느끼"기까지 한다. "개좆 같은 진보, 개좆 같은 진보주의"와 맞서서. 아무튼 그는 "몸 바쳐 사랑할 수 있다면 권력의 노예가 되어도 좋"은 인간이다. 또한 그는 수다쟁이이다. 권력의 노예가 되어도 좋은 그는 "사랑의 노예가 되는 일이 벌 받을 일인가(사랑이 하룻밤의 꿈이라면 차라리 눈을 감고 뜨지 말 것을) 심봉사라면 눈을 뜨리라 공양미 삼백 석 그것도 자본이란 말인가"라고 이야기를 늘어놓는다. 스스로를 악의 가담자로 분류하고 싶어하는 도저한 반골기질은 오히려 강력한 성찰의 욕망 때문은 아닐까. 진정한 '악인'은 성찰에 관심이 없는 법이므로.

아프락사스는 그리스의 신으로 마법이나 주술에 관련된 신이다. 누구나 아는 데미안의 구절을 인용하면 알은 세계이며, 태어나려는 자는 알을 깨며 하나의 세계를 파괴한다. 또한 그 새는 신을 향해 날아간다. 아프락 사스는 장석원이 악마임을 자처하며 도달하려는 고귀한 신의 이름이다. 설령 이것이 오해라 하더라도 장석원의 세계는 밝음과 어두움 속에서 윤리적, 사회적 선악의 방황을 전개하고 있다. 그 방황의 날갯짓 때문에 허공은 비어있지 않고 별스러운 육성과 몸짓으로 가득하다. 장석원의 진실이 몇 겹인지, 무엇인지 나는 제논의 역설로도 명쾌한 해석을 내릴 수 없다. 다만 "그 무엇도 믿지 않을 것"(뒷표지 「해사문」)이며 "고통을 야기하는 모든 것을 찬양할 것"이라는 그의 의지가 오래도록 빛나길 간절히 바랄 뿐이다.

몽상의 감각들

―박장호의 시세계

꿈은 종종 가능성의 의미를 담지했을 때 매력적으로 다가온다. 바다 아래로 감춰진 빙산의 몸처럼 자신도 모르게 숨겨진 어떤 무의식이라고 흔히 말하지만, 원망 충족에서 벗어날 수는 없다. 꿈은 수면 상태에서 무의식적으로 꿀 수도 있고, 깨어 있는 상태에서 꿀 수도 있다. 바슐라르의 말대로라면 낮의 몽상과 밤의 몽상, 그리고 낮의 삶과 밤의 삶이 섞이어 있는 황혼의 몽상이 존재한다. 몽상의 연원과 실체를 현상학적으로 규명하는 것은 정신분석학자들의 몫이다. 우리는 그저 시인과 함께 몽상 속으로 잠입해 "What을 주세요"라고 말할 수 있으면 된다. 형이상학자들은 자주 '세계의 열림'에 대해 말한다고 한다. 즉 휘장만 걷으면, 대번에, 단 한 번의 조명으로, 세계와 마주 볼 수 있게 되는 것 같다고 한다. 물론 바슐라르의 말이다.

시적 몽상에 더 주의를 하게 되면, 얼마나 많은 구체적인 형이상학적 경험을 하게 될 것인가! 객관적 세계 앞에 몸을 열고, 객관적 세계 속에 들어가서, 우리가 객관적이라고 간주하는 세계를 구성하는 것은 실증적 심리학에 의해서만 묘사될 수 있는 오랜 과정이다. 안정된 세계를 수많은 교정을 거쳐 구성하기 위한 이 과정은 우리로 하여금 처음 열릴 때의 광채를 잊게 만든다. 시적 몽상은 우리에게 세계의 세계를 보여준다.[1]

그러므로 몽상은 이성으로 감당할 수 없는 세계의 실체를 더 선명히 보여줄 수 있는 감각적 인식의 산물이다. 여기서 눈여겨볼 것은 감각이라는데 있다. 첫머리에 바슐라르의 몽상을 떠올린 것은 감각의 오르골이 시작될 때의 떨림을 생각했기 때문이다. 몽상은 감각을 통해 자신도 모르는 정신의 실체를 짐작할 수 있게 해준다.

박장호는 자신의 뼈 속에서부터 몽상으로 가는 감각을 더듬는다. 그것은 회복이라고 말해야 더 좋을 법한 어떤 '발견'이다. 그는 병명을 잃은 대신 새로운 통각을 발견하고 "자신도 모르는 체계"에 골몰한다. 마치 낮의 삶과 밤의 삶이 교차하는 황혼의 감각을 얻은 것처럼 말이다. '정형외과'는 눈에 보이는 뼈, 즉 엑스선으로 걸러낼 수 있는 뼈를 다룬다. 박장호의 외상은 단단한 뼈가 아니라 '물렁뼈'에 의해 발생한다. 물렁뼈가 가진 정체불명의 병증은 박장호의 통증이 외상이 아니라 내상이라는 점을 시사한다. 그러므로 점점 협착되는 내상의 골을 파고 들어가 감각의 오르골을 돌려야만 하는 것이다.

바슐라르는 말한다. "시적인 몽상은 우주적인 몽상"이라고. 그것은 "아름다운 세계, 아름다운 세계로 열림"이라고. 또한 그것은 "고독이라는 현상, 몽상가의 넋 속에 뿌리가 닿아 있는 현상"이라고 말한다. 타인에게는 보이지 않는 통증이 자신에게는 지속적으로 발생하게 될 때. 자신은 형벌 아닌 습관적 고독 속에 빠진다.

---

1) 바슐라르(김현 역), 『몽상의 시학』, 홍익사, 22면.

What을 주세요. 내 복장과 머리모양에 어울리도록 내게 What을
주세요. 내가 만든 눈 속의 거인이 눈 밖으로 걸어 나와 신경을 휘
젓고 있어요. 내 신경이 몸 밖에 있다는 사실이에요. 그 사실을 외
면할 수 있도록 What을 주세요. 내게 What을 주세요. 구멍 뚫린 혓
바닥이 새살로 막혀 가고 있어요. 꽉 막힌 나의 말을 밑도 끝도 없
이 뚫고 싶어요. 가청권을 벗어나는 소리를 포크로 찍어 먹지요. 귀
가 된 치아에 돋보기를 댄 채 나의 딱딱한 냄새를 맡지요. 추상적인
쾌락의 손이 나의 얼굴을 더듬어요. 구체적인 공포의 손이 나의 표
정을 일으켜요. 길쭉해진 코가 말해요. 고개를 돌리고 싶어요. 마음
껏 고개 돌릴 수 있도록 What을 주세요. 나는 이미 망가졌어요. 내
이목구비는 미궁에 빠진 고장난 장난감이에요. 태엽은 돌고 나는
춤추고 공중엔 새파란 신경들이 촘촘하게 엉켜 있어요. 신경과 분
리된 나의 절망적인 율동을 내가 느낄 수 없도록 What을 주세요.
나를 조작하는 모든 감각의 대상들을 내가 배신할 수 있도록 내게
What을 주세요. 표정이 다시는 일어나지 않도록, 언제든지 찢어 버
릴 수 있는 말끔한 백지가 되도록.

-「감각의 오르골」 전문

「감각의 오르골」은 스스로 연주하는 감각의 느낌들을 고스란히 되돌려
준다. What은 하나의 기표에 불과하지만, 또다른 의미에서 What은 '무엇
이든' 상관없다는 기표의 상징성을 나타낸다. 우스꽝스럽게도 이 대목에
서 개그콘서트라는 TV프로에서 개그맨 박형준이 하는 "무를 주세요"라
는 말이 떠올랐다. 가장 경쟁력있는 웃음의 도구가 이빨이었다는 점, 즉
웃음의 도구가 열등한 신체의 일부분이었을 때의 쓸쓸함 같은 것. 인간이
가진 훼손의 욕망을 적나라하게 보여준 무 갈기. 그러나 개그는 개그일 뿐
이다. 너무 과도한 해석은 불필요한 관념만 생산할 뿐이다.

What을 달라던 시적 화자는 "내 신경이 몸 밖에 있다"는 사실을 말하고

그 사실을 외면하고 싶다고 말한다. 타자를 의식한 말처럼 들리지만, 실상 그 말은 도처 어디에든 자신의 감각이 깃들어 있다는 말이다. 또한 그 감각으로 인해 "신경과 분리된 나의 절망적인 율동"을 더욱 차갑게 느낄 수가 있다. 그가 가진 신체는 이성에 의해 불구가 된 신체이다. "귀가 된 치아", "추상적인 쾌락의 손", "구체적인 공포의 손", "길쭉해진 코" 등의 표정은 선뜻 눈에 와닿지 않는 이미지들이다. 이런 이미지의 교란은 "나를 조작하는 모든 감각의 대상들을 내가 배신"하고 싶다는 욕구로부터 생긴다. 마지막엔 "언제든지 찢어 버릴 수 있는 말끔한 백지"가 되도록 'What'을 달라던 결벽성까지 선보인다.

그러나 오르골의 운명을 생각해보면 뛰어난 고압의 에너지를 가진 감각은 유한한 운명을 가진다. 감각의 바람이 불게끔 무의식의 풍차를 돌리지 않으면 소리를 내지 못하고, 소리를 내는 자신의 정체성을 잃어버린다. 감각의 오르골은, 감각을 대상화했을 때 그 순간이 만들어낸 통증의 음악인 것이다.

> 둘은 죽고 셋은 살아 나갔다. 9회말,
> 삶과 죽음이 꽉 찬 극한의 상황이다.
> 나는 마스크를 쓴 심판관.
> 나는 경기의 일부이고 인간의 일종이다.
> 나는 경기 결과와 유관하고 정확한 판정과 무관하다.
> 규칙을 적용하는 한, 나는 어느 한 편의 첩자일 수밖에 없지만
> 죽이는 편의 첩자인지 살려는 편의 첩자인지는 결정되지 않았다.
> 나는 이 분야 최초의 개성. 나도 내가 뭔지 아직 모른다.
> —「멀티 스타디움의 복면 심판」 부분

박장호의 시에는 몽상하는 자아 속에 이성이 개입되어 있다. 그 이성적 자아는 자의식이 충만하고 예민하다. 예민한 자의식을 감각의 형태로 보여준다. 이 형태는 다소 인위적인 느낌을 가지게 하는 시적 공간을 제시하기도 한다. 「멀티 스타디움의 복면 심판」은 그런 면에서 방점을 찍을 수 있는 시이다. 자아의 본의가 감각을 통해 표출하기보다 상황의 연출을 통해 보여준다. 그가 만든 우화적 공간은 게임이나 놀이의 모습을 띤다. "삶과 죽음이 꽉 찬 극한의 상황"을 야구 게임의 마지막 회로 비유하는 것이 신선하다고 말할 수는 없다. 눈여겨 볼 것은 시에서 자아의 존재이다. "마스크를 쓴 심판관"은 자아의 존재를 증명하는 호명인데, 또하나의 퍼소나를 덧씌운 모습을 하고 있다. 가리고 싶은 존재인 복면 심판은 시의 곳곳에 자신이 인간이라는 점을 강조한다. "나는 인간의 일종"이라고 자신이 이성적 존재임을 확인하는 것을 통해 자기애를 적극적으로 드러낸다. 멀티 스타디움 경기에서 칵테일과 일전을 벌이는 우화적 공간은 너무 많은 존재 증명과 상황으로 산만한 느낌을 주는 것이 사실이다. "나는 최초의 개성", "나는 최초의 하나", "나는 경기의 일부", "나는 인간의 일종", 그리고 또 수많은 나의 모습은 자아의 파편화된 조각 중 하나일 뿐이다. 자아는 뿌연 안개 속에 쌓인 채 "내가 뭔지 아직 모르"지만, 그 속에서 지나가는 자를 기다리는 존재이다.

나는 죽은 말들의 사육장.
내 귀의 신전에서 말달리던 신들이
자신들의 신화에 갇혀 낙마한 뒤부터
충혈된 의미들이 혈관을 순환하는 모습을
내 얇은 살갗 밑으로 보기 시작했지.
그것들은 살육을 위한 변신의 귀재들이었지.
먹잇감을 속이기 위해 구름으로 변한 독수리와

육식성을 감추기 위해 식물로 살아가는 괴수들.

나는 소리 없는 시각의 공포에 시달렸지.
내 귀로부터가 아니라 내 입으로부터.
장미의 짙은 향기와 구름 형상의 침묵이
몸 속을 어지럽게 맴돌았지.

빨강. 내가 씹은 혀에서 나온 죽은 소리의 색깔.
내 눈알이 붉은 장미밭을 미친 듯이 헤칠 때마다
지뢰를 밟은 병사들처럼 신들은 죽어 가고
나는 동족에게 버림받은 난민이 되어
주검이 된 나의 신들을 장미밭에 묻었지.
장미는 신들을 빨아먹고
독수리는 신들을 헤쳐 먹고
말들은 시야의 밀물 속에 수장되었지.
—「마신들의 죽음」 부분

　　어떤 경우엔 수려하고 감각적인 수사보다 한 마디의 전언이 오래 남는다. 「마신들의 죽음」이 그러한 경우다. "나는 죽은 말들의 사육장"이라는 전언은 "빨강. 내가 씹은 혀에서 나온 죽은 소리의 색깔"과 함께 이 시를 지배하고 있다. 죽음을 떠올리며 느껴진 '빨강'은 씹은 혀의 감각을 통해 살아 있는 공감각을 제시한다. 마신들은 자아의 살갗 밑을 보기 시작한다. "충혈된 의미들"은 "살육을 위한 변신의 귀재들"이며 "독수리"이자 "괴수들"이다. 이 시에서도 "장미의 짙은 향기"나 "구름 형상의 침묵"과 같은 감각적 체험을 한다. 죽음을 체험한 신들은 말의 운명과 함께 하지만, 자아는 죽은 신들을 위해 제의를 마련하는 제사장이 된다. 「죽음의 악보」에서 보여주는 역설의 언어도 감각의 체험에서 비롯한다. 죽지 않는 운명이 가진 게 신의 정체이다. 물론 이 시에서의 '신'은 유일한 신이 아니라 수많은 '신들'일 것이다. 시에서는 '신의 죽음'이라는 상징이 악보를 통해 죽음의 세계를 탐한다. 그것은 죽음을 지향해서가 아니라 죽음을 통해 자신을 증명하려는 욕망 때문이다. "물의 자식"이나 "금속의 양자", "거짓말쟁이"라든가 끝내 "당신은 세상에서 가장 멋진 살해자"라는 명명은 혀가 불붙고 입술이 화염 속에 파랗게 질리는 감각적 체험이 이성과 교합하여 이루어낸 언어다. 그렇기에 '가을비 우산 속에'의 추억어린 음악을 들으며 환(幻)을 경험할 수 있는 것이다. 경험의 시발은 "비가 내리고 있었기 때문"이다. 비가 내리는 정황이 시인의 감각을 다시 일깨워 오르골을 돌린다.

박장호에게 시적 현실은 감각이 이성을 만나는 순간에 존재한다. 자신의 오감을 방목하고, 채찍질하여 시적 공간의 거점을 마련한다. 그러나 감각은 파스칼이 말한 바와 같이 이성을 기만하게 마련이다.[2] 똑같이 이성에게 했던 기만을 감각으로부터 당한다. 이성의 오롯한 자존심은 감각에 자주 개입하여 불편하고 비정상적인 감각을 생산한다. 박장호의 시는 이러한 감각의 부산물이다. 그러므로 박장호의 통각이 감각의 위선과 속임수까지도 여지없이 보여준다고 말할 수 있다. 그가 느끼는 감각은 실체의 몸이 느끼는 육체적 감각이라기보다 정신으로부터 연원되는 감각이다. 그의 이성이 감각 체계를 교란시키고 혼란시킨다. 이 감각세계의 혼란이 바로 자아의 정황을 더욱 실감 있게 느낄 수 있는 미적 쾌감을 안겨준다.

박장호는 문학의 아편에 맞은 고독한 몽상가이다. 이때 몽상은 자신이나 혹은 또다른 자아를 발견하러 떠나는 환(幻) 속의 여행을 통해 이루어진다. 스스로에게 결박되어진 자의식은 통증을 느끼는 것으로 배양된다. 그 점은 "나는 혼자다, 그러므로 우리는 넷이다"라는 사실을 또한 깨닫게 한다. "나는 혼자다. 그러므로 나는 전에 나의 고독을 고쳐 준, 나의 고독을 고쳐줄 수 있었을 존재"(바슐라르)와 끊임없이 만나기를 바란다.

---

2) 파스칼의 『팡세』 2편 '헛됨' 참조.

이재훈

　1972년 강원도 영월에서 출생했다. 1998년『현대시』신인상에「수선화」외 4편이 당선되어 작품활동을 시작했다. 시집으로『내 최초의 말이 사는 부족에 관한 보고서』, 연구서로『현대시와 허무의식』이 있다. 현재『현대시』편집장,『시와세계』편집위원으로 활동하고 있다. 중앙대 일반대학원 문예창작학과에서 박사학위를 받았으며 중앙대, 경기대, 열린사이버대에서 강의했다. 현재는 건양대, 서울산업대에서 강의하고 있다.

인쇄일 초판1쇄 2008년 4월 28일
발행일 초판1쇄 2008년 4월 30일

지은이 이재훈 | **발행인** 정구형 | **발행처** | **국학자료원**
등록일 2006. 11. 2 제324-2006-0041호
편집 김나경, 김숙희, 노재영 | **총무** 박지연, 한미애 | **영업** 정찬용 | **물류** 김종효, 박종일
주소 서울시 강동구 성내동 447-11 현영빌딩 2층
전화 442-4623,4 | **팩스** 442-4625 | www.kookhak.co.kr | kookhak2001@hanmail.net
ISBN 978-89-6137-361-6 *03800 | **가격** 23,000원

저자와의 협의 하에 인지는 생략합니다.